UNIVERSUM

Hermetische Liebe

Liebe in Zeiten von Corona

Roman

von

Markus Weiss

europabuch

www.europabuch.com | info@europabuch.com
ISBN 9791220137270
Erstausgabe: März 2023

Gedruckt für Italien von Rotomail Italia
Finito di stampare presso Rotomail Italia S.p.A. - Vignate (MI)

Hermetische Liebe
Liebe in Zeiten von Corona

Du! wir wollen uns tief küssen –
Es pocht eine Sehnsucht an die Welt,
An der wir sterben müssen.

Aus dem Gedicht ‚Weltende‘
von Else Lasker-Schüler, 1905

Geliebte Prinzessin!

Die Sonne ohne dich ist leer,
denn im Mittelpunkt der gestohlenen Zeit,
bewegen wir Märchen ...

Der Tag ohne dich ist leer,
denn im Mittelpunkt der gestohlenen Welt,
tanzen wir Träume ...

Der Augenblick ohne dich ist leer,
denn im Mittelpunkt der gestohlenen Liebe,
leben wir Magie ...

Dein geliebtester Geliebter

Pandemie der Coronavirus-Krankheit (COVID-19)

Am 31. Dezember 2019 wurde die WHO über Fälle von Lungenentzündung mit unbekannter Ursache in der chinesischen Stadt Wuhan informiert. Daraufhin identifizierten die chinesischen Behörden am 7. Januar 2020 als Ursache ein neuartiges Coronavirus, das vorläufig als ‚2019-nCoV' bezeichnet wurde.

Coronaviren (CoV) bilden eine große Familie von Viren, die Erkrankungen von einer normalen Erkältung bis zu schweren Krankheitsverläufen verursachen können. Das neuartige Coronavirus (nCoV) ist ein neuer Stamm des Virus', der bisher bei Menschen noch nicht identifiziert wurde und erhielt später die Bezeichnung ‚COVID-19-Virus'.

Am 30. Januar 2020 erklärte Dr. Tedros Adhanom Ghebreyesus, Generaldirektor der WHO, den Ausbruch des neuartigen Coronavirus zu einer gesundheitlichen Notlage von internationaler Tragweite, der höchsten Warnstufe der WHO. Zu diesem Zeitpunkt wurden in 18 Ländern außerhalb Chinas 98 Fälle und keine Todesfälle verzeichnet.

Aufgrund der rapiden Zunahme der Fallzahlen außerhalb Chinas erklärte der WHO-Generaldirektor am 11. März 2020 den Ausbruch offiziell zu einer Pandemie. Bis zu diesem Zeitpunkt waren mehr als 118.000 Fälle aus 114 Ländern und insgesamt 4.291 Todesfälle gemeldet worden.

Mitte März 2020 war die Europäische Region zum Epizentrum der Pandemie geworden und meldete über 40 Prozent der weltweit bestätigten Fälle. Mit Stand vom 28. April 2020 entfielen 63 Prozent der weltweiten, durch das Virus bedingten Mortalität auf die Europäische Region.

Bis heute, 7. Januar 2022 gibt es weltweit über 500 Millionen Infizierte und mehr als sechs Millionen bestätigte Todesfälle im Zusammenhang mit dem Covid-19-Virus.

Quelle: https://www.euro.who.int/de/health-topics/health-emergencies/coronavirus-covid-19/novel-coronavirus-2019-ncov, 7.1.2022

„Wir werden durch Corona unsere gesamte Einstellung gegenüber dem Leben anpassen – im Sinne unserer Existenz als Lebewesen inmitten anderer Lebensformen.“

Slavo Žižek, Philosoph

Das Jahr 2020 bedeutet, liebe Leserinnen und Leser, einen tiefen Einschnitt in das Leben vieler Menschen weltweit. Mit der Corona-Pandemie, die ihren Ausgangspunkt aller Wahrscheinlichkeit nach auf dem Huanan-Wildtiermarkt in der chinesischen Millionenmetropole Wuhan hatte, wird deutlich, dass die menschliche Zivilisation zu gierig mit den Ressourcen unseres Planeten umgegangen ist und der Natur zu wenig Raum lässt.

Alles verändert sich durch das Coronavirus, das als Zoonose, wohl von einer Fledermaus, den Weg über einen Zwischenwirt auf dem Wildtiermarkt zum Menschen gefunden hat.

Um die Pandemie einzudämmen, wurden in Deutschland Mitte März 2020, wie gleichzeitig auch in vielen anderen Ländern weltweit, weitgehende Einschränkungen für das öffentliche Leben beschlossen.

Das Herunterfahren des öffentlichen Lebens in Deutschland und die Lock-Downs mit ihren leeren Straßen und Gebäuden sind der Rahmen, in dem ‚er‘ und ‚sie‘ sich unsterblich ineinander verlieben.

Eine Liebesgeschichte, wie sie die Welt noch nicht gesehen hat und die für die Ewigkeit bleiben wird ... – auch, wenn nie jemand erfahren wird, wer ‚er‘ und ‚sie‘ gewesen sind. Vielleicht sucht in 100 Jahren, wenn die Pandemie – ähnlich wie die der ‚Spanischen Grippe‘ – beinahe in Vergessenheit geraten ist, irgendjemand nach den historischen Spuren der beiden. Wir werden sehen, was dieser jemand dann findet ...

Prolog

Ich gehe die vielen Treppenstufen, die ich im vergangenen Jahr so oft gegangen bin, in dem völlig verlassenen Gebäude nach oben. Die Wände ragen grau in die Höhe, als ob sie sich in der Unendlichkeit verlieren und sich dadurch immer weiter meinen Blicken entziehen würden. Der quaderförmig, fast quadratisch anmutende Aufbau, der die gesamte Gebäudestruktur bestimmt, wirft den leeren Hall meiner Schritte zurück, ohne dass ein Geräusch an meine Ohren dringt. Die großen Fenster, die in unregelmäßiger Höhe und unterschiedlichen Formen asymmetrisch die Front des Bürokomplexes durchbrechen, sind seit langem nicht mehr geputzt worden, so dass nur das fahle Licht eines frühen Januarmorgens in die bodenlose Tiefe der Stockwerke fällt, die unter mir immer weiter verschwinden. Es ist kalt in den weitläufigen Fluren, die, wie das gesamte Gebäude, den bunten Bauklötzen aus dem Holzbaukasten eines Kindes nachempfunden wirken, die fast spielerisch in ihren immer wiederkehrenden quadratischen und rechteckigen Formen in die Luft geworfen zu sein scheinen, um dem Betrachter einfach entgegenzufallen und ihm das Gefühl völliger Willkür in der Gestaltung vermitteln. Eine Gedenktafel erinnert an den preisgekrönten Architekten, der das Gebäude entworfen hat und weist darauf hin, dass dieser Effekt bewusst gewollt sei und dass alle in den einfachen Grundfarben gehaltenen Elemente des Gebäudes dadurch immer neue, überraschende Einblicke und Wege eröffnen würden. Unzählige Türen, deren Farben jeweils komplementär zu den Wänden gewählt wurden, wirken aufgrund der extremen Deckenhöhe der Flure fast wie Spielzeugtüren, durch die man glaubt, kaum eintreten zu können und hinter denen sich vielleicht unzählbare Räume verbergen, die seit über einem Jahr im Dornröschenschlaf liegen.

Diesen Weg bin ich im letzten Jahr so oft gegangen ... – ein-, zwei-, manches Mal auch dreimal in einer Woche, um an jenen Ort zu gelangen, den sie den ‚Gemeinsamort' getauft hat. Durch die quadratischen Dachfenster, die hier im obersten Stockwerk als Oberlichter natürliche Helligkeit schenken sollen, sehe ich wie riesige Wolken am Himmel über mir vorbeiziehen. Fast glaube ich den Wind zu hören und vereinzelt bricht die Sonne durch und offenbart die Kälte dieses Morgens in den kleinen, glitzernden Kristallen, die auf den bunten Glasscheiben zu sehen sind. Unwillkürlich habe ich meine Schritte verlangsamt, da ich für einen kurzen Moment glaube Wind und Regen und Sonne auf meiner Haut zu spüren und eine Gänsehaut mich erschaudern lässt, bis ich endlich vor ‚unserer' Tür stehe. Wie so oft im letzten Jahr, werde ich sie aufschließen, immer in dem Bewusstsein, dass sich hinter dieser Tür unsere Welt befindet. Und sich jedes Mal, wenn ich in der geöffneten Tür stand und auf sie gewartet habe, fast wie im Märchen die Magie des Augenblicks aufs Neue entfaltete ... – Meere und Wiesen, Berge und Wälder, Landschaften und Paläste und unendliche Weiten in unseren ‚gestohlenen Momenten' auftauchten, ihren Nachhall für immer in unseren Körpern, Herzen und Seelen hinterlassen haben und bis heute jeden Augenblick unseres Seins bestimmen.

Der Raum, der sich hinter der roten Tür, die alles andere außen vorlässt, erschließt, ist quaderförmig und es durchdringt mich wieder das Gefühl, als würde dieser Ort aus den ansonsten fest umzirkelten Strukturen des

Gebäudes herausdrängen, fast so, als ob er mit mehr als zwei Drittel seiner Fläche in der freien Luft über dem Abgrund, der sich unter dem in die Höhe strebenden Bürogebäude befindet, schweben würde. Völlige Stille umgibt mich, wo in ‚normalen' Zeiten auf den Fluren hinter mir rege Betriebsamkeit herrschte. Alle sind im Home-Office. Ich bleibe auf der Schwelle stehen, die es aufgrund der modernen Architektur und der nahtlos in die Wände eingefügten Türen nicht gibt. Sie bildet die Grenze, zwischen der Welt ‚draußen' und unserer Welt ‚drinnen', eine Welt die nur hier, hermetisch und doch alle Dimensionen des Raums sprengend, lebt und lacht und liebt. Mein Blick streift über diesen Ort, der seit über einem Jahr unser ‚Gemeinsamort' ist: Das quaderförmige Prinzip der Architektur bestimmt auch in diesem Raum die gesamte Struktur. Fast ist es, als ob der Rhythmus des Gebäudes sich über die komplementären Farben, die in den Fluren dominant das Auge führen, über die Mauern in das Innere unseres ‚Gemeinsamorts' hineinschwingen würde. Selbst das Mobiliar passt in die Gesamtkonzeption und die farblich abgestimmten Tische, Stühle und Schränke, nehmen das Baukastenprinzip wieder auf. Das einzige Bild, Wassily Kandinskys ‚Farbstudie Quadrate', fällt kaum auf und doch komplettiert es alles. Der fast quadratisch anmutende Grundriss des Büros wirkt aufgrund der gesamten Farbgebung und der variablen ‚Möbelbausteine' wie ein Spielbrett und durch die bodentiefen Fenster an drei Seiten entsteht der Eindruck, als gäbe es für diesen Raum keine natürliche Grenze. Ich trete an die Glasfront, die weit für sie offene Tür in meinem Rücken. Weit unter mir sehe ich die riesigen Ulmen, die den Flusslauf einrahmen, sich für den Winter in ihr Inneres zurückgezogen haben und im eisigen Wind vom Frühjahr träumen. Und wie so oft, wenn ich im letzten Jahr hier gestanden bin, habe ich das Gefühl, dass ich nur einen Schritt machen müsste, um in die Tiefe zu stürzen.

Es ist genau ein Jahr her, dass wir uns hier zum ersten Mal tief in die Augen gesehen haben, uns zum ersten Mal liebevoll in die Arme genommen und uns zum ersten Mal zärtlich geküsst haben, wie nur wir das vermögen. Ihre strahlenden Augen, ihre weichen Lippen und ihre kleine, zarte Zunge, die so unendlich zärtlich meine Zunge liebkost. Es ist genau ein Jahr her, dass wir uns hier vom ersten Augenblick an so unendlich tief ineinander verliebt haben, dass es kein Entrinnen mehr gab. Ich sehe in die Leere der Landschaft, während die Wolken immer dichter werden. Ihr Duft hängt noch im Raum. Niemand außer uns hat seit langem diesen Ort betreten. Wie viele Stunden wir hier im vergangenen Jahr gelacht, geweint, geredet, geträumt, in den Armen des anderen gelegen und uns geliebt haben ... – ich kann sie nicht zählen ... Es sind die glücklichsten Momente meines Lebens, die ich hier mit ihr verbracht habe, tief verborgen vor der Welt, ohne dass auch nur irgendjemand von unserer Liebe weiß. Wenn einer von uns sterben würde, würde nie auch nur irgendjemand von dieser Liebe etwas erfahren, und doch hat diese Liebe jeden Augenblick, jeden Gedanken, jedes Wort, jede Sekunde und jedes Sehnen in diesem letzten Jahr bestimmt. Ihre Augen, ihre Worte, ihre Küsse, ihre Nähe, ihr Duft, ihre Zärtlichkeit werden für immer in meinem Herzen geborgen sein, so wie sie in meinen Armen immer geborgen war, ihr Kopf zärtlich an meine Brust geschmiegt. Jede Sekunde dieser Liebe wird von der goldenen Taschenuhr gezählt, die sie mir geschenkt hatte, als wir das erste Mal länger als eine Woche voneinander getrennt waren. Ich trage sie immer bei mir, auch jetzt ... – das Datum unseres ersten Kusses ist eingraviert. Und obwohl wir diesen Raum nie verlassen haben, obwohl wir nie zusammen im Kino waren, obwohl wir nie gemeinsam ein Restaurant besucht haben, obwohl wir nie in der Öffentlichkeit zusammen sichtbar waren und obwohl wir nie eine ganze Nacht miteinander verbracht haben, beginnt mit diesem ersten Kuss am 7. Januar 2021 eine Liebe, die, obwohl sie wohl für immer geheim bleiben wird, so besonders, so außergewöhnlich, so einzigartig, so tief ist, dass sie sich, ohne dass es auch nur einen Augenblick einen Zweifel daran geben kann, in die großen Liebesgeschichten der Weltliteratur einreiht: Tristan und Isolde, Abaelard und Heloise, Lady Marian und Robin Hood, Else Lasker-Schüler und Gottfried Benn, Simone de Beauvoir und Jean Paul Sartre, Maria Casarès und Albert Camus, Florentino Ariza und Fermina Daza, Harry und Sally, Emma Morley und Dexter Mayhew, Anastasia Steele und Christian Grey ...

Es ist dieselbe Uhrzeit, derselbe Ort ... – der 7. Januar 2022, genau ein Jahr nach diesem ersten Kuss. Die Tür steht weit offen und ich warte darauf, dass sie die Treppen, wie nur sie es tut, hocheilt ... – und ich warte darauf, dass sie mit ihren strahlenden Augen, wie nur sie es tut, mir über den Flur entgegenfliegt ... – und ich warte darauf, dass sie auf der Schwelle, die nicht vorhanden ist, zwischen ‚drinnen' und ‚draußen', wie nur sie es tut, mich in ihren Armen birgt ... – und wir uns küssen ... – unendlich zärtlich ... – unendlich liebevoll ... – unendlich leidenschaftlich ... – wir nur wir es tun ...

Die Tür steht weit offen und ich warte darauf, dass sie kommt ... – ich höre Schritte ... – sie kommt ...

2020

Sie kennen sich vom Sehen, von der Arbeit im Architekturbüro. Sie sind seit einigen Jahren Kollegen. Sie sitzen in einem als moderne Arbeitslandschaft gestalteten offenen Büro auf Sichtweite. Sie haben noch nie zusammen an der Planung und Umsetzung eines Projekts gearbeitet. Sie haben bis auf ein freundliches „Hallo!“ und ein wechselseitiges Sich-Zunicken noch nie wirklich miteinander geredet. Sie waren immer auf die Arbeit konzentriert. Sie ist 17 Jahre jünger als er. Er ist immer sachlich distanziert. Ihre Chefin hat ihnen ein gemeinsames Projekt zugeteilt: Ein Wohnkomplex, in dem Menschen generationenübergreifend zusammenleben werden und bei dessen Verwirklichung, ganz im Sinne der Firmenphilosophie, das soziale Miteinander und umweltbewusstes Bauen im Vordergrund stehen. Seine jahrzehntelange Erfahrung und ihre Kreativität, gepaart mit ihrem grenzenlosen Esprit, scheinen die beiden, in den Augen ihrer Chefin, dafür prädestiniert zu haben. Sie freut sich, da sie ihn immer wieder aus der Distanz heraus beobachtet hat und die von ihm realisierten Projekte bewundert. Er ist wie immer sehr zurückhaltend, da er gewohnt ist allein zu arbeiten. Doch vom ersten Augenblick an begegnen sie sich professionell auf Augenhöhe. Sie ist immer absolut auf den Punkt vorbereitet, sprüht vor Ideen, macht Skizzen und entwirft Konzepte. Er sieht schnell die praktischen Schwierigkeiten bei der Umsetzung und hat immer Lösungen parat, die ihre Pläne unterstützen. Sie spürt, wie sie von seiner Erfahrung jeden Augenblick profitiert. Er bewundert, wie kompetent sie ist und doch dauert es einige Zeit, bis er ihr das ‚Du‘ anbietet.

„Weißt du, ich war zunächst unsicher, eingeschüchtert, weil du so viel mehr Erfahrung hast, und ich habe beim ersten Treffen, als wir das Projekt zugeteilt bekamen, deine Abneigung gegen eine Partnerin gespürt!“ Er sieht sie an: „Du hast recht. Es war für mich im ersten Augenblick ungewohnt. Ich habe all die Jahre immer allein gearbeitet und meine Sorge war, dass es zwischen uns nicht harmoniert und die ganze Arbeit an mir hängen bleibt, aber du ... du tickst im Hinblick auf Disziplin und Arbeit wie ich ... und gleichzeitig ergänzen wir uns in so vielen Bereichen genial!“ Sie errötet, schlägt die Augen nieder, weiß nicht was sagen, obwohl sie sonst nicht schüchtern ist. Sie vertiefen sich wieder in die Pläne. Er vermeidet jede Berührung und doch nimmt er das Strahlen in ihren Augen wahr, wenn sie von einem Detail, einem Gedanken oder einem bestimmten Material, das sie verwenden wollen, begeistert ist. Sie sieht ihn immer wieder an und spürt wie ihre Ideen von ihm wertgeschätzt und weitergedacht werden. Sie verlieren sich ganz in ihrem Projekt und erst Stunden später tauchen sie wieder aus der Versenkung auf. Sie sehen sich an, spüren wie nah sie sich durch das gemeinsame Arbeiten sind. Sie lachen gemeinsam, wenn sie den sich wechselseitig ergänzenden Sätzen nachspüren. Sie strahlen glücklich, weil der Rhythmus ihrer Arbeit und die Bereitschaft sich ganz auf die Ideen des anderen einzulassen, das Projekt mit aller Leichtigkeit vorantreibt. Die Außenwelt haben sie völlig ausgeblendet und auch, dass es draußen längst dunkel geworden ist und sie die Zeit vergessen haben. Sie müssen beide nach Hause. Die Skizzen und Entwürfe lassen sie einfach liegen, im stillen Einvernehmen, morgen genau an der Stelle weiterzumachen. Er schließt die Tür, sie wartet auf ihn, im Plauderton gehen sie beschwingt das endlose Treppenhaus hinunter. Niemand ist mehr im

Gebäude und als er den Haupteingang abschließt, sagt sie: „Ich freue mich auf morgen!“ Er lächelt, nickt: „Selbe Zeit?“ „Ja!“ „Ich freue mich auch!“ Den Weg zum Parkplatz legen sie zum ersten Mal gemeinsam zurück. Sie bleibt vor seinem Auto stehen, er weiß nicht einmal, was sie für ein Auto fährt. „Was bringt dein Abend?“ „Nicht mehr viel. Wie immer. Abendritual für Sophia.“ „Deine Tochter?“ Sie nickt: „Und bei dir?“ „Joggen, Abendessen machen für die Familie, ein gutes Buch und ein Glas Wein!“ „Hört sich gut an!“ „Also bis morgen!“ Sie steigen ein, er winkt ihr hinterher, sie lächelt ihm im Wegfahren zu.

Er ist schon da, die Tür steht offen als sie am nächsten Morgen Kaffee und Croissants mitbringt. Der Tag gestern hat etwas verändert. Ihr Umgang ist leichter geworden und doch spüren sie, dass es eine unsichtbare Grenze gibt, der sich beide nicht nähern. Fast nahtlos tauchen sie wieder in ihr Projekt ein, beide perfekt vorbereitet, beide mit neuen Ideen, beide voller Elan. In den kleinen Pausen lachen sie zusammen, reden über Belangloses. Ihr fällt, als sie ihn heimlich von der Seite betrachtet, auf, dass er immer noch sehr distanziert wirkt und in jedem Augenblick professionell agiert. Seine vielen Lachfalten um die Augen und sein leicht grau durchzogenes Haar machen ihn attraktiv und ziehen sie an. Ihm fällt, als er sie heimlich von der Seite betrachtet, auf, dass er nie besonders auf ihr Äußeres geachtet hat. Sie ist wunderschön ... – ihre Augen, die ihn anlächeln, ihr sanft geschwungener und dezent geschminkter Mund, der Worte formt, die er manches Mal nur an ihren Lippen ablesen kann, weil er durch das Strahlen in ihrem Blick ganz tief in ihre Seele einzutauchen glaubt. Tag für Tag werden sie mehr und mehr ein eingespieltes Team. Eine Idee gibt die andere, ein Gedanke fliegt von Wort zu Wort und es gibt keine

Differenz zwischen ihnen ... – kein Schneller, kein Besser, kein Nicht-Möglich. Ihre Zusammenarbeit ist, ohne dass es ihnen bewusst ist, im Gleichklang mit dem Rhythmus der Wolken, die vor den Glasfronten ihres Büros in den dahinfliegenden Wochen und Monaten mal sanft, mal wild, mal stürmisch, mal klar, mal zärtlich vom Wind getrieben, getragen, gestreichelt und von der Sonne mal mehr, mal weniger durchbrochen werden.

Der restliche Sommer vergeht mit ihrer gemeinsamen Arbeit wie im Flug und als sich die Blätter bereits bunt färben, steigen die Inzidenzen in Deutschland erwartungsgemäß. Das gesamte Leben, das im Sommer so scheinbar leicht und unbeschwert dahingeflossen ist, wird von Tag zu Tag stärker eingeschränkt. Die Bilder von Bergamo sind allen noch im Bewusstsein und das Tragen einer FFP2-Maske gehört zum Alltag. Die anfängliche Unsicherheit beider ist längst völlig verschwunden und es ist unendlich mehr als die Wertschätzung für die Arbeit des anderen, die beide in der tagtäglichen Zusammenarbeit beflügelt. Das Projekt nimmt sie so sehr in Beschlag, dass sie nur selten über ihre Leben sprechen und wenn, dann geht es immer um ihre Familien und alltägliche Begebenheiten. Sie verbringt jede freie Minute mit ihrer Tochter, da ihr Mann ebenfalls beruflich sehr eingespannt und kaum zuhause ist. Er hat einen Sohn und eine Tochter und seine Frau ist, seit die Kinder beim Studieren sind, auch wieder berufstätig. Außerhalb des Büros treffen sie sich nicht. Ihre Mails sind immer sachlich, auf die Arbeit bezogen und doch ist die Vorfreude auf ihre Arbeitstreffen in dem Büro, das ihnen für die Zeitspanne des gemeinsamen Projektes zur Verfügung steht, in jedem Augenblick spürbar. Wenn sie sich außerhalb ihres Büros auf den weitläufigen Fluren begegnen, lächeln sie sich entgegen, bleiben stehen und wechseln ein paar scheinbar belanglose Worte. Es ist nie mehr. Sie wissen nicht, was der andere am Wochenende, in seiner Freizeit oder im Urlaub macht. Als sie an einem Tag Muffins für das ganze Büro mitbringt, weil sie Geburtstag hat, und ihm einen geben will, ist er zu überrascht, um den noch warmen, kleinen Kuchen, anzunehmen. Sie spürt, dass er sich unwohl fühlt. Er weiß nicht, warum er den Muffin ablehnt. Sie lächeln sich unsicher an. Er geht. Sie sieht ihm nach. An diesem Tag begegnen sie sich nicht mehr und als sie sich am nächsten Tag in ihrem Büro treffen und einige Zeit ungewöhnlich still zusammengearbeitet haben, berührt er sie zögerlich sanft am Arm: „Verzeih, wegen gestern! Ich habe mich geschämt, weil ich dich nie gefragt habe, wann du Geburtstag hast und dir gerne etwas geschenkt hätte!" Sie sieht ihm direkt in die Augen, lächelt ihn an und berührt mit ihrer weichen Hand für einen kurzen Moment seine Wange: „Ich bin froh, dass du das sagst. Ich habe mich schon gewundert, was los war!" Mehr ist nicht nötig. Der restliche Tag verfliegt wie immer und obwohl es bereits begonnen hat, wieder schneller dunkel zu werden, vergessen die beiden wie so oft die Zeit, so dass sie fast immer die Letzten sind, die das Büro verlassen. Als er die rote Tür hinter ihnen abschließen will, dreht sie sich um: „Ich habe noch etwas vergessen. Du weißt schon, ab Morgen ist hier alles dicht!" Er steht zwischen Tür und Angel und sieht ihr zu, wie sie die noch herumliegenden Skizzen in ihren neuen Rucksack steckt, den sie von ihrem Mann zum Geburtstag bekommen hat. Was vor einem Jahr in so vielen Bereichen der Arbeitswelt noch undenkbar war, ist ab Morgen auch ihre Realität: Die Corona-Pandemie hat alles verändert ... – Home-Office-Pflicht für alle! Er sieht sie an und spürt, wie schwer es ihm fällt sich vorzustellen sie nicht mehr jeden Tag zu sehen. Im Frühjahr, im ersten

Lockdown, hatte er die Zeit im Home-Office genossen ... – er war froh darüber seine Zeit selbst einteilen zu können und auch den Small Talk im Büro hatte er nicht vermisst. Er spürt, wie sehr er sich selbst durch ihr Auftauchen in seinem Leben verändert hat. Vor einigen Wochen war er noch skeptisch, mit ihr ein gemeinsames Projekt anzugehen und der Gedanke, sich an eine Partnerin zu gewöhnen, war ihm eine Last. Alles hat sich seither verändert: Die Arbeit mit ihr bedeutet ihm mehr als er sagen kann. Sie dreht sich um, sieht, wie er sie beobachtet hat, lächelt ihn mit ihren strahlenden Augen an, weil sie spürt, was er fühlt: „Es geht mir wie dir! Unsere gemeinsame Zeit hier wird mir unendlich fehlen. Ich habe in den letzten Wochen so viel von dir gelernt und die Arbeit mit dir hat einfach nur Freude gemacht. Unvorstellbar, dass wir uns nur noch digital sehen sollen!" „Und wer bringt in Zukunft den Kaffee und die Croissants?" Sie stehen noch lange gemeinsam genau an der unsichtbaren Schwelle zwischen ‚draußen' und ‚drinnen', unterhalten sich, lachen, erzählen ... – während die Welt sich irgendwie weiterdreht. Gemeinsam gehen die beiden, wie so oft in der letzten Zeit, das vertraute Treppenhaus hinunter. Wie zufällig stehen ihre Autos nebeneinander auf dem Firmenparkplatz. Fast scheint es, als wäre alles wie immer und doch spüren beide wie schwer es ihnen fällt an diesem Tag auseinanderzugehen. Es fühlt sich beinahe an wie ein Abschied, den beide hinauszögern, bis sie ohne es zu wollen sagt: „Verzeih, ich muss los, Sophia wartet!" „Bis morgen ... – online mit Kaffee und Croissant?" „Ich freue mich darauf! Du bist dran mit mitbringen!" Sie lachen. Sie steigt ein. Er bleibt noch einen Moment im Sonnenlicht stehen. Auch er muss nach Hause, sein Hund wartet. Sie fahren in unterschiedliche Richtungen davon, ohne zu wissen, wann sie sich das nächste Mal wiedersehen werden. Selbst das endlose Treppenhaus, der lange Flur, die Farben und auch ihr gemeinsames Büro werden fehlen. Er ruft sie aus dem Auto an: „Ich wollte nur sagen, dass ich mich schon sehr darauf freue, wenn wir uns wieder real treffen können!“ „Und ich dachte schon, du hättest etwas Wichtiges vergessen.“ Sie lachen. Sie schweigen. Sie wissen in diesem Moment, dass sich zwischen ihnen etwas verändert hat. Die täglichen Begegnungen haben eine tiefe Vertrautheit geschaffen, die beide nicht mehr missen möchten. Irgendwann sagt sie: „Schlaf gut! Morgen wachen wir in einer neuen Welt auf und dann sehen wir uns wieder!“

Der nächste Morgen ist kühl. Der Sommer scheint sich langsam zu verabschieden. Der Sonne fällt es Tag für Tag schwerer ihre Kraft zu entfalten. Beide loggen sich pünktlich zu ihrer ersten gemeinsamen Zoom-Konferenz ein. Sie hat das Bild von Kandinsky aus dem Büro als Hintergrund gewählt: „Siehst du! Alles wird gut!“ Sie lachen und vom ersten Augenblick an ist es, als wären sie nicht nur virtuell miteinander verbunden, sondern würden sich real gegenübersitzen. Es gibt keine Distanz zwischen ihnen. Er sieht, wie sie ihn anlächelt. Sie sieht, wie er sie anblickt. Ihre langen, seidigen Haare fallen goldglänzend über ihre Bluse. Die obersten beiden Knöpfe sind geöffnet. Er sieht zarte, schwarze Spitzen. Sie hat sich geschminkt. Er hat das Gefühl ihren Duft zu atmen. Sie sieht, dass er frisch rasiert ist. Sie hat das Gefühl, dass der Duft seines Aftershaves in ihrem Haus fast greifbar ist. Sie spürt ein Kribbeln in ihrem Körper ... – ihr wird bewusst, wie attraktiv sie ihn in dem Hemd, das er, obwohl er zuhause ist, angezogen hat. Seine Brille verleiht ihm über den Bildschirm eine Ernsthaftigkeit, die sie schmunzeln lässt: „Lachst du mich aus?“ „Nein, ich freue mich einfach, dass wir uns sehen!“ Sie trinken gemeinsam Kaffee, doch obwohl sie sich nah sind, stolpern sie über die Worte, die ihren Blicken hinterherhinken. Es dauert etwas bis sie über die Arbeit in die Tiefen des Kaninchenbaus eintauchen. Stundenlang brüten sie versunken über ihren Entwürfen, sammeln weitere Aspekte, machen Skizzen auf einer digitalen Plattform, die sie für sie beide eingerichtet und ihm erklärt hat. Es ist fast, als würden sich ihre Hände bei den gemeinsamen Ideen, die sie auf dieser Plattform skizzieren, berühren. Sie überlegen, finden, verwerfen, halten inne, setzen neu an, lachen ... – dann, wenn sie für kurze Momente auftauchen und auf den geteilten Bildschirmen den anderen sehen. Es ist ein guter Vormittag, auch wenn sie immer wieder spüren, wie sehr ihnen der unmittelbare Kontakt und auch die räumliche Nähe fehlen. Aufgaben werden verteilt, das Meeting für den nächsten Tag vereinbart. Sie sehen sich an und lächeln wieder ... ohne etwas zu sagen. Es fällt ihnen schwer das Meeting zu verlassen. Sie plaudern noch: „Was bringt dein Tag?“ „Ich muss noch einiges organisieren. Wäsche, Haus, Kochen, bis ich Sophia vom Kindi abhole.“ Ihnen wird bewusst, dass sie fast nichts über den Alltag und das Leben des anderen außerhalb der Arbeit wissen. Nicht einmal die Namen ihrer Partner haben sie bisher erwähnt. „Und du?“ „Ich gehe jetzt mit dem Hund und dann arbeite ich weiter, bis meine Frau von der Arbeit kommt.“ Das Gespräch stockt für einen Moment. Beide spüren, wie sie unsicheres Terrain betreten, die gefühlte, nicht sichtbare Grenze überschreiten und nicht mehr nur Arbeitskollegen sind und sein wollen. Sie verabschieden sich unsicher, mit einem Lächeln, einem Blick in die Augen, einem „Auf Morgen!“ Das Abschließen der Tür, ihr Lächeln, der Weg vom Büro, den lichtdurchfluteten Flur bis zur obersten Stufe, sein Blick, die lange Treppe mit ihren geometrischen

Farbakzenten hinunter, er und sie Seite an Seite, das Stehen auf dem Parkplatz von Angesicht zu Angesicht, von Augenblick zu Augenblick unauflösbarer – fehlen. Als er sich ausgeloggt hat, sitzt sie noch lange vor dem PC, versucht zu ergründen, was in ihr vorgeht. Sie lächelt, als er keine Minute später die Anmeldedaten für das Meeting am nächsten Tag schickt.

Die Inzidenzen steigen täglich und so wie sich die Natur immer weiter in sich zurückzieht, scheint in manchen Momenten auch das Leben plötzlich stillzustehen. Die Tage und Nächte sind ungewöhnlich ruhig. Es fahren kaum Autos auf Deutschlands ansonsten hart umkämpften Straßen. Am Himmel sieht man keine Kondensstreifen mehr. Corona hat auch etwas Gutes: Die Menschen müssen sich stärker wieder auf sich selbst besinnen und der CO2-Ausstoß sinkt in diesem ersten Jahr der Pandemie beträchtlich. Zum ersten Mal scheinen die Klimaziele des ‚Übereinkommens von Paris' von 2015, die Begrenzung der globalen Erwärmung auf deutlich unter 2 Grad Celsius, wenn möglich sogar unter 1,5 Grad Celsius, im Vergleich zur vorindustriellen Zeit, realistisch. Sie treffen sich täglich online, arbeiten intensiv an ihrem Projekt und die Gespräche über ihre Leben und ihren Alltag werden immer tiefer. Es stellt sich eine neue Vertrautheit zwischen ihnen ein; sie warten auf das nächste Meeting und ihre Verbundenheit, über die Arbeit hinaus, wächst von Tag zu Tag. Zu Beginn und am Ende jeder Arbeitswoche gibt es für alle Kollegen Zoom-Meetings, in denen die Fortschritte der einzelnen Projekte präsentiert werden. Ihre Chefin gibt allgemeine Updates zu firmenrelevanten Entwicklungen, versucht zu motivieren und zeigt Verbindungslinien zwischen den einzelnen Teams auf. Immer wieder betont sie, wie wichtig es ihr ist, dass der Teamgeist, der bisher durch den realen

Kontakt im Büro nach ihrer Meinung so außergewöhnlich war, durch das Home-Office nicht verloren geht.

Während der endlosen Infos, ‚chattet' sie ihn an: „Lächelst du mich gerade an?" „Nein, ich bin hoch konzentriert 😉!" „😁!!!" „Ja ... – ich freue mich einfach dich zu sehen!" „😊 ..." „Soll ich nicht?" „Nein ... – ich meine ja! Das ist etwas Gutes!" Sie schweigen. Und auch wenn die Distanz, die durch den Bildschirm vorhanden ist, scheinbar zu verhindern scheint, dass er und sie wissen, was der andere gerade wirklich denkt ..., sehen beide das Leuchten in den Augen des anderen. „Warum hat eigentlich noch niemand ein Online-Meeting-System erfunden, in dem klar ist, wohin die Blicke des Gegenübers am anderen Bildschirm gehen?" Sie lacht: „Du hast Recht. Man weiß nie so genau, wohin der andere eigentlich sieht und was er dabei vielleicht ausdrücken will. Fast so, als ob man schielen würde!" Lachendweinende Smileys gehen hin und her und fast überhört er eine Frage, die ihm seine Chefin stellt. Er versucht sich zu konzentrieren, überspielt mit einem Hustenanfall die peinliche Stille und antwortet dann gewohnt professionell. Als er mit seinen Ausführungen fertig ist, sieht er, wie sie genau in diesem Moment aufblickt, als würde sie ihm direkt in die Augen sehen und genau ihn anlächeln. „Das war nicht fair! Du hast mich angechattet!" „Das würde ich mir niemals erlauben! Ich habe dir nur freundlich zugelächelt 😉 ..." Das Meeting zieht sich endlos in die Länge und er und sie verlieren mehr und mehr den Anschluss an das, was gesagt wird. Sie finden sich wieder in einer Nähe, die obwohl nur digital verbunden, alles um sie herum verstummen lässt. Und doch ist es beinahe so, als würden beide den Herzschlag des anderen hören. Sie fragt ihn: „Wohin reist du gerne?" „Wir haben ein kleines Haus in Italien, in der Nähe von Volterra!" „Ein

Haus in Italien? Du spinnst wohl!“ „Naja, ich habe mir einfach einen Traum erfüllt. Es ist ein kleines Rustico und liegt völlig allein im Hinterland, mit einem traumhaften Blick. Ich habe es selbst restauriert. Alles mit alten Materialien wiederhergestellt, so dass es fast den ursprünglichen Charakter, wie bei seiner Erbauung vor circa 200 Jahren, hat. Und du?“ „Ich liebe die Toskana! Wir waren so oft dort. Die hügelige Landschaft um Volterra im Morgennebel, San Gimignano mit seinen Geschlechtertürmen, die etruskische Nekropole von Piombino und das türkisfarbene Maremma-Meer ...“ Er sieht wie ihr Blick träumend in die Landschaft, die sie beschreibt, versinkt ... – ihre grünblauen Augen leuchtend wie das Meer, das in den kleinen Buchten mit ihren einsamen Sandstränden, in denen man noch ungestört baden kann, sanft an das Ufer schlägt und plötzlich hat er wieder das Gefühl den Duft ihres Parfüms über den Bildschirm wahrzunehmen. Sein Herz schlägt so laut, dass er glaubt, dass sie es hören muss. Kaum gelingt es ihm aus ihren Augen wieder aufzutauchen und es dauert einige Zeit, bis er mit einem bemüht leichten Ton in seinen Computer tippt: „Du vergisst den Wein und das gute Essen!“ „Niemals, wie könnte ich! 😊“ „Welchen Wein magst du? Was isst du gerne?“ „Ich liebe Roséweine ... – den Duft des Sommers im Glas ... in meinem Mund ... perlend ... prickelnd ... – Rotweine sind mir meist zu schwer. Und dazu Garnelen mit Knoblauch und frisches Ciabatta ...“ „… und Pasta?“ „Selbstverständlich! Pasta in jeder Variation!“

Sie haben das laufende Online-Meeting mit ihrer Chefin völlig ausgeblendet. Sie verlieren sich in ihrem Chat und finden sich in den lächelnden Augen des anderen wieder und wieder. Erst als alle beginnen sich zu verabschieden, gelingt es den beiden sich aus dem Blick des anderen zu lösen, und doch sehen sie nur sich. Das Meeting ist längst beendet und sie bleiben noch lange vor den toten Bildschirmen sitzen. Fast scheint es so, als würden sie zum ersten Mal die neue Dimension zwischen ihnen realisieren und die fast magische Nähe zwischen sich spüren. Ihr wird bewusst, dass er sich zum ersten Mal geöffnet hat. Im Büro hat er immer distanziert und auf die Arbeit fokussiert gewirkt. Die Warmherzigkeit, die er, trotz der digitalen Distanz ausstrahlte, und seine tiefen, braunen Augen faszinieren sie. Sie lächelt. Ihm wird bewusst, wie er sich zum ersten Mal hat mitreißen lassen. Er ist fasziniert von ihrer Begeisterungsfähigkeit und ihrer Ausstrahlung und blickt verträumt über die Streuobstwiesen, die hinter seinem Haus im herbstlichen Sonnenlicht liegen und spürt ihrem ersten Lächeln, das wirklich ihm galt, nach. Wunderschön. Er lächelt.

Ihr nächstes Meeting wirkt professionell: Sie lachen über die schlechte Moderation ihrer Chefin und die verkündeten Banalitäten. Sie reden kurz über den Chat, wie zwei Kollegen, die sich einfach die Zeit vertrieben haben. Und doch spüren er und sie, dass sie sich, ohne es noch verbergen zu können, auf eine bisher unbekannte Weise nähergekommen sind. Es vergehen Wochen, in denen sie sich fast jeden Tag zu Zoom-Meetings treffen, da die Auftraggeber auf eine erste Präsentation des Projekts drängen, oft auch an den Wochenenden. Meist nimmt die Arbeit sie ganz in Beschlag, doch immer öfter will am Ende des Meetings keiner von beiden der erste sein, der ‚geht'. Sie erzählen von ihren Familien, reden über Italien und Bücher, die sie gerade lesen, doch die Leichtigkeit und Nähe des ersten Chats, stellt sich zu keinem Zeitpunkt mehr ein. Es wirkt fast so, als ob sie sich mit ihren Worten wechselseitig versichern wollen, dass in ihren Leben alles gut ist ... – ihre Blicke erzählen anderes ...

... und ohne vorgreifen zu wollen, verehrte Leserinnen und Leser, wissen Sie und ich genau, was zwischen den beiden geschehen ist. Mit angehaltenem Atem schauen wir von außen zu, ahnen wie es weitergehen könnte und fragen uns: „Was soll nur werden?“ Fast bin ich geneigt meine Feder wegzulegen, doch mein bebendes Herz jagt die Worte über das Papier und obwohl sicher jeder von uns solche Augenblicke kennt, wagen wir es nicht unsere Blicke von den beiden abzuwenden.

Die Corona-Pandemie schränkt das tägliche Leben immer weiter ein: Kontaktbeschränkungen, nächtliche Ausgangssperren, das öffentliche Leben liegt inzwischen fast völlig brach. Die beiden amüsieren sich über die Hamsterkäufe von Klopapier und Nudeln. Er schlägt vor, dass sie bei einer Schweizer Firma, über die er einen Artikel in ‚Die Zeit‘ gelesen hat, ein Prepper-Set bestellen sollten. Sie lachen gemeinsam. „Was hältst du von dem ‚Familien-Angebot-Classic-Paket‘ für 1190 CHF, bevor die völlig ausverkauft sind?“ „Das reicht ja nicht einmal zwei Wochen ... – und dann?“ „Mein Weinkeller ist gut gefüllt und sonst brauche ich nicht viel!“ „Dann komme ich im Notfall einfach bei dir vorbei und wir leben von deinem Wein!“ Sie lachen. Sie schweigen. Sie spüren beide, wie sehr ihnen die realen Begegnungen fehlen und doch fällt es ihnen schwer, zu der Vertrautheit des ersten Chats zurückzufinden. „Der Kindi hat inzwischen auch geschlossen. Ich mache mir Sorgen, wie die Isolation sich auf Sophia auswirken wird. Sie ist nur noch mit uns zusammen.“ „Nimm dir so viel Zeit, wie du brauchst! Gerade die ersten Jahre mit den Kindern sind so wertvoll. Wenn ich an meine beiden denke, wie jeder Augenblick mit ihnen mein Herz erfüllt hat und mir bis heute ein Lächeln auf das Gesicht zaubert.“ Sie sehen sich wieder an.

Sie schweigen und das gemeinsame Schweigen fühlt sich gut an, weil sie sich nah sind. „Ich kann mehr in das Projekt investieren, so dass du mehr Zeit für Sophia hast ...“ „Spinnst du? Die Arbeit mit dir bedeutet mir nach Sophia alles! Ich schätze deine Art das Ganze anzugehen so sehr und ich lerne jeden Tag aufs Neue von dir.“ „Ich werde rot!“ „Dazu gibt es keinen Grund. Es ist genau so, wie ich sage!“ Sie sieht, dass er wegen irgendetwas zögert. „Wollen wir uns vor Weihnachten noch ‚real‘ treffen, um die Dokumente im Original durchzusehen und für die Abgabe gemeinsam zu unterzeichnen?“ Sie lächelt, ist sofort begeistert: „Meine Mutter kann auf Sophia aufpassen!“ „Genial! Wie wäre es mit dem 22. Dezember? Wir fahren am nächsten Tag mit den Kindern wie jedes Jahr nach Italien, um dort gemeinsam Weihnachten und Silvester zu feiern.“ „Wie lange werdet ihr weg sein?“ „Wir müssen am 1. Januar wegen der Quarantänebestimmungen bei der Rückkehr aus Risikogebieten zurückfahren. Wer weiß, wie es ab dem 10. Januar mit der Arbeit im Büro weitergeht. Nur so kann ich die vorgeschriebene zehntägige Quarantäne einhalten.“ „Meinst du, dass wir wieder ein gemeinsames Projekt bekommen?“ „Wünschst du dir das?“ „Du nicht?“ „Doch! Du und unsere Zusammenarbeit sind mir fast schon ans Herz gewachsen!“ Sie lachen gleichzeitig und er sieht, wie sie errötet. „Ich schätze dich und deine Arbeit sehr, aber das weißt du!“. „Ich bin froh, dass du das sagst. Eine Zeitlang dachte ich, ich nerve dich nur!“ Sie schweigen für einen kurzen Moment wieder, die Nähe zwischen ihnen ist fast greifbar. „Also der 22. Dezember! Selbe Zeit? Selber Ort?“ „Ja, ich freue mich auf dich. Bringst du zum Feiern Rosé aus deinem Weinkeller mit?“ Es fällt ihnen schwer das Meeting zu verlassen und als sie vor ihren dunklen Bildschirmen sitzen, fragen beide sich, warum sie sich, trotz der Coronavorschriften, nicht schon längst getraut haben real im Büro zu treffen.

Die vorweihnachtliche Zeit vergeht, obwohl sich beide intensiv in die Arbeit stürzen, um das Projekt fristgerecht zum Abschluss zu bringen und kaum Zeit für private Gespräche bleibt, nur langsam. Corona hat die hektische Betriebsamkeit auf den Straßen und auch die Vorfreude auf das Fest völlig gelähmt. Trotz der in den Straßen aufgehängten Beleuchtung, stellt sich keine richtige Stimmung ein: Keine Weihnachtsmärkte, keine Weihnachtsfeiern, keine Aussicht auf große Familienfeste, da die Anzahl der Menschen, die sich treffen dürfen, begrenzt ist. Die Straßen sind leer und die Stimmung überall verhalten. Sie sehen sich fast täglich zu kurzen Meetings online, um die letzten Details zu besprechen. Ihr Treffen am 22. Dezember erwähnen sie mit keinem Wort mehr, als hätten sie Angst, dass die Leichtigkeit der online getroffenen Verabredung zerstört werden könnte. Sie erzählt kaum mehr etwas von ihrem Alltag und ihrer Tochter. Er hat Angst, dass er ihr zu nahegetreten ist und es fällt ihm schwer ihre scheinbare Zurückhaltung einzuordnen. Beide überspielen die Situation mit der Konzentration auf die Arbeit. In Meetings sehen sie sich an, lächeln, schweigen ... – und spüren, wie das nahende Ende des Projekts sie unsicher macht.

Der 22. Dezember ist ein nasskalter Tag. Als er mit seinem schwarzen SUV auf den völlig vereinsamten Firmenparkplatz fährt, ist er für einen Moment unsicher, ob sie überhaupt kommen wird. In seinem Rucksack sind neben den Dokumenten, die heute noch in die Post müssen, zwei Weingläser und die vereinbarte Flasche Rosé. Er fröstelt als er über den Hof geht, das wie tot daliegende Gebäude aufschließt und das kalte Treppenhaus in den obersten Stock geht. Seine Schritte verlangsamen sich, je näher er der Tür kommt. Er ist unsicher. Die bunten Wände blicken ihn leer an und seine Schritte hallen auf den langen Fluren hinter ihm her. Niemand ist im Haus. Als er endlich vor der Tür steht, hinter welcher der kleine Konferenzraum liegt, der ihnen für das Projekt zur Verfügung gestellt wurde, fragt er sich, ob es im Januar wohl mit ihrer gemeinsamen Arbeit weitergehen wird. Er schließt die Tür auf. Es ist kalt. Kalt, wie im gesamten Haus. Der Raum ist seit Wochen unbenutzt. Niemand hat ihn betreten. Alles wirkt, trotz der bunten Farben, abweisend und kahl. Selbst die Reinigungsfirma hat, aufgrund von Corona, ihre Tätigkeit scheinbar eingestellt oder zumindest eingeschränkt. Es liegt überall Staub auf den Oberflächen und die Fensterfronten sind wohl vor Wochen das letzte Mal gereinigt worden. Er lässt die Tür weit offen. Er tritt an die Fenster, die seinen Blick in die Tiefe ziehen ... – weit unter ihm die riesigen Bäume, die im Winterschlaf nach ihm zu rufen scheinen. Er schiebt die Fenster auf, um die muffige Luft, die alles im Raum umhüllt, zu vertreiben. Er breitet die Papiere auf den quadratischen Tischelementen in ihrer Chronologie aus. Ein Windstoß, von irgendwoher, verteilt sie über den gesamten Boden. Sie liegen überall, fast wie ein Puzzle, das er glaubt, nie wieder zusammenfügen zu können. Er versucht schnell das Ganze zu retten, indem er die Welt ‚draußen' durch das Schließen der Fenster verbannt. Er hört Schritte. Sie kommt. Eilt die Treppe hoch. Schnell. Atemlos. Sie trägt, wie er, obwohl sie allein sind, die vorschriftsmäßige FFP2-Maske. Die zweite Coronawelle entfaltet gerade ihren Höhepunkt. Er steht in der Tür. Sie kommt ihm entgegen. Er lächelt. Sie lächelt. „Fast pünktlich!" „Verzeih, du weißt, dass ich mir Mühe gebe. Sophia hat sich den Kopf an der Tür gestoßen und ich musste sie noch trösten." „Alles gut, es war ein Scherz!

Schön, dass du da bist!“ Sie legt ihre Jacke ab. Er riecht ihr Parfüm. Sie ist perfekt geschminkt. Er sieht sie an. Sie lächelt. Ihre goldenen Haare fallen wie zufällig über ihre Schultern, ihre Kleidung ist wie immer dezent. Er liebt ihren Stil. Der Ansatz der schwarzen Dessous, die aus der legeren Bluse spitzen, verführen seine Augen für einen Moment. Sie spürt, dass er sie mustert, senkt für einen kurzen Moment ihren Blick und sieht ihn dann direkt an. Sie liebt seine dunkelbraunen Augen, die fast immer lächeln. Sie schweigen. „Danke, dass du schon alles vorbereitet hast!“, sagt sie verschmitzt als sie die über den ganzen Raum verstreuten Papiere sieht. Gemeinsam sammeln sie die Dokumente ein und legen sie auf den Tisch. Ihre Hände berühren sich für den Bruchteil einer Sekunde. Sie sehen sich an. „Und der Rosé?“ Er zaubert stilvolle Weingläser und die Flasche, die eine Kühlmanschette trägt, aus seinem Leder-Rucksack. Sie schmunzelt: „Die ist wohl nicht nötig, so frostig wie es hier im Raum ist.“ Sie lachen gemeinsam. Aufgrund der Corona-Bestimmungen setzen sie sich mit Abstand an die bunten Tische und vertiefen sich in die abschließenden Aspekte für ihr Projekt. Sie prüfen Dokumente auf ihre Richtigkeit, feilen an einzelnen Formulierungen und gehen alle Entwürfe noch einmal durch. Ihre Sprache ist sachlich und professionell. Ihre Blicke lassen immer wieder die Spannung zwischen ihnen aufblitzen. Beide spüren genau, wie sie sich wechselseitig immer wieder in der verstohlenen Betrachtung des anderen verlieren. Es vergehen lange Minuten, ohne dass ein Wort gesagt wird. Die Kälte von ‚draußen‘ kriecht immer tiefer in den Raum. „Es ist perfekt! Ich danke dir, dass du noch so viel Zeit in den Feinschliff investiert und mich dadurch entlastet hast. Danke auch, dass du, obwohl du so viel mehr Erfahrung hast, immer auf Augenhöhe mit mir zusammengearbeitet hast.“ Er sieht trotz der Maske, wie sie errötet und würde sie gerne in seine Arme nehmen. Sie sieht, wie seine Augen lächeln und würde ihn gerne in ihre Arme nehmen. „Du mit deiner Kreativität und deinem Esprit, hast dem Projekt erst ein Gesicht gegeben. Die Menschen, die in diesem Haus zusammenleben werden, werden in jedem kleinen Detail deine Handschrift und dein Herz spüren, auch wenn sie dich nie kennenlernen. Ich habe dir zu danken, dass du in meine einsiedlerische Arbeitsweise ‚eingebrochen‘ bist und meinen Horizont erweitert hast.“ Sie sehen sich direkt an, ohne die räumliche Distanz zu überwinden. Wie die sanfte Berührung des Windes auf der nackten Haut, stellt sich eine Nähe, Leichtigkeit und Vertrautheit ein, genau wie an jenem Tag als sie ihn ‚angechattet‘ hat. Sie versinken in den Augen des anderen und spüren nicht, wie die Zeit vergeht, bis sie irgendwann sagt: „Und ... – der Wein?“ „Verzeih, wie unaufmerksam von mir!“ Er öffnet die Flasche, ohne seinen Blick von ihr abwenden zu können. Sie sieht ihn an, ohne irgendetwas denken zu können. Als er eingeschenkt hat und ihr das Glas über den Tisch reicht, berühren sich ihre Hände wieder. Beide bleiben einen kurzen Moment bei der Berührung, ohne die Nähe auflösen zu wollen. Die FFP2-Masken haben sie längst abgelegt. Sie lächeln sich an. Er sieht die perfekte Linie ihres Mundes, die durch den dezenten Lippenstift betont wird. Sie sieht, dass er sich rasiert hat, die weiche Linie seiner Wangen atmet ihr durch sein Aftershave entgegen. „Auf uns und unsere harmonische Zusammenarbeit ...“ „... und dass wir uns in allem so genial ergänzen!“ „Du meinst mein Alter und deine Schönheit?“ Sie lacht, nippt an ihrem Glas, streicht ihr Haar glatt und sieht ihn mit einem Augenaufschlag an. Er lacht, setzt mitten im Trinken sein Glas ab, spürt, dass er sich danach sehnt ihr nahe zu sein. Der kurze Moment, als sie sich vorher berührt haben, klingt in ihnen nach. Es ist das Aufblitzen eines einzelnen Sonnenstrahls, der ein noch uneingelöstes Versprechen auf einen Sommer voller Wärme und Wind und Salz auf ihrer Haut, ganz dicht am Strand der Welt, die sie gefangen hält, in sich trägt. Sie reißen sich aus ihren Träumereien, obwohl der eine den Herzschlag des anderen spürt und seine Sehnsucht teilt: „Lecker! Genau wie ich ihn mag. Woher wusstest du?" „Du hast mich angechattet!" Sie sieht ihn liebevoll an: „Nein! Du hast mich angechattet!" „Weißt du, ich hätte nie gedacht, dass ich so viel Freude daran habe, mein einsames ‚Wolfsdasein' im Hinblick auf Arbeitsprozesse aufzugeben. Ich kam mir schon vor wie Harry Haller in Hermann Hesses ‚Der Steppenwolf'. Du hast mich aus meinem ‚Dahintrotten' herausgeholt. Danke!" Sie lächelt: „Ist das so?" Wieder schweigen beide einen Augenblick. „Nein, ich habe es schon einmal gesagt: Ich habe dir zu danken. Ich habe so unendlich viel von dir im letzten Jahr gelernt. So unfähig unsere Chefin ist, dass sie uns als Team zusammengebracht hat, ist das Beste, was sie in den letzten Jahren vollbracht hat!" „Lass uns bitte nicht über sie sprechen. Ich kann ihre manipulative Art und ihr Streben nach Macht nicht ausstehen." „Das geht mir genauso und ich weiß, dass dir so ein Verhalten zuwider ist. Dir geht es immer um die Sache und die Menschen hinter der Sache." Er sieht sie mit seinen dunkelbraunen Augen an und spürt eine Nähe und Verbundenheit, von der er nicht geglaubt hätte, dass er sie noch einmal erleben würde. Sie sieht ihn mit ihren grünblauen Augen an und spürt eine Nähe und Verbundenheit, von der sie nicht ahnte, dass es sie zwischen Mann und Frau geben könnte. „Ich wusste nicht, dass du dich so für Literatur interessierst!?" Es ist eine Feststellung und eine

Frage und sie spüren, wie sich der Raum um sie herum plötzlich öffnet. „‚Das ist ein weites Feld!‘ ... Fontanes ‚Effi Briest‘. Ich liebe es in die fiktiven Welten der Literatur einzutauchen und ich bewundere, wie genial Schriftstellerinnen und Schriftsteller über Jahrhunderte ihr Leben, ihr Lieben und ihr Sterben in Gedichten, Romanen und Briefen festgehalten haben.“ „‚Du‘ bist ein ‚weites Feld‘! Immer wieder überraschst und faszinierst du mich mit deinen vielseitigen Interessen!“ Wieder schweigen sie. Ihre Augen sind wie das Tor zu ihren Seelen und beide lassen es zu, dass der andere in jeden Winkel eintaucht ... – schutzlos, offen, unendlich. „Ich würde dich gerne küssen!“, sagt sie in die Stille hinein. Ihr Duft wird ihm so plastisch bewusst, dass er glaubt ihre Lippen auf seinen zu spüren. Er weiß nicht, was sagen und doch weiß er, dass er sie auch küssen will. „Denkst du, dass das gut wäre?“ Sie antwortet, ohne zu zögern: „Ja!“ Sie schweigen. Sie sehen sich weiter an. „Ich fühle mich zu dir hingezogen, wie noch nie zuvor zu einem Mann!“ „Und das Virus?“ „Hast du Angst dich anzustecken?“ „Nein, das ist es nicht ...“ Sie sieht ihn zärtlich an. Er weiß nicht, was sagen. Beide spüren, dass sie es wollen. Die Zeit verliert ihre Bedeutung „Weißt du, ich habe seit unserer ersten Begegnung zu dir aufgeschaut. Du hast dich immer so professionell verhalten. Dein Einsatz für die Firma und dein Sinn für Fairness ... – ich bewundere dich, in allem was du bist und als Mann ziehst du mich magisch an!“ „Und was ist mit deinem Mann?“ „Das, was ich für dich empfinde, hat nichts mit ihm zu tun. Ich weiß, das hört sich absurd an, aber es ist die Wahrheit.“ Er trinkt einen Schluck Wein, setzt die FFP2-Maske wieder auf. Ihre Sätze bewegen sich auf die scheinbar gerade noch vorhanden gewesenen Wände des Büros, die ihre Materialität verloren haben, zu. „Ich würde dich auch gerne küssen, aber ich habe Angst, dass wir dadurch alles zerstören." Ihre Worte durchbrechen die Grenze des Raumes, treiben nach ‚draußen', so dass der Wind, der um das Gebäude schleicht, sie hinwegträgt. Zwischen den beiden flimmert ein luftleerer Raum, die kleinen Härchen auf ihrer Haut richten sich auf, und ohne, dass sie ihre Gefühle formulieren könnten, wissen beide, dass sie sich gerade eingestanden haben, was ihre Herzen schon lange wissen. Sie schweigen beide lange. „Wir haben unsere Leben. Wir sind glücklich in unseren Leben, oder? Wem würden wir irgendetwas wegnehmen, wenn du und ich uns in gestohlenen Momenten lieben?" „Ich weiß es nicht." „Hättest du ein schlechtes Gewissen?" Er zögert mit der Antwort: „Was macht dich so sicher?" „Wie meinst du das?" „Dass wir niemandem etwas wegnehmen würden ..." „Ich spüre, dass uns etwas außergewöhnlich Tiefes verbindet. Eine Nähe, die ich noch niemals in meinem Leben so gespürt habe. Genau das macht mich so sicher." Sie steht auf, blickt ihn an. Die Tische zwischen ihnen verschwimmen, wie wenn sie ihre Form verlieren und sich in Luft auflösen würden: „Ich will dich, mit allem was du bist." Ihr Satz steht mitten im Raum und sie wiederholt ihn, ohne auch nur einen Augenblick zu zögern. Ihre Klarheit überrascht ihn, damit hatte er nicht gerechnet. Er hört den Wind, der von ‚draußen' in den Raum dringt und der die Worte und Sätze, die gerade gesagt wurden, wieder zurückträgt nach ‚drinnen' ... – und doch ist es völlig still um sie herum. Der eng umzirkelte, hermetisch abgesteckte Raum ihres Büros, hat sich plötzlich geöffnet und in dieser neuen Dimension, liegt ‚ihre' Welt. Eine Welt, mit der sie beide nicht gerechnet und nach der sie sich, ohne es auch nur ansatzweise zu ahnen, immer gesehnt haben. Eine Welt, von der sie nicht einmal wussten, dass es sie gibt und nach der sie doch, ohne es zu wissen, mit ihren Herzen immer gesucht haben.

Ich weiß, verehrte Leserinnen und Leser, Sie lächeln verständnisvoll, fast mitleidig und schütteln Ihren Kopf, weil wir glauben, dass das, was sie und er gerade erleben, millionenfach in dieser Welt, tagtäglich passiert. Sie und ich, wir kennen das Ende und ihr Satz „Wem würden wir irgendetwas wegnehmen, wenn du und ich uns in gestohlenen Momenten lieben?", kann nur Leid, Schmerz und Verletzung hervorbringen. Vielleicht haben Sie selbst einmal eine solche Situation erlebt und ich frage Sie: „Haben Sie widerstanden? Und wenn nicht ... – verzeihen Sie meine Offenheit: Wie hat es geendet?" Und doch spüren wir eine Sehnsucht, die unsere Herzen laut pochen lässt und über uns hinausweist. Ich weiß, dass Sie eine Träne in Ihren Augen tragen, die Sie verstohlen mit Ihren Händen wegwischen und den beiden zurufen wollen: „Nein! Lasst euch nicht aufeinander ein!" Und doch ist da Hoffnung und so wie die Grenzen des Raums verschwimmen, gibt es einen Grund, warum die beiden genau an dem Punkt stehen, an dem Sie und ich, die beiden sehen, ihren Worten lauschen und trotz allem glauben, dass alles gut werden kann.

„Ich will dich auch küssen, mehr als alles andere! Doch ich möchte, dass wir sicher sind, dass du und ich nicht einfach eine Affäre sind, wie tausend andere auf dieser Welt. Das will ich nicht." „Nein, du und ich, das kann niemals nur eine Affäre sein. Dazu sind wir uns als Menschen einfach zu nah. Eine Affäre beendet man einfach, wenn es nicht mehr passt. Ich will dich niemals mehr verlieren. Du bist mir in den letzten Wochen und Monaten so wichtig geworden. Der Gedanke, dich nicht mehr in meinem Leben zu haben, würde mich unendlich traurig machen. Wir sind Seelenverwandte ... – ich liebe dich!" „Ich hätte nie gedacht, dass eine Frau das noch einmal in meinem Leben zu mir sagt. Ich fühle mich dir genauso nah. Ja, wir sind Seelenverwandte und doch will ich, dass wir absolut sicher sind, damit wir nichts zerstören!" Sie schweigen und versinken in den Augen des anderen. „Ich will dich immer noch küssen." „Wir müssen sicher sein, dass wir unsere Leben respektieren." „Hast du daran Zweifel?" „Nein, nicht bei dir. Ich will einfach nicht, dass irgendjemand verletzt wird." Sie sieht ihn unverwandt an: „Das will ich auch nicht, sei sicher!" „Ich will dich auch küssen!" Obwohl immer noch zwei Meter zwischen ihnen liegen, sind sie sich so nah, wie noch nie zuvor. „Jetzt?" Ihre Augen und ihr Duft umschmeicheln ihn und sie macht einen Schritt auf ihn zu. Seine Augen halten sie auf, obwohl auch er ihre Lippen spüren will: „Lass uns schauen, was unsere Liebe ..." „... es ist verrückt, dass du das so formulierst, obwohl wir uns noch nicht einmal geküsst haben. Ja, es ist Liebe! Weißt du, dass du der ‚besonderste' Mann bist, der mir je begegnet ist?" Sie sieht unverwandt in seine von Lachfalten umspielten Augen und am liebsten hätte er sie einfach in seine Arme genommen und geküsst. „Lass uns schauen, was unsere Liebe in der Zeit zwischen den Jahren macht. Wir treffen uns Anfang Januar wieder hier und wenn wir uns absolut sicher sind, dass wir mehr füreinander sind als nur eine Affäre, dann küssen wir uns und lassen uns nie mehr los. In Ordnung?" Sie sieht ihn an und lächelt: „Du kannst sicher sein, an meinen Gefühlen für dich wird sich nichts ändern." Sie wissen beide, dass sie mehr wollen und doch spüren beide, dass sie Zeit haben und es gut so ist. Ihre Leben außerhalb dieses Büros verlangen Respekt und die Tage, die vergehen werden, spielen kosmisch gesehen bei einer solchen Liebe keine Rolle. Beide wissen, dass sie sich im Januar, wenn sie sich wiedersehen, unendlich zärtlich küssen werden. Sie stoßen noch einmal an, trinken den restlichen Wein, tätigen die letzten Unterschriften und stecken die Unterlagen in die bereits beschrifteten Kuverts, die er heute noch auf die Post bringen wird. Ihre Hände berühren sich immer wieder völlig selbstverständlich, zufällig und doch zärtlich und die Vorfreude auf das, was kommen wird, ist jeden Moment in ihren Blicken spürbar. Als sie den Raum verlassen, sind die Tische leer. Nichts erzählt mehr von dem Projekt, das sie zusammengeführt hat und das jetzt, zumindest in der Planung, abgeschlossen ist. Sie stehen mit ihren FFP2-Masken in der Tür, blicken zurück. Die flache Wintersonne küsst gerade so die Fenster, und das Licht, das ihren Ort beleuchtet, ist unwirklich und doch voller Wärme. Sie sehen sich an und als er die Tür abschließt, sagt sie: „Wir brauchen etwas, damit wir es gemütlicher haben." Seine Augen lächeln und er berührt ihre Hand, als sie das Treppenhaus nach unten gehen. Ihre Augen lächeln und sie ergreift seine Hand und ihre Finger verschränken sich ineinander. Sie treten gemeinsam aus dem Gebäude und stehen noch einige Zeit neben ihren Autos, ohne sich verabschieden zu können. Die Worte fliegen hin und her, sie wollen beide nicht gehen und doch steigen sie irgendwann ein und fahren in verschiedene Richtungen davon ... – zu ihren Leben. Er ruft sie aus dem Auto an: „Ich liebe dich!" Sie schweigt zuerst, dann sagt sie: „Ich liebe dich auch und ich sehe dein Lächeln!"

Sie sind über die Weihnachtsfeiertage und Silvester hunderte Kilometer voneinander getrennt. Sie verbringt die Tage mit ihrer Familie, da Corona den Skiurlaub zunichte gemacht hat, zuhause. Er ist mit seinen Kindern, deren Partnern und seiner Frau in die Toskana gefahren, wohlwissend, dass nach der Rückkehr Quarantäne droht. Sie mailen täglich, teilweise stündlich und obwohl die Dichte der familiären Zeit keine Telefonate zulässt, gelingt es ihnen sich über die Worte der Mails so nah zu sein, dass die Kraft ihrer Liebe sie beide immer wieder atemlos in ihren Smartphones versinken lässt: „Ich sehne mich nach dem Augenblick, in dem du das Treppenhaus hochfliegst, über den unendlich langen Flur mir entgegenkommst und deine Augen mich anstrahlen ...“ „… und du mich in deine Arme schließt und endlich küsst ...“ „… es fehlt mir dich zu sehen, mit dir zu reden, dir alles zu erzählen, was mich bewegt ...“ „… dein Duft, der mich umschmeichelt, dein Lächeln, das mich wärmt ...“ „… ich möchte, dass du weißt, dass ich jeden Augenblick an dich denke und mich nach unserem ersten Kuss sehne ...“ „… ich will keinen Tag mehr, an dem wir uns nicht sehen, an dem wir uns nicht küssen ...“ „… mein Herz und meine Gedanken sind immer bei dir ...“ Die Nächte in dieser Zeit sind für beide fast schlaflos und doch voller Träume. Wenn sie dann doch einschläft, ist er ihr letzter Gedanke. Wenn er aufwacht, ist sie sein erster Gedanke: „Aufgewacht ... – leider ohne dich ... weiß nicht, wo ich bin ... denke an dich jeden Augenblick ... – Nacht für Nacht fehlst du meiner Seele ...“ Sie antwortet unmittelbar: „Aufgewacht ... – leider ohne dich ... mein Herz pocht laut und zählt voll Sehnsucht nach dir die Tage, bis wir uns wiedersehen ... – Nacht für Nacht fehlst du meiner Seele ...“ In jedem Augenblick dieser Nächte und Tage denken sie aneinander und auch, wenn es kaum zu glauben ist ... – dies wird auch nie wieder anders sein. Er liegt nächtelang wach. Sie liegt nächtelang wach. Und obwohl sie sich noch nicht ein einziges Mal geküsst haben, gibt es kein Zurück mehr. Ihr Weg ist so klar, wie die Sterne, die sich in diesen Nächten am Himmel zeigen. Eines Morgens findet sie ein Gedicht von ihm auf ihrem Smartphone, das er in einer dieser Nächte für sie geschrieben hat:

„Ich liege wach und denke an dich ... –
der Sternenhimmel ist so hell,
dass ich unendlich klar
in die Weiten des Universums sehen kann.
Eine Sternschnuppe
rast auf ihrem Weg zur Erfüllung vorbei ...
Mein Herz klopft ganz laut,
weil es unendlich klar
in die Weiten deines Universums sieht
und nur einen Wunsch in all meinen Galaxien spürt ...

Du liegst wach und denkst an mich ... –
der Sternenhimmel ist so hell,
dass du unendlich klar
in die Weiten des Universums sehen kannst.
Eine Sternschnuppe
rast auf ihrem Weg zur Erfüllung vorbei ...
Dein Herz klopft ganz laut,
weil es unendlich klar
in die Weiten meines Universums sieht
und nur einen Wunsch in all deinen Galaxien spürt ...

Wir liegen wach und denken an uns ... –
der Sternenhimmel ist so hell,
weil dein und mein Universum ein Universum sind ...
Das sehen wir ... unendlich klar.
Das fühlen wir ... unendlich klar.
Das wissen wir ... unendlich klar.
Dein Sternenhimmel ist mein Sternenhimmel ... –
und mein Sternenhimmel ist dein Sternenhimmel!

Wir liegen wach unter dem Sternenzelt ... –
Hand in Hand ...
für immer verbunden ...
für immer eins ...
für immer Liebende ...

Eine Sternschnuppe
rast auf ihrem Weg zur Erfüllung vorbei ...
Wir sehen uns an
durch alle Galaxien und Welten und Zeiten ...
und finden uns in den Augen des anderen wieder ...
auf dem Weg zur Erfüllung ... –
denn mein Sternenhimmel ist dein Sternenhimmel ... –
und dein Sternenhimmel ist mein Sternenhimmel!“

Sie schreibt: „Ich habe Tränen in den Augen. Ich bin wie du wach gelegen und habe den Weg der Sternschnuppen in dieser Nacht beobachtet. Es ist unendlich schön zu wissen, dass derselbe Himmel sich über dir befindet. Was ich für dich empfinde, ist echt und wahr. Du findest Worte, die so wunderschön sind, dass sie mein Herz zutiefst berühren. Ich danke dir, dass du mich daran teilhaben lässt! Ich freue mich unendlich auf unser Wiedersehen und unseren ersten Kuss. In unendlicher Liebe.“

Sie zählen die Tage, die Stunden und Sekunden, bis er in der offenen Tür steht und sie ihm entgegenkommt, ihn ansieht, wie nur sie es kann und sie sich endlich küssen, sie sich endlich in den Armen liegen und endlich vereint sein werden.

Die Silvesternacht ist ruhig. In Deutschland gibt es, aufgrund von Corona und den damit verbundenen Einschränkungen für die Zusammenkunft größerer Menschenmengen, ein Böllerverbot. In Italien ist die Nacht völlig still und obwohl der Himmel verhüllt ist, treffen sich ihre Blicke in den Weiten des Universums, sehnsuchtsvoll, wie das Licht einer Sternschnuppe auf dem Weg zu ihrer Erfüllung. Punkt Mitternacht schreibt sie: „Ich sitze hier und kann nur an dich denken ..." „... unsere Herzen sprechen dieselbe Sprache, teilen das gleiche Sehnen ..." „... mein Herz fliegt dir in jedem Augenblick entgegen ..." „... und ich kann es kaum erwarten, deine strahlenden Augen zu sehen ..." „... deine Nähe zu spüren ..." „... du bist jeden Augenblick in meinem Herzen ..." „... in meinen Gedanken ..." „... du berührst meine Seele ..." „... unendlich ..." „... mal unendlich ..." Sie schweigen zusammen und trotz der räumlichen Distanz atmet die Stille ihre Sehnsucht. „Ich würde jetzt gerne mit einem Rosé mit dir anstoßen ... auf unser erstes gemeinsames Jahr ..." „... auf jeden einzelnen Moment, der uns geschenkt ist! Ich liebe dich ..." „... schlaf gut, mein Herz, ich träume mich zu dir ..." „... schlaf gut, mein Herz, fühl dich in meinen Armen geborgen ..." Es gibt in dieser ersten Stunde des neuen Jahres nur sie und ihn.

Das neue Jahr beginnt unspektakulär und ungewöhnlich ruhig, da das Corona-Virus weiter den Alltag in Deutschland bestimmt. Die Einreisebestimmungen zwingen ihn, noch am 1. Januar aus Italien zurückzukommen, da er sich frühestens nach fünf Tagen aus der Quarantäne freitesten kann. Sie schreiben sich in jedem Augenblick, der möglich ist und warten nur auf den Moment, an dem sie sich endlich wiedersehen können. Die Arbeit in der Firma beginnt nur schleppend, da die neuen Projekte noch nicht verteilt sind und erst in der zweiten Januarwoche wieder überall gearbeitet wird. Es ist auch noch unklar, ob ihre Chefin, obwohl sie noch vor Weihnachten in einer Mail deutlich gemacht hat, wie zufrieden sie mit der Arbeit der beiden war, sie wieder für ein gemeinsames

Projekt einteilt. Sie zoomen täglich miteinander und es ist, als ob seit ihrer letzten Begegnung keine Zeit vergangen wäre. Er sieht, dass sie nervös ist, da sie, ohne dass es ihr selbst bewusst ist, auf ihrer Unterlippe kaut und fragt, was sie beschäftigen würde. Sie reagiert unmittelbar: „Du! Nur du! Ich sehne mich einfach danach dir nah zu sein!“ „Nur noch zwei Tage, vorausgesetzt ich bin nicht positiv! Ich bringe Wein mit ...“ „... und ich eine Decke! Verzeih, ich muss aufhören ... – mein Mann kommt heim ... – blödes Home-Office!“ Er mailt sie kurz darauf an „Eine Decke?“ Sie antwortet direkt vom Smartphone: „Weißt du, es hört sich sicher doof an, weil wir uns noch nicht einmal geküsst haben, aber ich möchte mich dir ganz hingeben!“ Er versteht, was sie sagen will: „‚Hingeben‘ ... – was für ein wunderschönes Wort. Ich fühle wie du. Ich liebe dich, du Wunderschöne!“ Sie antwortet mit „😊“ und schreibt kurz darauf:

„Das mit uns ist einfach echt.
Das mit uns ist einfach Glück.
Das mit uns ist einfach tief.
Das mit uns ist einfach Liebe.“

Januar 2021

Es ist der 7. Januar 2021. Kein wirklicher Wintertag, doch die Nasskälte hat das Firmengelände und auch das Innere des Gebäudes fest im Griff. Die Heizung ist immer noch auf Notbetrieb. Kaum jemand kommt seit Monaten hierher. Er fröstelt, als er wie immer viel zu früh, durch den Haupteingang tritt, die Tür hinter sich abschließt, und in großen Schritten nach oben eilt. Selbst die Farbmuster an den Wänden scheinen durch die Kälte eingefroren ... – und doch lächelt er. Als er die Tür zu ihrem Büro aufschließt, glaubt er ihr Lachen, von den vielen Stunden, die sie hier gemeinsam in ihre Arbeit vertieft verbracht haben, zu hören. Ihr Duft, ihre strahlenden Augen, ihr Lächeln und die Klarheit ihrer Worte „Ich will dich küssen!“, als sie zwei Tage vor Weihnachten gemeinsam hier waren, erfüllen den Raum. Obwohl sie tagelang in getrennten Welten gelebt haben, scheint es so, als sei seither kein einziger Augenblick vergangen. Es ist zum ersten Mal, dass sie sich nicht zum Arbeiten treffen. Sein Herz ist frei und leicht. Er lässt die Tür offen, steht auf der unsichtbaren Türschwelle und wartet auf sie. Der Flur erscheint ihm endlos. Sie verspätet sich. Er läuft zum Treppenhaus und blickt durch die Glasfront hinunter auf den Parkplatz, auf dem sie so oft gestanden sind. Er sieht, wie sie in ihrem Auto herfährt. Sie steigt aus, blickt hinauf, sieht ihn direkt an, lächelt ihn von weit her an. Er spürt, wie sein Herz ganz laut schlägt. Sie sieht von ganz tief unten zu ihm hoch, kommt unverwandt immer näher auf ihn zu, ohne auch nur einen Augenblick auf den Weg zu achten. Als sie das Gebäude betritt und seinen Blicken entzogen wird, geht er zurück zur Schwelle. Er sehnt sich nach dem Anblick, wenn sie den Flur entlang auf ihn zukommt. Er hört ihre Schritte, schnell, ungestüm, das Treppenhaus mühelos bezwingend; lauter werdend und lächelnd kommt sie um die Ecke, eilt ihm entgegen, eine Decke unter dem Arm. Sie zögert keinen Augenblick. Schmiegt sich in seine weit offenen Arme, ihr Kopf an seiner Brust, sein Gesicht in ihrem duftenden Haar. Zwischen Tür und Angel stehen sie himmellang ... ohne auch nur eine Sekunde Raum mehr zwischen sich, weil sie wissen, dass ihre Liebe echt ist. Langsam hebt sie ihren Kopf ... ihre grünblauen Augen strahlen ihn an, ihr Mund voll Verlangen leicht geöffnet. Er küsst sie ... spürt ihre weichen Lippen, die seine unendlich liebevoll berühren ... sich vertrauensvoll öffnen, dass beide voll Erwartung erbeben. Sie sieht nur ihn ... schmiegt sich an ihn und sie küssen sich, als wäre es der allererste Kuss in allen Galaxien, Welten und Zeiten. Die Zeit steht still. Ihre Zärtlichkeit umfließt sie. Kein Geräusch dringt an ihre pochenden Herzen. Es gibt nichts mehr außer sie und diesen Augenblick. Ihr Kuss ... – für die Ewigkeit, wie die Skulptur von Auguste Rodin in Marmor gemeißelt ... – Francesca da Rimini ... – von der Geschichte von Lancelot und Guinevere so berührt, dass sie den Bruder ihres Mannes küsst ... – sich diesem ganz hingibt ... – und sie und er durch die Hand ihres Ehemanns sterben.

Die Welt außerhalb hat für die beiden aufgehört zu existieren. Wie lange sie so stehen, Herz an Herz, unendlich nah, spielt keine Rolle, da es genau dieser Moment in ihrer beider Leben ist, zu dem alles, was davor einmal war, geführt hat. Blicke eilen zu Küssen, wie die Sonne, die dem Regen folgt und wie der Wind, der das Gewitter ankündigt. Es liegt eine Wahrheit in jedem einzelnen Moment dieses ersten Kusses, die nicht mit Worten beschrieben werden kann und die doch, wie das Licht des Universums in einer sternenklaren Nacht alles erhellt. Sie nehmen nicht wahr, wie sie die Schwelle übertreten, die Tür hinter sich schließen ... – doch schon in dem Moment als sie ihre Winterjacke auszieht, er es nicht mehr aushält, sie von hinten mit seinen Armen umschließt, sie ihren Kopf an seine Schulter schmiegt und er ihr Haar küsst, ist dieser erste Kuss Teil einer Geschichte, die wieder und wieder erzählt werden wird, ohne dass irgendjemand dann noch wissen wird, wie unendlich wahr dieser Augenblick war und wer sie und er gewesen sind.

„Ich habe auf dich gewartet." „Ich weiß." Sie dreht sich zu ihm um, ohne dass die Nähe zwischen ihnen auch nur einen Augenblick aufgelöst wird. Ihre Hand streicht über sein glattrasiertes Gesicht, bleibt zart auf seiner Wange liegen. Sie küsst ihn voller Zärtlichkeit und es ist, als wäre es wieder zum ersten Mal und doch so unendlich viel mehr. „Ich liebe es wie du riechst ... – wie du dich anfühlst ... – ich konnte die ganze Zeit an nichts anderes denken als an dich ..." Er sieht sie an, eine Träne läuft über seine Wange. Sie nimmt sein Gesicht in beide Hände: „Nicht weinen! Jetzt ist alles gut!" „Verzeih, ich bin einfach glücklich! Ich hätte niemals damit gerechnet, dass du mich je küssen wirst ..." „... so geht es mir auch. Es war so unendlich weit weg und doch die einzig lebbare Möglichkeit in allen Welten!" Sie sehen sich an ... – einander ganz nah ... – ihre Seelen berühren einander. Er nimmt ihr Gesicht liebevoll in beide Hände: „Deine Küsse sind aufregend, fast unwirklich schön." Sie blickt ihn an. Sie küssen sich, als wäre es nie anders gewesen und könnte es nie wieder anders sein. Sanft streichelt er die Linie ihres Armes über die Weichheit ihres Winterpullovers hinunter, bis ihre Hände in seinen Händen liegen, ihr Kopf an seiner Brust: „Dein Herz schlägt so laut, ich kann es hören!" „Das machst du, du Wunderschöne! Ich habe mich so nach dir gesehnt." Sie stehen lange, ganz nah beieinander, spüren die grenzenlose Nähe und Vertrautheit, die sie so bisher nicht gekannt haben. „Hast du ein schlechtes Gewissen?“ „Nein.“ Sie lächelt ihn an. Es gibt für beide keinen Augenblick des Zweifelns. Als er sie noch näher zu sich heranzieht, um sie wieder zu küssen, berührt er ihre nackte Haut, die der Pullover freigibt, als sie ihre Arme um seinen Nacken legt. „Du hast kalte Hände!“ „Verzeih! Ich kann nicht anders, ich muss dich einfach berühren.“ Er will seine Hände wegnehmen, doch sie ergreift diese und legt sie erneut an ihre Hüften. „Küss mich!“ Ihr Mund öffnet sich leicht und als sie sich küssen und ihre Zungen sich umspielen, versinkt alles um sie herum erneut. Für kurze Momente, wenn sie sich in die Augen sehen, tauchen die beiden aus den unendlichen Weiten ihrer Galaxie auf ... – verlieren sich dann aber wieder und wieder in ihren Küssen ... – weltverloren in der Schwerelosigkeit ihres Universums ... – für immer auf dem Weg in die Unendlichkeit ... Ihre Liebkosungen sind voller Zeit und Zärtlichkeit und ihr schneller werdender Atem erzählt von dem Versprechen auf eine Liebe, die in der Erinnerung des Kosmos für immer nachklingen wird. Ohne dass sie es gemerkt haben, stehen die beiden seit mehr als einer Stunde einfach eng aneinander geschmiegt mitten im Raum. Alles ist Blicke und Küsse und Nähe und Geborgenheit. Als die Worte wieder ihren Weg finden, ist ein Gefühl von uneinholbarem Vertraut-Sein zwischen ihnen da. Sie lächeln sich einfach überglücklich an. „Hast du den Rosé mitgebracht?“ Er nickt: „Wie könnte ich das jemals vergessen!“ Sie lachen gemeinsam, sie küssen sich wieder, sie löst sich von ihm, nimmt die weiche Wolldecke, die sie mitgebracht hat und breitet sie völlig selbstverständlich auf dem Boden direkt vor der riesigen Fensterfront aus. Es ist kälter geworden und Schneeregen schlägt gegen das Glas. Da das

Gebäude durch die Nähe zum Fluss weit entfernt von anderen ähnlich hohen Gebäuden liegt, gibt es niemanden außerhalb, der diesen Platz, den sie so liebevoll bereitet, einsehen könnte. Er holt zwei Gläser und eine Flasche aus seinem Rucksack, öffnet sie und schenkt ein. Sie zieht ihre Schuhe, deren Absätze, die genau die richtige Höhe haben, um ihre wunderschönen Beine zu betonen, aus, und setzt sich einfach auf die Decke. Mit ihren Blicken lädt sie ihn ein, sich zu ihr zu setzen. Das Gefühl eines Picknicks im Sommer stellt sich ein ... sie beide ... – vertraut, verliebt, verträumt, verspielt ... – die warme Sonne und den sanften Wind auf ihrer Haut ... – sie beide ganz nah beieinander ... – ganz geborgen in der Natur ... – ganz geborgen beim anderen ... – als wäre es schon immer so bestimmt ... – als müsste es immer so sein. Sie schauen sich einfach an und küssen sich wieder und wieder. Es gibt keinen Augenblick, in dem sie und er sich nicht berühren und ihre Herzen mit allem, was sie umgibt, im Einklang sind ... wie zwei Bäume, die ganz nah beieinanderstehen, so dass ihre Wurzeln und Kronen sich berühren und die gemeinsam vom Wind, vom Regen und von der Sonne träumen. Er spürt, wie sie erzittert: „Geht es dir gut?“ „Ganz schön kalt hier.“ „Komm noch näher zu mir, ich wärme dich!“ Sie schmiegt sich mit dem Weinglas in der Hand noch näher an ihn. Er hüllt mit aller Zärtlichkeit die Enden der kuscheligen Decke um sie beide und birgt sie in seinen Armen. „Du musst wissen, ich bin einfach ein Frühlingskind, ich mag den Winter und die Kälte nicht!“ „Dann werden wir im Frühling einfach unser Picknick von heute in der freien Natur wiederholen!“ „Das würde ich unendlich gerne mit dir erleben.“

Sie sprechen nicht über ihre letzten beiden Wochen, in denen sie nicht zusammen sein konnten ... – sie sprechen nicht über ihre Leben, die ihren Alltag bestimmen. Die

Gewissheit, dass ihre Liebe nichts damit zu tun hat ist das, was sie trägt, und keine Fragen stellen lässt. In diesem Raum gibt es nur sie beide und beide spüren und wissen darum, weil ihre Liebe jede Begrenzung aufgehoben hat. Ihr erster Kuss war wie die sanfte Berührung des ersten Tropfens eines Sommerregens auf die von der Sonne gewärmte Haut und jeder weitere Kuss wird von der Sehnsucht einer Liebe erzählen, die ihren Traum in jeder Bewegung des Windes in sich trägt und lebt ... Und wenn ihre Hände und Wangen und Lippen sich berühren, fühlen sie, dass kein einziges Blatt zwischen ihnen Raum finden kann ... Und wenn es je zwei Seelen gegeben hat, die tiefer füreinander bestimmt waren als sie und er, so wurde ihre Geschichte niemals erzählt ...

Ihr Kopf ruht lange einfach an seiner Brust, bis sie sich zu ihm umdreht und ihn direkt ansieht: „Wo warst du nur mein ganzes Leben lang?“ Er küsst sie sanft auf beide Augen: „Ich habe dich immer gesucht ... – doch du hast mich gefunden!“ Sie richtet sich auf, wendet sich ihm ganz zu: „Ich hätte nie gedacht, dass du dich für mich interessieren könntest!“ Er nimmt ihre Hände in seine Hände: „Wie kommst du nur auf diesen Gedanken?“ Sie wirkt ernst, streichelt mit ihren Daumen über seine muskulösen Hände: „Du hast im Büro immer so distanziert, so weit weg gewirkt. Ich dachte immer, du siehst mich nicht.“ Er legt seine Hände an ihr Gesicht: „Mir ist nie in den Sinn gekommen, dass du dich in so einen ‚alten‘ Kerl wie mich verlieben könntest. Ich dachte immer, du bist glücklich in deinem Leben.“ Sie hält seine Hände fest und spürt seiner zärtlichen Berührung nach: „Das dachte ich auch, bis du mich angechattet hast.“ Er führt ihr Gesicht ganz nah an sein Gesicht ... – ihre Augen ganz nah an seine Augen ... – ihre Lippen ganz nah an seine Lippen: „Du hast mich angechattet ...“ Sie lachen, sie küssen sich, sie sinken auf die weiche Decke, immer ganz nah beieinander, Herzschlag an Herzschlag ... – ohne, dass auch nur ein Augenblick vergeht, in dem sie sich nicht berühren: „Am liebsten würde ich in dich hineinkriechen und für immer dort bleiben!“ Ihr Kopf an seiner Brust, er hält sie liebevoll umfangen ... – sie trinken Wein, reden, lachen ... und die Leichtigkeit, die sie umhüllt, lässt sie die Zeit völlig vergessen. Sie nehmen nicht wahr, wie die frühe Dämmerung des kalten Januartages die Nacht ankündigt. Es muss nicht ausgesprochen werden, dass sie sich lieben. Sie wissen es. Als ihr Smartphone zum ersten Mal seit Stunden vibriert, richtet sie sich auf, wirft einen kurzen Blick darauf und sieht ihn an: „Ich muss gehen!“ Sie blicken sich in die Augen, küssen sich und stehen auf, ohne einander loszulassen ... – es gelingt ihnen kaum die Innigkeit ihrer Umarmung zu lösen. Während sie ihre Haare richtet und die Lippen nachzieht, schlägt er die Decke zusammen und verräumt sie in einen der Schränke: „Sie wartet darauf, dass wir bald wiederkommen!“ Sie lächelt ihm zu und als sie ihre Handtasche schließt, umfängt er sie mit seinen Armen von hinten. Sie lehnt sich noch einmal an ihn, sieht ihn über ihre Schulter von unten herauf an: „Ich fühle mich bei dir geborgen, wie noch nie bei einem Mann.“ Sie küssen sich zärtlichlang ... gehen gemeinsam durch die Tür, schließen sie ab, ohne zurückzublicken, Hand in Hand den Flur entlang und dann das Treppenhaus hinunter in Richtung Ausgang. Ihre Blicke berühren sich jede Sekunde, wie ihre Hände und es braucht keine Worte. Er hält ihr die Eingangstür auf, ohne ihre Hand loszulassen und schließt hinter ihnen ab. Es ist fast unmöglich für die beiden in ihre Autos zu steigen, und immer wieder verlieren sie sich in ihren Küssen. Jeder könnte sie hier sehen, doch die durch Corona leeren Straßen und die Dunkelheit bieten ihnen Schutz. Als sie sich endlich loszureißen versucht, hält er sie mit einer Hand zurück: „Wann sehe ich dich wieder?“ „Morgen habe ich niemand für Sophia und dann kommt das Wochenende. Du weißt, da geht es nicht!“ „Wollen wir trotzdem telefonieren?“ „Ich bin kaum allein. Verzeih!“ „Es gibt nichts zu verzeihen. Alles ist gut.“ „Wir mailen, so oft es geht!“ „Montag? Hier?“ „Ja, Montag ist perfekt. Ich kann sagen, dass wir noch nicht ganz fertig geworden sind.“ „Ich hätte nie gedacht, dass mir so etwas passiert!“ Sie strahlt ihn an: „Ich bin so glücklich, dass sich unsere Wege gekreuzt haben.“ Sie küssen sich ein letztes Mal an diesem Tag. Das Wochenende scheint unendlich, als ihre Autos den Parkplatz in verschiedene Himmelsrichtungen verlassen. Er ruft sie über die Freisprecheinrichtung an: „Ich wollte einfach sagen, dass ich dich jetzt schon vermisse!“ „Du bist süß. Es geht mir genau wie dir, ich war gerade dabei deine Nummer zu wählen. Fühl dich liebevoll geküsst!“ „Ich liebe dich ...“ „... ich liebe dich auch und ich mag keinen Tag mehr ohne Kuss von dir bleiben!“

Am nächsten Morgen sehen sie sich im ersten Zoom-Meeting des neuen Jahres. Die üblichen guten Wünsche für ein erfolgreiches Jahr, Gesundheit, Tagesordnungspunkte, Belangloses. Die Verteilung der neuen Projekte wird für Montag angekündigt. Sie und er bekommen kaum etwas mit, da sie miteinander chatten und nur Augen füreinander haben. Die Stunden danach schleppen sich dahin, da sie an diesem Tag nur noch wenig voneinander hören. Ihre Leben fordern sie ganz und doch ist es in jedem Augenblick so, als würden sie noch ganz nah beieinander in ihrem gemeinsamen Büro auf der weichen Decke, die sie mitgebracht hat, sitzen, Wein trinkend, ihr Kopf an seiner Brust, Herzschlag an Herzschlag. Er schreibt ihr immer wieder, aber sie meldet sich erst abends, als sie Sophia ins Bett gebracht hat: „Du und deine Küsse und deine Nähe fehlen mir jeden Augenblick!“ „Mein Herz, ich habe sehnsüchtig auf deine Worte gewartet. Du bist immer in meinen Gedanken!“ „‚Mein Herz?‘ Ich mag es, wenn du mich so nennst!“ „Wie war dein Tag noch?“ „Wir waren noch Lebensmittel einkaufen und tanken, haben ein Geschenk für Sophias Kindergartenfreund gekauft, bei dem sie nächste Woche zum Geburtstag eingeladen ist und jetzt das Übliche ... – wir schauen noch einen Film! Und bei dir?“ „Ich war lange mit meinem Hund draußen, habe dann gekocht und gelesen ... und dich vermisst!“ „Was liest du?“ „Ich habe von Gabriel García Márquez ‚Die Liebe in den Zeiten der Cholera‘ zu Ende gelesen.“ „Corona lässt grüßen!“ „Es ist eine wunderschöne Liebesgeschichte zwischen Florentino Ariza und der schönen Fermina Daza, deren Vater nur einen reichen Schwiegersohn akzeptieren will. Sie geht mit einem sozial höher gestellten Arzt eine 50 Jahre dauernde Ehe ein, doch Florentino schwört ihr ewige Liebe und die Hoffnung auf die Erfüllung seines Wunsches bestimmt von da an sein Leben.“ „Und wie geht es aus?“ „Ich kann dir doch das Ende nicht verraten.“ „Liest du mir etwas vor, wenn wir uns wiedersehen?“ „Gerne, aber ich will dich nicht langweilen.“ „Du wirst mich nie langweilen. Ich freue mich jeden Augenblick auf dich und unser Wiedersehen!“ „Genieße deinen Abend, mein Herz. Ich denke jeden Augenblick an dich und sehne mich nach deinen Küssen ...“ „... und ich mich nach deinen Küssen!“

Noch bevor am Samstag nach einer kalten Nacht die Welt wieder erwacht, schreibt er: „Guten Morgen, mein Herz! Fühl dich zärtlich im Traum geküsst und in meinen Armen im Schlaf geborgen! Vermisse dich ...“ Sie antwortet fast sofort: „Mein Herz tanzt! Du bist mir jeden

Augenblick ganz nah, du bist alles, was ich denken und fühlen kann.“ „Es fehlt mir zu wissen, was du machst, denkst und fühlst ... – ich liebe dich einfach und sehne mich nach dir unendlich mal unendlich.“ „Ich sehne mich auch nach dir ... nach deinen Blicken, deinen Küssen, deinen Berührungen. Durch deine Liebe fühle ich mich erst lebendig.“ „Das ist etwas Gutes, mein Herz, denn ich fühle genau dasselbe wie du!“ Der Gedanke sich am Montag wieder zu sehen, lässt die beiden beinahe über das Wochenende schweben.

Das Zoom-Meeting am Montagmorgen ist träge. Alle wirken hinter ihren Bildschirmen noch verschlafen und halb im Urlaub. Das Ganze plätschert sehr unmotiviert und unstrukturiert vor sich hin. Sie und er chatten lächelnd und sehen sich verliebt über Nullen und Einsen hindurch jeden Augenblick an, während ihre Chefin aufzuzeigen versucht, was in den nächsten Wochen und Monaten an Arbeit ansteht. Noch sind die neuen Teams für die nächsten Projekte nicht eingeteilt und beide hoffen, ohne es noch einmal ausgesprochen zu haben, wieder gemeinsam an einem Projekt arbeiten zu dürfen. Die schrille Stimme ihrer Chefin reißt sie aus ihren Gedanken: „Seit dem 27. Januar 2021 legt die Arbeitsschutzverordnung verpflichtend fest, dass Arbeitgeber, also ich, ihren Mitarbeiterinnen und Mitarbeitern, also euch, Homeoffice anbieten müssen, soweit keine betriebsbedingten Gründe entgegenstehen. Das heißt im Klartext für uns: Alles wie gehabt. Im Büro wird es nur im Ausnahmefall Präsenz geben. Auch Meetings mit Kunden bitte ich euch, wie in den letzten Monaten, soweit nur irgend möglich digital zu machen. Besichtigungen und Bauabnahmen vor Ort, natürlich immer unter den notwendigen Schutzmaßnahmen. Aber das wisst ihr ja. Ich verlasse mich darauf, dass ihr euch zu Wochenbeginn jeweils die neuesten Vorschriften anschaut; ich schicke sie euch immer sonntagabends per Mail. Sollte es irgendwo Unklarheiten oder Schwierigkeiten geben, lasst es mich wissen und wir suchen dann eine gute Lösung für alle Beteiligten.“ Sie sind enttäuscht, denn sie hatten gehofft, dass es auch im normalen Alltag wieder Berührungspunkte geben und sie die Frühstücks- und Mittagspausen zusammen verbringen könnten, um so während oder im Anschluss an die Arbeit Momente für ihre Liebe stehlen zu können. Als jedoch am Ende des Meetings ihre Chefin sie bittet noch online zu bleiben, leuchten ihre Augen voller Hoffnung. Sie wissen, dass sie im letzten Jahr eine exzellente Arbeit gemacht haben und da sie angedeutet hat, dass es ein ähnliches, noch größeres Projekt geben würde, hoffen beide darauf, dass sie es zugeteilt bekommen. Nachdem sich alle anderen ausgeloggt haben, lobt die Chefin noch einmal ihre gemeinsame Arbeit, erwähnt einen finanziellen Bonus und fragt, ob sie sich vorstellen können, für mindestens ein weiteres halbes Jahr, evtl. sogar ein Jahr an einem für die Firma prestigeträchtigen Projekt zusammen zu planen und zu arbeiten. Ohne zu fragen, worum es sich handelt, sagen beide gleichzeitig: „Ja!“ Ihre Chefin ist einen Moment lang irritiert: „Ihr wisst ja noch gar nicht, worum es geht!“ Sie errötet und er sagt: „Weißt du, das ist eigentlich zweitrangig. Die Zusammenarbeit zwischen uns ist so genial, ich glaube, dass alles möglich ist!“ „Worum geht es denn eigentlich? Ich bin sehr gespannt und hoffe, dass ich es zeitlich mit meiner Familie leisten kann!“ „Ihr habt doch von dem Projekt in Freiburg ‚Grün hoch^3‘ gehört?“ „Du meinst die Begrünung von Hausfassaden, um das Stadtklima zu verbessern, Energie und CO_2 einzusparen?“ Sie hört die Begeisterung in seiner Stimme. Sie und er haben schon öfter über das Vorzeigeprojekt gesprochen und wie sie weiß, war es immer sein Traum etwas ähnliches hier in der Stadt zu verwirklichen. „Ja, genau! Einer der verantwortlichen Architekten Wolfgang Frey hat gesagt: ‚Wir haben tatsächlich über Jahre gemessen und festgestellt, dass diese Begrünung die Innenraumtemperatur deutlich absenkt, nämlich um elf Grad im Hochsommer.'" „Wow, beeindruckend! Um was für ein Objekt geht es genau?" Sie lächelt, sieht ihm direkt in die Augen und denkt an die gemeinsame Zeit, die sie bei Recherchen in Freiburg verbringen könnten. „Es ist ein Hochhaus geplant, das sowohl Wohnungen als auch Büroräume und in den unteren vier Stockwerken eine Shopping-Mall beherbergen soll. Vorbild dafür ist ein Gebäude in Singapur. Aber ihr seid natürlich mit euren kreativen Ideen erst einmal völlig frei." „Singapur?", sie halten beide den Atem an. „Ja! Ich denke, es macht Sinn, dass ihr gemeinsam hinfliegt und euch das vor Ort einfach mal anschaut. Immerhin hat ‚WOHA', gegründet von Wong Mun Summ und Richard Hassell, von Singapur aus die Architektur der Städte der Zukunft revolutioniert." Er strahlt sie an: „Und Corona? Die Einreisebestimmungen in Singapur?" Ihre Chefin winkt ab: „Im Frühsommer ist sicher eine Reise möglich. Das Ganze bedeutet für euch beide aber eine sehr intensive Zusammenarbeit und ihr müsst euch überlegen, ob ihr für mindestens ein halbes Jahr wesentlich mehr Zeit in die Arbeit investieren wollt. Es lohnt sich nicht nur finanziell für euch. Wenn ihr das gut macht, und da bin ich mir sicher, haben wir deutschlandweit ein Vorzeigeprojekt, das die Firma voranbringt!" Sie schweigen beide, sehen sich an. Sie wirkt unsicher. Er weiß, sie denkt an Sophia und will sie nicht drängen. „Lasst euch ein paar Tage Zeit. Redet miteinander und gebt mir einfach Ende der Woche Bescheid, okay?" Sie nicken und als das Meeting zu Ende ist, telefonieren sie unmittelbar miteinander. Sie hat, da Sophia krank geworden ist und nicht in den Kindergarten kann, heute doch keine Zeit. Sie verabreden sich auf Dienstag, 9 Uhr. Beide zählen die Stunden und mailen an diesem Montag noch mehrfach hin und her, tauschen sich aus, wägen die Vor- und Nachteile ab, reden über Bedenken und wissen doch, dass sie das Projekt gemeinsam verwirklichen werden. Sie sind aufgeregt, sehnen sich nach der Nähe des anderen und können in dieser Nacht wieder nicht schlafen. Er schreibt: „Ich liege wach und denke nur an dich. Träume von Singapur und den Tagen und Nächten mit dir. Du fehlst, mein Herz!" Sie antwortet wie so oft inzwischen fast unmittelbar: „Ich liege wach und träume mich in deine Arme ... – egal wo. Nur noch fünf Stunden, dann sehen meine Augen deine Augen wieder, dann berühren deine Lippen meine Lippen wieder, dann endlich sind wir wieder vereint! Fühl dich zärtlich geküsst!" Es gibt für beide keinen Zweifel, dass sie diese Chance ergreifen werden, mit allen Möglichkeiten, die sich dadurch auch ihrer Liebe eröffnen.

Der Morgen ist ungewöhnlich hell und klar, und obwohl zum ersten Mal in diesem Winter alles durch Eiskristalle überzuckert ist und sein Atem in der Luft fast zu gefrieren scheint, wärmt ihn die Sonne, als er vom Parkplatz über den spiegelglatten Weg zum Gebäude eilt. Sie ist schon da, steht in der offenen Tür, wartet auf ihn und lächelt ihm entgegen als er um die Ecke kommt. Er beschleunigt seine Schritte, nimmt sie in seine Arme, und sie küssen sich, unendlich zärtlich. Wieder scheint die Zeit stehen zu bleiben ... – erst als ein Sonnenstrahl durch die Scheiben der Fensterfront blitzt und ihre Gesichter berührt, gelingt es ihnen sich voneinander zu lösen: „Ich konnte es nicht erwarten, dich zu sehen, deswegen bin ich von zuhause viel zu früh losgefahren!" Er sieht sie an, seine Hände an ihren Wangen: „Ich habe nur auf diesen Moment hingelebt. Es fühlt sich völlig falsch an, einen Tag ohne dich zu sein.“ Sie nimmt seine Hände, zieht ihn in das Büro und schließt die Tür. Obwohl es ‚drinnen‘ kalt ist, wirkt der Raum wie verzaubert: Auf einem der Tische steht noch dampfender Kaffee. Sie hat Croissants mitgebracht und die Decke, die von ihren ersten zärtlichen Umarmungen erzählt, liegt schon ausgebreitet da. Sie wirkt seltsam erhöht und als sie ihn zu sich auf den Boden zieht, spürt er, wie sie beide weich einsinken. „Was ist das denn?“ „Ich habe am Samstag noch einem Freund beim Umzug geholfen und ‚das‘ ist ‚übrig‘ geblieben!“ „Was ist ‚das‘?“ „Eine aufklappbare Gästematratze!“ Sie errötet. Sie sehen sich an. Sie lachen gleichzeitig und küssen sich. Es ist, als hätten sie den Raum nie verlassen. Es ist, als wäre es das Natürlichste der Welt, dass sie eine Matratze mitbringt. Es ist, als gäbe es nur noch sie und ihn. Es ist ... – Geborgenheit, Zärtlichkeit, Nähe, Glück ..., als sie in die Arme des anderen sinken. Er zieht die Decke über sie beide und die Welt ‚draußen‘ verschwindet im einsetzenden Schneegestöber. Ihr Duft betört ihn und er kann nicht aufhören sein Gesicht in ihre Haare zu versenken. Seine Wärme erfüllt sie und sie kann nicht aufhören sich ganz nah an ihn zu schmiegen. So liegen sie engumschlungen beieinander, ohne dass irgendetwas sein muss. Sie sehen sich immer wieder an und küssen sich wieder und wieder. Die Zeit vergeht, bis sie irgendwann sagt: „Ich habe mit meinem Mann geredet!“ Er setzt sich auf, die Decke rutscht herunter. „Er ist einverstanden, dass ich mehr arbeite.“ Sie zögert und schiebt schmunzelnd nach: „Ich habe ihm aber auch gar keine Wahl gelassen!“ „Ich wusste es!“ Mehr müssen sie über das neue Projekt nicht reden. Es war für beide von Anfang an klar, dass sie es gemeinsam wollen.

„Du weißt schon, dass ich schnell friere!“ Er zieht sie wieder in seine Arme und hüllt sie beide liebevoll in die weiche Decke ein. Sie sieht ein Lächeln, das seine Augen umspielt: „Was ist? Habe ich etwas Falsches gesagt?“ Er schüttelt den Kopf, streicht mit einem Finger zärtlich über ihre Lippen: „Du kaust auf der Unterlippe, wenn du aufgeregt oder verlegen bist, das ist unendlich süß!“ „Das war mir nicht bewusst. Du bist der Erste, der das bemerkt! Ich lasse es, okay?“ „Nein, es ist wunderschön!“ Sie schweigt. Dann sagt sie: „Weißt du ... – ich will dir einfach gefallen! Das wollte ich von Anfang an ...“ Sie küssen sich wieder und sie sehen sich an, wie nur sie sich ansehen können: „Wie könntest du mir nicht gefallen? Du bist wunderschön!“

Sie trinken den inzwischen kalt gewordenen Kaffee, seine Hand beständig in ihrer Hand, ihr Kopf beständig an seiner Brust. „Wie war dein Wochenende noch?“ „Ich habe wie immer viel mit Sophia gemacht. Sie ist das Wichtigste in meinem Leben. Und bei dir?“ „Sehr ruhig. Ich war viel mit meinem Hund draußen und habe gelesen.“ „Ich beneide dich darum, dass du Zeit zum Lesen findest! Was hast du jetzt angefangen, nachdem du ‚Die Liebe in den Zeiten der Cholera‘ zu Ende gelesen hast?“ „‚Der Gesang der Flusskrebse‘ von Delia Owens. Das Buch ist so atmosphärisch erzählt, dass man fast das Gefühl hat die in ihm beschriebenen Salzwiesen und Sandbänke des Marschlands zu riechen!“ „Du könntest mir beim nächsten Mal etwas vorlesen!“ „Gerne! Es ist einfach nur poetisch, wie die Autorin jeden Stein, jeden Seevogel, jede Muschel und jede Pflanze beschreibt und wie das Licht der beschriebenen Landschaften jedes ihrer Worte durchflutet. Der Mensch wirkt angesichts dieser Gewalt der Natur machtlos und doch wurde mir wieder bewusst, wie gerne ich am Meer leben würde ...“ Sie spürt die Sehnsucht in seinen Worten und empfindet sie in ihrem Herzen genau so tief verwurzelt: „Es wäre wunderschön so hautnah mit der Natur zu leben. Ein kleines Steinhaus mitten in den Dünen, fast direkt am Strand. Ein kleiner sandiger Pfad führt durch das Dünengras zu einer kleinen einsamen Bucht ... türkisgrünes Wasser und Wind und Sonne und Wasser und Salz im Haar und auf der Haut. Die Kinder tollen zusammen mit deinem Hund herum ...“ „Kinder?“ Sie sieht ihn verträumt an: „Es fehlen hier nur noch Kissen, damit wir es gemütlich haben!“ „Weichst du mir etwa aus?“ Sie lächelt: „Das würde ich niemals wagen, mein Herz!“ Beide spüren wieder wie nah ihre Seelen einander sind und als sie sich erneut küssen, erzählen ihre Blicke von Träumen, die Realität werden könnten. „Das Gedicht, das du für mich geschrieben hast, hat mich tief berührt. Du findest so wunderschöne Worte! Danke!“ „Ich habe schon lange keine Gedichte mehr geschrieben. Du löst diese Worte in mir aus.“ „Das ist unendlich besonders. Mein Mann hat nichts für das geschriebene Wort übrig. Ich glaube nicht, dass er auch nur ein Buch in seinem Leben zu Ende gelesen hat und wenn, dann war es bestimmt ein Computer-Handbuch. Ich bin noch nie einem Menschen begegnet, der mit Worten so schöne Bilder zeichnen kann wie du! Jedes Wort, das du schreibst, strahlt eine Lebendigkeit aus, die ich so noch nie erlebt habe.“ Sie schweigen und es gibt keine Sekunde, in der sie nicht den Herzschlag des anderen spüren. „Wie kommt es, dass du Gedichte schreibst und dich so für Literatur interessierst?“ „Ich wollte früher einmal Lehrer werden. Literatur hat mich schon immer interessiert, weil sich in ihr das niederschlägt, was Menschen an Leid, an Liebe, an Tod durchleben, was sie prägt und wie Schriftstellerinnen und Schriftsteller in den verschiedensten Zeiten ihre Leben in Worte gefasst und Liebende ihre Geschichten voll Poesie für die Ewigkeit festgehalten haben ...!" „Und was hat dich davon abgehalten Lehrer zu werden?" „Ich kann es dir nicht sagen und doch ist es gut so! Ich habe beides: Die Architektur und das Schreiben ... – und außerdem hätten sich sonst unsere Wege niemals gekreuzt." Sie küsst ihn leidenschaftlich und als sie seine Hände spürt, die ihre nackte Haut unter ihrem Pullover streicheln, fühlt sie ein Kribbeln in ihrem Bauch und sie stöhnt sanft auf. „Verzeih, ich kann nicht anders, ich muss dich einfach berühren und streicheln." Ihre Küsse sind unendlich zärtlich und ihre Berührungen tragen sie wie der Wind die Wellen an den Strand ihrer Sehnsucht, ohne dass einer drängt oder der andere fordert ... Alles, was zwischen ihnen ist, ergibt sich völlig natürlich. Ihre Augen und ihre Lippen, ihre Hände und ihre Zungen umspielen sich und als er ihre Brüste unter ihrem mit zarten schwarzen Spitzen besetzten BH zum ersten Mal berührt, spürt er wie ihre Hand völlig selbstverständlich in seinem Schritt liegt und sein Glied streichelt. Mehr passiert nicht an diesem Tag. Sie spüren beide, dass sie den anderen nicht verletzen, dass sie ihm nicht zu nahetreten wollen und dass nichts zwischen ihnen eilt ... – dass sie Zeit haben ... – alle Zeit der Welt. Als ihr beider Atem wieder ruhiger wird, liegen sie ganz nah beieinander, spüren den Wellen der Zärtlichkeit nach und küssen sich erneut. „Wolltest du schon immer Architektin werden?" „Nein, mein Traum war eigentlich Ärztin. Ich wollte Chirurgin werden und habe auch angefangen zu studieren ..." „Was ist passiert?" „Nichts. Ich habe einfach gespürt, dass es nicht das Richtige war!" „Ich weiß, dass du eine wundervolle Ärztin geworden wärst." Sie reden über das Studium, über Nebenjobs, über die wilden Zeiten von Partys und wechselnden Partnern. Stunden vergehen und wieder merken sie nicht, wie die Zeit vergeht. Ob die Worte, die Zeit und die Nähe für das, was die beiden füreinander empfinden jemals reichen wird? Und doch ist alles gut, wie es in diesem Augenblick ist. Als sie auf ihre Uhr blickt, wird ihnen schmerzlich bewusst, dass sie in ihre Leben zurückkehren müssen. Schweigend klappen sie die Matratze zu einem Würfel zusammen und legen die Decke in einen der Schränke ... – für das nächste Mal. Nichts im Raum erinnert mehr an die Stunden, die sie hier verbracht haben und doch ist jede Sekunde in ihren Herzen unauslöschlich eingeschrieben. „Soll ich ihr eine Mail schreiben und sagen, dass wir es machen?“ „Ja, du bist schließlich der Boss!“ Sie lachen, es braucht nicht mehr, es ist klar, dass sie die Arbeit am neuen Projekt aufnehmen. Hand in Hand gehen sie die Treppen hinunter, ohne einen Augenblick zu zögern. Sie verlassen das Gebäude, schließen ab und alles fühlt sich einfach nur richtig an. Heute bleibt keine Zeit, noch neben ihren Autos zu stehen und zu plaudern. Sie muss Sophia vom Kindi abholen und er muss zu seinem Hund. Sie steigen schnell ein, auch wenn es ihnen kaum gelingt ihre Blicke voneinander zu lassen. Er ruft sie wieder aus dem Auto heraus an. „Ich habe schon auf deinen Anruf gewartet!“ Er hört sie glücklich atmen. „Ich wollte einfach, dass du weißt, dass es sich völlig falsch anfühlt in zwei Autos zu steigen und in zwei unterschiedliche Richtungen davonzufahren.“ „Das empfinde ich genauso. Ich liebe dich!“ Noch im Auto schreibt er ihrer Chefin: „Alles klar, wir sind dabei!“ Sie reagiert in ihrem typischen Mail Stil: „Freut mich! Stopp! Nicht anders erwartet! Stopp! Lasse euch die Unterlagen zukommen. Stopp! Erster Zwischenbericht Freitag 13.00 Uhr! Over and out!“

Als er zuhause ist, klingt die Nähe und Zärtlichkeit ihrer Begegnung in ihm nach. Ein Gedicht von Else

Lasker-Schüler ist wie ein Ohrwurm in seinem Kopf und er schickt es ihr unkommentiert:

„Ein alter Tibetteppich (1906)

Deine Seele, die die meine liebet,
Ist verwirkt mit ihr im Teppichtibet.

Strahl in Strahl, verliebte Farben,
Sterne, die sich himmellang umwarben.

Unsere Füße ruhen auf der Kostbarkeit,
Maschentausendabertausendweit.

Süßer Lamasohn auf Moschuspflanzenthron,
Wie lange küsst dein Mund den meinen wohl
Und Wang die Wange buntgeknüpfte Zeiten schon?“

Sie antwortet unmittelbar: „Du findest also, dass wir ein alter Tibetteppich sind?“ „😉“ „Es ist wunderschön. Genau so fühlt sich unsere Liebe an! Danke, dass du das mit mir teilst!“ „Was machst du?“ „Ich putze das Haus, höre nebenher Musik und träume mich in deine Arme!“ „Ich weiß nicht einmal was für Musik du magst!“ „Gerade höre ich das: https://www.universal-music.de/andreas-bourani/videos/ultraleicht-367881, einfach, weil es sich nach uns anfühlt. Hör einfach mal rein!“

„Ultraleicht

Wir sind nur zwei Lichter, die fürs selbe Feuer brennen
Die die gleichen Dinge lieben

und dieselben Schmerzen kennen
Wo bist du nur gewesen all die wundervollen Jahre?
Ich hab' geglaubt,
dass ich um dich zu finden die ganze Welt umfahre
Jetzt schwebst du aus dem Nichts in mein verdrehtes Leben
Und fühlst dich dabei an,
als hätt's dich immer schon gegeben

Es scheint in deiner Nähe gibt es weder Raum noch Zeit
Und Schwere weicht der Schwerelosigkeit

Mit dir, mit dir, mit dir
Fühl' ich mich ultraleicht
Mit dir, mit dir, mit dir
Fühl' ich mich ultraleicht

Du zeichnest mit zwei Fingern
deine Lieblings-Comic-Helden
In den Sternenhimmel und auf die weit entfernten Felsen
Wir trinken Vodka-Tonic, teilen die letzte Zigarette
Und rennen wie besessen in den Wellen um die Wette
Ein Feuerwerk zieht in der Ferne Farben in die Nacht
Und du siehst zu mir rüber als hätte ich's für dich gemacht

Mit dir, mit dir, mit dir
Fühl' ich mich ultraleicht
Mit dir, mit dir, mit dir
Fühl' ich mich ultraleicht (es bleibt für immer)

Ich hätte nichts dagegen die Sekunden einzufrieren
Um deine Leichtigkeit nicht zu verlieren
(Es bleibt für immer, für immer so leicht, so leicht)
Ich hätte nichts dagegen die Sekunden einzufrieren
Um deine Leichtigkeit nicht zu verlieren

(Es bleibt für immer, für immer so leicht, so leicht)

Mit dir, mit dir
Fühl' ich mich ultraleicht
Mit dir, mit dir, mit dir
Fühl' ich mich ultraleicht
Mit dir, mit dir, mit dir
Fühl' ich mich ultraleicht"

Es sind keine zwei Stunden vergangen, seit sie auseinander gehen mussten und doch fühlt es sich für beide wie eine Ewigkeit an. Am selben Tag schickt ihre Chefin noch die Unterlagen für das neue Projekt. Sie mailen zuerst hin und her, weil sie von den Möglichkeiten, die sich in allen Bereichen dadurch für sie eröffnen, begeistert sind. Dann finden sie endlich Raum für ein Zoom-Meeting und Worte und Blicke fliegen in jeder Sekunde der gemeinsamen Zeit von einem zum anderen und sie spüren den Berührungen und Zärtlichkeiten der Stunden, die sie gerade noch miteinander verbracht haben, mit jeder Faser ihres Seins nach. Sie verabreden sich aufgeregt für den übernächsten Tag im Büro, um erste Ideen zu sammeln, Skizzen zu machen, Aufgaben zu verteilen und Zeit für sich zu haben. Wieder fällt es ihnen schwer sich zu verabschieden, da ihre Sehnsucht über den Rand der Welt in ihrer beider Leben ragt. Sie wissen beide, dass sie, bis sie sich wiedersehen, kaum Zeit für ihre Liebe haben werden und doch ist die Gewissheit, dass dieser Augenblick, wenn sie sich wieder in den Armen liegen, ein Wunder ist, das sie beide überwältigt.

Der nächste Tag ist von Arbeit und Familie bestimmt und obwohl sie kaum zum Mailen kommt, da ihre Tochter krank geworden ist und sie sich vor allem um sie kümmert, denkt sie jede Sekunde an ihn. Er schreibt irgendwann am Nachmittag: „Ich höre wieder und wieder das Lied, das du mir gestern geschickt hast. Es ist genau wie du sagst: Es fühlt sich nach uns an! Mein Herz pocht ganz laut bei jedem Gedanken an dich und du bist jeden Augenblick in meinen Gedanken, meiner Seele, in all meinem Fühlen, Tun und Sein. Fühl dich zärtlich geküsst! Dein geliebtester Geliebter." Sein Smartphone klingelt wenige Minuten später. Er hört sie flüstern: „Geliebtester Geliebter ... – das ist genau das, was ich für dich empfinde, und du hast Worte dafür gefunden! Ich danke dir!" „Wieso flüsterst du?" „Ich musste in den Keller, mein Mann ist da ... blödes Home-Office ... – aber ich wollte unbedingt deine Stimme hören, da mein Herz vor Freude über deine Worte beinahe zu zerspringen drohte." Er lacht und sie fragt: „Habe ich etwas Falsches gesagt?" „Nein, ich bin einfach glücklich über deinen Anruf! Aber nicht ich habe die Worte ‚gefunden', sondern Else Lasker-Schüler, die ihren Geliebten Gottfried Benn 1912 so bezeichnet hat!" „Woher weißt du so etwas?" „Ich habe vor einiger Zeit eine Biografie über die beiden gelesen und mich nach unserem letzten Treffen und dem Gedicht von ihr, das ich dir geschickt habe, wieder an diese liebevolle Bezeichnung erinnert." „Ich beneide dich darum, dass du so viel Zeit zum Lesen hast! Erzähl mir von den beiden!" „Ihre Liebe gehört wohl zu einer der wildesten Beziehungen der Weltgeschichte. Sie haben eine ganze Zeitlang Gedichte hin- und hergeschrieben, die sie sich gegenseitig gewidmet haben! Sie ist 43 und er 26, ein Skandal für das wilhelminische Berlin!" „Sie war also 17 Jahre älter als er, genau umgedreht wie bei uns! Wie genial! Gibt es weitere Parallelen?" „Ich hoffe nicht. Lasker-Schüler war ziemlich ‚ausgeflippt' für ihre Zeit. Sie liebte androgyne Rollenspiele, trug die Haare superkurz, orientalisch geschnittene Hosen und hat sich selbst als

‚Jussuf von Theben‘ bezeichnet.“ „Und was ist daran so schlimm?“ „Nichts, das Traurige kommt jetzt erst: Alle Verliebtheiten von Else-Lasker Schüler verliefen unglücklich und doch oder vielleicht gerade deswegen gehören ihre Liebesgedichte zu den schönsten der deutschen Sprache. Nur ein Beispiel. In ihrem Gedicht ‚Weltende‘ schreibt sie: *‚Du! wir wollen uns tief küssen – Es pocht eine Sehnsucht an die Welt, An der wir sterben müssen.‘*“ Sie schweigt lange: „Es macht mich nachdenklich, wie traurig diese Verse klingen.“ „Deswegen ist es ja auch gut, dass es außer dem umgekehrten Altersunterschied keine weiteren Parallelen zwischen den beiden und uns gibt! Zumindest gehe ich davon aus, dass du keine androgynen Rollenspiele magst!“ „Wer weiß!“ Sie lachen beide, da der Moment der Zerbrechlichkeit des Glücks und der Endlichkeit der Liebe, der sich für einen Augenblick durch die Verse über ihre Leichtigkeit gelegt hatte, vorbei ist. Und gleichzeitig hat sich eine neue Nuance ihrer Liebe enthüllt, die durch das gemeinsame Interesse an Literatur zeigt, wie nah sich ihre Seelen sind. „Also kannst du für immer mein ‚geliebtester Geliebter‘ sein. Und wer bin ich?“ „Naja, ‚Prinz Jussuf von Theben‘ ist bereits vergeben. Außerdem sieht Else Lasker-Schüler auf der Fotografie nicht sonderlich attraktiv aus. Du ... – du bist für immer meine ‚geliebte Prinzessin‘!“ Auch wenn sie die Augen des anderen nicht sehen, spüren beide die tiefe Zärtlichkeit, die in diesen Kosenamen liegt und als sie aufgelegt haben, klingen die Worte für immer unauslöschlich in ihnen nach. Sie mailt am Abend: „Geliebtester Geliebter! Ich weiß es klingt verrückt, weil alles zwischen uns noch so frisch und doch so gewiss ist ... – aber ich lebe von Treffen zu Treffen, von Blick zu Blick, von Berührung zu Berührung, von Kuss zu Kuss.“

„Geliebte Prinzessin! Du fehlst, jede Sekunde ... – ich vermisse dich! Fühl dich zärtlich geküsst."

Die Nächte sind in diesen Wochen ungewöhnlich ruhig, da seit dem 12. Dezember 2020 in Baden-Württemberg eine Ausgangssperre für leergefegte Straßen sorgt. Obwohl sie, wie so oft in letzter Zeit, beide wach liegen, liegt ein Zauber über der Stille, der ihre Träume durchwebt und ihnen völlig neue, bisher unbekannte Dimensionen und Welten erschließt. Sie sind einander so nah, dass sie vielleicht zur selben Zeit eingeschlafen sind, doch sicher sind sie zur selben Zeit gemeinsam aufgewacht. Denn als sie irgendwann in dieser Nacht schreibt: „Aufgewacht, geliebtester Geliebter! Du fehlst! Ich träume mich in deine Arme und sehne mich nach dem Moment, wenn ich wieder in deinen Augen versinken darf. Deine geliebte Prinzessin." Er reagiert unmittelbar: „Im Augenblick, aufgewacht, geliebte Prinzessin! Du fehlst! Die sternenklare Nacht flüstert deinen Namen. Mein Herz ist ultraleicht vor Glück! Es ist ein Wunder, dass du und ich uns gefunden haben. Ich liebe dich. Dein geliebtester Geliebter." „Es ist Schicksal!" „Es gibt kein Schicksal!" „Du weißt gar nichts, Jon Schnee!"

Ich weiß, verehrte Leserinnen und Leser, Sie wünschen, dass ich etwas sage, einwende, kommentiere oder vielleicht einfach weiter von dieser Liebe erzähle ... Vielleicht geht es Ihnen aber auch, wie mir ... ich stehe, verzeihen Sie, natürlich sitze ich, während ich diese Worte schreibe ... – also ich sitze ergriffen einfach an meinem Schreibtisch, sehe die fahle Januarsonne noch einmal aufgehen ... höre den beiden zu und glaube, wie sie und er, dass alles gut werden kann. Eine solche Sehnsucht und Liebe ‚pocht' nur einmal an das Haus der Welt und ich kann nur hoffen, dass Ihnen und mir irgendwann vielleicht eine ähnlich große Liebe, Leidenschaft und Zärtlichkeit zuteilwird. Wohin die beiden, Sie und mich so eine Liebe führen wird? Ich will ehrlich sein: Ich weiß es nicht.

Februar 2021

Sie sehen sich fast täglich online, arbeiten zusammen, reden und sehnen sich nach dem nächsten realen Treffen. Der Januar hat mehr als zwei Millionen Covid-19-Infizierte in Deutschland mit sich gebracht und so viele Todesopfer, dass große Unsicherheit herrscht, ob die Pandemie überhaupt zu stoppen ist. Die Bilder von Bergamo aus dem letzten Frühjahr sind in den Köpfen der Menschen ständig präsent. Täglich werden in den Nachrichten Erkrankte auf Intensivstationen gezeigt, die um ihr Leben kämpfen und die ansteckende Alpha-Variante breitet sich so rasend schnell aus, dass die dritte Welle der Pandemie jeden Tag mehr Fahrt aufnimmt.

Die Nähe und Vertrautheit, die zwischen den beiden entsteht, wächst jeden Tag. Ihr Projekt begeistert sie und der rege Austausch mit dem Architekturbüro, das für die begrünten Häuser in Freiburg maßgeblich verantwortlich ist, bereichert ihre Ideen. Erste Entwürfe entstehen, werden mit ihrer Chefin besprochen, überarbeitet und dann mit den Auftraggebern diskutiert und so immer weiterentwickelt. Sie schickt ihm immer wieder Bilder von ihrem Alltag, meist zusammen mit Sophia, und lässt ihn so an ihrem Leben teilhaben. Er schreibt ihr, wie tief diese Bilder sein Herz berühren, vor allem, da seine Kinder längst erwachsen sind und es so lange her ist, dass sie so klein, wie Sophia, waren. Er hat angefangen jeden Morgen vom ersten Spaziergang mit seinem Hund, von immer demselben Punkt in der Landschaft, ein Foto von der von Tag zu Tag früher hell werdenden Horizontlinie zu schicken. Sie schreibt ihm, wie begeistert sie davon ist, dass es ihm wieder und wieder gelingt den magischsten Moment des Sonnenaufgangs einzufangen und wie liebend gern sie dies Hand in Hand mit ihm erleben würde. Sie schreiben und reden über alles und es gibt nichts, was sie im Laufe eines Tages nicht miteinander teilen. Immer wieder überrascht sie ihn mit Selfies von sich allein, meist lächelnd, augenstrahlend, liebendvollglück ... Es ist fast so, als könne er durch die Bilder ihren Duft riechen und ihre Küsse fühlen. Sie sehnen sich nach der Nähe des anderen und als sie ihm ein Schwarz-Weiß-Bild schickt, sie in Dessous, vor ihrem PC sitzend, ihr blondes Haar sanft über ihre Schultern fallend, ihre Brüste nur leicht verdeckend und ihr Blick von unten herauf verführerisch in die Kamera ihres Smartphones lächelnd, schelmisch auf ihrer Unterlippe kauend, schreibt er: „Ich will dich überall küssen, geliebte Prinzessin!“ „Und ich will dir endlich unendlich nah sein, geliebtester Geliebter!“

Es sind Tage vergangen seit es ihnen das letzte Mal möglich war, sich in ihrem eiskalten Büro, das sie ihren ‚Gemeinsamort‘ getauft hat, zu treffen. Als sie ihm endlich über den Flur entgegenfliegt, zieht er sie in den Raum, schließt die Tür hinter ihnen, drückt sie sanft, aber bestimmt, gegen die Wand, hält ihre Arme über ihrem Kopf fest und küsst sie leidenschaftlich, streichelt über ihren Körper ... – sie flüstert atemlos seinen Namen ... Langsam zieht er ihr den weichen Pullover aus, berührt ihre Brüste, öffnet ihren BH, der zu Boden fällt, streichelt mit seinen weichen Handinnenflächen ihre Brustwarzen, küsst sie wieder und wieder, während er sie immer noch festhält und sie sich vor Erregung windet. Er nimmt ihre Hände, führt sie zur Matratze, die er bereits ausgebreitet und durch bunte Kissen, passend zu den Wandfarben des Raums, gemütlicher gemacht hat. Sanft legt er sie auf den weichen Untergrund, küsst ihre nackte Haut, ihre Brüste, und öffnet, während sie mit geschlossenen Augen daliegt, die Knöpfe ihrer Hose. Sie stöhnt auf und als er zuerst ihre Hose und dann zärtlich ihren Slip abstreift und mit seinen Händen die Feuchte zwischen ihren Beinen spürt, die sie für ihn öffnet, kann er sich nicht mehr zurückhalten. Mit seinen Küssen wandert er über ihren bebenden Körper tiefer, bis er mit seiner Zunge ihren Kitzler berührt, ihre Feuchte und ihren Geschmack ganz in sich aufnimmt, und während er ihre Arme immer noch über ihrem Kopf festhält, sie leckt, bis sie, nachdem er erst mit einem Finger, dann mit mehreren, während seine Zunge sie weiter liebkost, in sie eingedrungen ist, zum Höhepunkt kommt. Sie schreit laut auf und erst als die Wellen ihres Orgasmus langsam abebben und sie sich noch zitternd ganz nah an ihn schmiegt, sieht sie ihn an und sagt: „Oh Gott, was machst du nur mit mir?“ „Ich liebe dich einfach!“ Ihr Atem im Gleichklang wird langsam ruhiger; sie nimmt erst jetzt wahr, dass er noch vollständig angezogen ist. Langsam, mit aller Zeit der Welt, knöpft sie sein Hemd auf, berührt seine nackte Brust mit ihren warmen Händen, löst sich aus seiner Umarmung, drückt ihn auf die Matratze, so dass er wie sie vorher auf dem Rücken liegt, und öffnet, während sie ihn gleichzeitig verführerisch ansieht, mit einer schnellen Bewegung seinen Gürtel. Ihre Finger umspielen den Reißverschluss, unter dem sie sein hartes Glied spürt. Er hält den Atem an, seine Augen sind geschlossen. Langsam öffnet sie den Reißverschluss, es ist nur das kleine Geräusch der Metallzähne zu hören, während sein Atem stoßweise erbebt. Sie streift die Hose zusammen mit seinem Slip ab. Er versucht sich aufzurichten, will sie küssen. Sie drückt ihn wieder auf die Matratze, sieht ihm noch einmal liebevoll in die Augen, nimmt dann sein Glied in ihren Mund, umschließt es gleichzeitig fordernd mit ihren Händen und saugt daran, bis er sich nicht mehr halten kann und in ihrem Mund kommt, so vollkommen erfüllend, wie er es noch nie zuvor erlebt hat. Körper an Körper, Haut an Haut, Herz an Herz ... – die Hände eng verschlungen, schmiegen sie sich aneinander. Ihr Kopf ist ganz nah an seiner Brust, sie sieht ihn von unten herauf zärtlich an, wie nur sie ihn ansehen kann und sie küssen sich und küssen sich wieder. Er hüllt die weiche Decke um sie beide, streichelt mit einer Hand liebevoll über ihre Haare, ihren Rücken ... – sie liegen einfach nur da, nackt verwoben, himmellang, zeitvergessen ...

Irgendwann richtet sie ihren Oberkörper leicht auf und sieht ihn an: „Das einzige Gute, was unsere Chefin im letzten Jahr vollbracht hat, ist, dass sie uns durch das gemeinsame Projekt zusammengebracht hat. Ich liebe sie!" „Du machst also sie dafür verantwortlich, dass wir uns gefunden haben?" Sie lacht: „Nein! Ich glaube, dass es Schicksal ist." Er richtet sich halb auf: „Ich glaube nicht an das Schicksal! Jede unserer Entscheidungen hat uns genau zu diesem Punkt heute in unseren Leben geführt. Unsere Chefin und das Schicksal haben damit absolut nichts zu tun. Ich und du haben uns aufeinander eingelassen, weil du und ich uns dafür entschieden haben." Sie sieht ihn direkt an, Tränen in ihren Augen: „Es kam alles so, wie es sein musste ... Ich habe das Kind verloren, damit ich genau zu dem Zeitpunkt wieder ins Büro zurückgekehrt bin, so dass wir uns begegnen konnten. Das ist Schicksal!" Er nimmt sie liebevoll in seine Arme. Sie schweigen lange, während sie ihr Gesicht in seiner Schulter vergräbt und er ihre Tränen spürt. „Du hast ein Kind verloren?" „Es war im letzten Frühjahr ... Du erinnerst dich vielleicht, dass ich einige Wochen lang nicht im Büro war ..." „Wir hatten damals nicht wirklich etwas miteinander zu tun. Ich dachte immer, dass du dir einfach eine Auszeit genommen hast, um mehr für Sophia da zu sein.“ „Ich weiß ... das ist auch das, was ich wollte, dass alle denken. Die Schwangerschaft war von Anfang an problematisch und ab dem Moment, an dem man vielleicht etwas hätte sehen können, musste ich überwiegend liegen.“ „Das wusste ich nicht ... – bitte verzeih!“ „Es gibt nichts zu verzeihen. Darüber spricht man ja auch nicht einfach so auf dem Flur. Weißt du, ich habe mir so sehr ein zweites Kind gewünscht, damit Sophia nicht alleine aufwachsen muss ... und falls ich einmal nicht mehr sein sollte, sie trotzdem Familie hätte.“ „Das meinst du also mit ‚Schicksal‘?“ „Ja ... – wie gesagt, irgendwie musste es vielleicht genau so kommen, anderenfalls wären wir wohl weiter aneinander vorbeigelaufen, oder uns für lange Zeit nicht mehr begegnet, da ich mindestens für zwei Jahre zuhause geblieben wäre.“ Beide haben in diesen Momenten vergessen, dass sie in ihrem Büro sind ... Es ist fast so, als würde außer ihnen beiden nichts mehr existieren und in einem Augenblick der Stille, als die Sonne mit ihren Strahlen durch den grauen Februarhimmel bricht, spüren sie und er, wie selbstverständlich die tiefe Vertrautheit zwischen ihnen ist, wie selbstverständlich ihre Nacktheit, die sie zum ersten Mal erleben und die sich anfühlt, als wäre es schon immer so gewesen.

Die Geborgenheit, die zwischen den beiden jetzt schon wohnt, ist so unglaublich tief und so unvorstellbar alt, dass ich dafür keine Worte finde. Ich glaube zu ahnen, liebe Leserinnen und Leser, dass Sie vielleicht beim Lesen meiner Zeilen, ungläubig Ihren Kopf schütteln und mir zurufen wollen: „Das glaubt jeder, im ersten Augenblick des Verliebtseins und dann ... – dann holt jeden die Realität ein.“ Ja, Sie haben vielleicht Recht ... – es erscheint unreal ... und ja, ich würde vielleicht wie Sie meinen Kopf schütteln, wenn ich nicht genau wüsste, dass es genau so war, wie ich es oben versucht habe mit meinen Worten zu erfassen ... Worte, die nicht einmal ansatzweise deutlich machen können, was zwischen den beiden Wirklichkeit geworden ist. Ich will versuchen es noch deutlicher zu umschreiben, damit Sie nicht ungläubig und enttäuscht, diese wahre Geschichte auf die Seite legen und mich als Träumer belächeln. Vielleicht haben Sie schon einmal gehört, dass jemand zu einem Menschen sagt: „Du bist eine ‚alte Seele'?" Der Kern dieser Worte trifft die Art der Liebe, die sie und er erleben und ich sage es ungern erneut: Meine Worte sind unzureichend, um diese Liebe auch nur annähernd zu umschreiben, geschweige denn zu erfassen. Vielleicht könnte es gelingen, wenn ich ein Poet wäre, Lieder singen oder Harfe spielen könnte, aber, ich hoffe Sie sehen es mir nach: Mir bleiben nur die Worte hier, die schwarz auf weiß wiedergeben, was wahr ist. Entscheiden Sie selbst, liebe Leserinnen und Leser, ob Sie an solch eine Liebe glauben wollen!

„Hast du ihr oder ihm einen Namen gegeben?" „Nein, ich konnte es nicht. Er war noch so klein ... ich habe tagelang nur geweint." Sie schweigen wieder lange und doch ist es so, als würden die Gedanken zwischen ihnen einfach weiterfließen. Nicht jedes Wort muss ausgesprochen werden ... – und sie wissen, dass ihre Herzen und Seelen auf immer miteinander verbunden sind. Sie liegen ganz nah beieinander. Er birgt sie in seinen Armen. Sie sieht ihn mit ihren traurigen Augen an: „Weißt du, ich habe mich danach einfach wieder ganz in die Arbeit gestürzt. Das hat mir früher immer geholfen. Es war einfach Schicksal ... und dann ... – dann sind wir uns begegnet ..." „Das ist das Wunderbarste, was in meinem Leben je passiert ist!" „Genauso empfinde ich es auch. Ich glaube einfach, dass alles so kommt, wie es kommen soll. Und wenn Gott, das Schicksal, das Universum oder sonst wer die Wahrheit unserer Liebe spürt, dann wird unser Weg für immer ein gemeinsamer sein." Sie sehen sich an und küssen sich. „Glaubst du denn an Gott, und wenn ja an welchen und noch viel wichtiger die Frage: Ist ‚Er' eine Frau?" Sie lacht: „Ich weiß nicht, ob ich an Gott glaube ... Ich glaube schon an eine höhere Macht. Früher habe ich lang und intensiv gebetet, aber ich wurde schon so oft vom Leben gebeutelt, dass ich mich oft gefragt habe, warum meine Gebete nicht erhört wurden oder ob tatsächlich ‚irgendjemand' oder ‚irgendetwas' hinter allem steckt. Wenn es einen Gott gibt, dann ist ‚Er' oder ‚Sie' oder ‚Es' geschlechtsneutral oder alles in einem! Und was glaubst du?" „Ich glaube nicht an Gott. Doch wenn es einen Gott gibt, dann ist ‚Er' eine Frau und wunderschön wie du!" „Danke ... – ich erröte ..." „Es ist einfach die Wahrheit. Ich habe in meinem ganzen Leben noch nie eine so tiefe, außergewöhnliche und einzigartige Liebe empfunden, wie für dich!" „Das zwischen dir und mir ist ein Traum und ich will nie wieder aufwachen. Ich liebe dich und fühle das mit uns wie du. Unsere Liebe ist das Außergewöhnlichste, was ich je mit einem Menschen erlebt habe." Sie küssen sich liebevoll und ihre Hände liebkosen sich unendlich zärtlich. Alles um sie herum verliert seine Konsistenz ... und es fühlt sich an, als würden sie schwerelos durch den leeren Raum gleiten ... von einem Stern zum nächsten ... – zwei durch das kosmische Gleichgewicht auf immer verbundene Trabanten, die an noch nie belebten vergessenen Welten vorbeischweben ... Besucher ohne Erinnerung und Zeit ... – auf der Suche nach einem Land, das auf immer ihre Heimat bedeuten kann.

„Ich fühle mich dir so verbunden, wie keinem Menschen zuvor, Sophia natürlich ausgenommen. Und genau deshalb weiß ich auch, dass sich ein gemeinsamer Lebensweg für uns ergeben wird. Alles kommt, wie es kommen soll." Sie schweigen beide lange und spüren, wie sehr sie sich genau danach sehnen und diese Heimat voller Versprechungen, schon jetzt in den Augen des anderen finden. Irgendwann sieht sie ihn unsicher an: „Habe ich etwas Falsches gesagt?" Er küsst sie, ihre Zungenspitzen umspielen sich liebevoll ... Sanft nimmt er ihr Gesicht in seine Hände: „Es liegt an uns diesen Weg gemeinsam zu finden. Ich will diesen Weg mit dir gemeinsam leben, lachen, lieben ... Wir sind Teil des Universums und das Universum liebt uns! Selbst wenn wir irgendwann Würmer-Nahrung sind, wird das Universum dich und mich niemals vergessen. Gott und das Schicksal haben damit nichts zu tun. Wenn du und ich alt sind, unter einer riesigen Eiche auf einer alten, vermoosten Bank sitzen, Händchen haltend und uns liebevollzärtlich küssend, wie nur du und ich es tun, dann werden wir uns anlächeln und wissend auf unsere Leben zurückblicken und sagen: ‚Ja, es kam alles so, wie es sein sollte!'" Sie lacht ihn an, schlägt sanft mit einer Hand auf seine nackte Brust: „Siehst du, du glaubst doch an das Schicksal!" „Vielleicht gebrauchen wir ja den Begriff einfach unterschiedlich. Kennst du den Film ‚One Day'?" „Nein, wie kommst du jetzt darauf?" „Es ist eine traumhafte Liebesgeschichte, die mit einer platonischen Nacht zwischen den Protagonisten Emma Morley und Dexter Mayhew am 15. Juli 1988 in Edinburgh beginnt. Danach gehen sie in ihren Leben getrennte Wege, verlieren sich aber nie ganz aus den Augen und fühlen sich irgendwie immer zueinander hingezogen. An jedem 15. Juli eines Jahres treffen sie sich, finden aber nie wirklich zusammen. Erst 16

Jahre nach ihrer ersten gemeinsamen Nacht, in der nichts passiert ist, erkennen beide im anderen den Menschen, den sie schon immer gesucht haben. Sie heiraten, lieben sich und wollen ein Kind. Doch ihr Glück ist nur von kurzer Dauer. Emma kommt bei einem Verkehrsunfall ums Leben ... – an einem 15. Juli ... Dexter muss ohne sie auskommen und lebt von seinen Erinnerungen. Ist das nach deiner Definition ‚Schicksal‘?“ „Ja! Was für eine unendlich traurige Geschichte! Sei sicher, für uns hat das Schicksal ein ‚Happy End‘ vorgesehen. Es sind die riesige Eiche und die alte, vermooste Bank, die irgendwo auf uns warten. Es wird genau so sein, wie du es beschrieben hast. Egal wie unsere Leben sich entwickeln ...“ Sie lacht ihn fröhlich an. „Lachst du mich aus?“ „Das würde ich mir niemals erlauben! Ich musste nur gerade daran denken, dass du dann viel mehr Falten haben wirst als ich, nicht dass ich das nicht attraktiv fände ... – und wahrscheinlich an einem Stock mit Elfenbeingriff zu unserer vermoosten Bank kommst.“ „So stellst du dir das also vor ... – du wirst noch genauso wunderschön wie heute sein!“ Sie lacht: „Lass uns unbedingt irgendwann zusammen den Film anschauen!“ „Du meinst Erinnerungen schaffen, falls es das ‚Schicksal‘, wie du es nennst, nicht gut mit uns meint!“ „Hey, darüber macht man keine Scherze! Ich glaube fest an uns und unsere Liebe. Sei sicher, alles wird gut!“ „Weißt du wie sehr ich dich liebe, geliebte Prinzessin?“ „Ja, weil ich genau dasselbe für dich empfinde, geliebtester Geliebter! Jeder Moment, den wir zusammen erleben, berührt mein Herz so unendlich und all diese Momente zusammen zeichnen ein einzigartiges Bild der Liebe in unsere Seelen ... – wie der Wind und der Regen und die Sonne in die Seelen von zwei Bäumen, die ganz nah beieinanderstehen, sich gegenseitig schützen, aufeinander achtgeben und sich im

Wind wiegend und tanzend, dasselbe Lied der Träume unter dem Sternenzelt des Himmels singen." „Du und ich leben mit jedem Kuss, mit jedem Blick, mit jedem Wort, mit jeder Berührung, mit jedem Augenblick im Sonnenaufgang der Ewigkeit!" „Und ich weiß, dass unsere Liebe nicht auf ewig auf die gestohlenen Momente beschränkt sein wird. Das ist nicht unser Schicksal!" „Dann glaube ich ab jetzt auch an das Schicksal! Vielleicht steckt deine Definition von ‚Schicksal' auch hinter der Doppeldeutigkeit des Filmtitels. ‚One Day' kann bedeuten *‚Eines Tages'* oder *‚Ein einziger Tag'*." „Du und ich finden einen gemeinsamen Weg in die Zukunft, weil du und ich uns im anderen wiederfinden, für immer!" „Genauso ist es, geliebte Prinzessin!" „Weißt du, dass du der außergewöhnlichste Mann bist, dem ich je begegnet bin? Ich kenne niemanden, der sich so viele Gedanken um alles und alle macht! Dir ist es wirklich wichtig, wie es dem Menschen, mit dem du Zeit teilst, geht. Du fragst aufrichtig nach, du hörst achtsam zu, du gibst deinem Gegenüber niemals das Gefühl, dass du nicht mit allem, was dich ausmacht, bei ihm bist ... Ich kenne niemanden, der es vermag, Gedanken und Gefühle so in Worte zu kleiden, wie du es tust, der Gefühle auch so zulassen kann, wie du. Ich kenne niemanden, dessen Augen so tief in die Seele blicken und blicken lassen." „Ich weiß nicht, was ich sagen soll ... – deine Worte berühren mich zutiefst ...– ich habe noch nie so eine Liebe gefühlt, wie ich sie für dich empfinde und diese Liebe ist unendlich wahr, für immer!"

‚Für immer!' Für immer ... – Sie und ich, liebe Leserinnen und Leser, glauben zu wissen, dass es ein ‚Für immer!' nicht gibt. Wir wollen den beiden sagen, dass die Liebe ein schwankendes Schiff in unruhigen Gewässern

ist, den Gezeiten, den Winden und den Stürmen hilflos ausgeliefert. Wir wollen einwenden, dass Liebe nur ein nicht beweisbares, irrationales Gefühl ist, ein Konstrukt, das evolutiv bedingt von Vorteil war, da dauerhafte Beziehungen für das Überleben des Einzelnen und des Stammes wichtig waren. Wir wollen nicht glauben, dass etwas ewig ist, da wir seit dem Augenblick unserer Geburt auf unseren Tod zulaufen und uns die eigene Endlichkeit jeden Moment vor Augen geführt wird. Wir wollen den beiden zurufen ... – halt ... lassen Sie uns gemeinsam einen Augenblick innenhalten ... Vielleicht haben Sie und ich, aufgrund unserer Erfahrungen im Leben, den Glauben an ein ‚Für immer' verloren ... Vielleicht haben Sie und ich, weil wir enttäuscht und verletzt wurden, den Glauben an den Zauber der wahren Liebe verloren ... Vielleicht haben Sie und ich, da wir in unseren Leben gefangen sind, einfach aufgehört zu träumen und unsere Träume zu leben ... Ich weiß, Sie wollen trotzdem sagen: „Aber ein ‚Für immer!' gibt es nicht!" Ich werde Ihnen nicht widersprechen. Ich werde nichts gegen Ihre Argumente einwenden. Ich werde Ihnen nichts zurufen. Und doch ... – ich will an die Unendlichkeit dieser Liebe glauben.

Wie jedes Mal, wenn sie zusammen sind, verfliegt die Zeit viel zu schnell. Erst als es bereits dunkel geworden ist, brechen sie, nachdem sie gemeinsam ihr ‚Lager' aufgeräumt haben, auf. Sie können sich kaum voneinander losreißen, halten sich noch lange in den Armen und gehen wehmütig Hand in Hand das in Dunkelheit gehüllte Treppenhaus hinunter. Die Kälte der aufkommenden Nacht kriecht in sie hinein. Sie küssen sich noch einmal: „Auf bald, geliebtester Geliebter?" „Ich kann es kaum erwarten dich wieder in meinen Armen zu halten, geliebte

Prinzessin." Sie wartet an diesem Tag vergeblich auf seinen Anruf aus dem Auto und doch spürt sie seine Nähe jeden Augenblick. Leichtes Schneegestöber behindert die Sicht. Er ist auf dem Weg nach Hause tief in Gedanken versunken ... Er weiß, dass er sie niemals enttäuschen oder verletzen will.

Während die Tage und vor allem die Nächte dieses Februars immer kälter werden, versuchen sie sich so oft wie möglich zu sehen. Manches Mal gelingt es ihnen sogar zweimal in einer Woche und sie sind glücklich. Sie diskutieren viel über ihr neues Projekt, sammeln weitere Fakten zur CO2-Neutralität und zur möglichen Umsetzung am Gebäude, schauen sich Entwürfe an, arbeiten an Skizzen und träumen sich immer wieder an einen Ort, weit weg von all dem, was ihre Leben und ihren Alltag bestimmt. Sie trinken, nachdem sie mit der Arbeit fertig sind, fast immer Rosé ... – küssen sich, liegen nackt beieinander, ganz nah, völlig natürlich und selbstverständlich, streicheln sich, erregen sich und doch haben sie immer noch nicht miteinander geschlafen. Beide spüren, dass sie sich trotz ihrer unendlich großen Liebe, Zeit lassen wollen.

Da ihre Tochter immer wieder erkältet ist, sie Angst hat, dass es COVID-19 ist und ihr Mann viel Zeit in Online-Meetings zuhause verbringt, hat sie einen eng getakteten Tag, so dass oft nur Mails oder ihre täglichen Zoom-Meetings bleiben. Ihre Chefin fordert immer wieder Updates über den aktuellen Stand ihrer Arbeit ein. Die Abgabefristen für die ersten Entwürfe sind am Ende des Monats und müssen dann den Auftraggebern präsentiert werden. Sie schreiben sich fast stündlich, manches Mal geht jede Minute eine Mail hin und her und sie fragen sich oft, was wohl ihr Internet-Provider über ihre rege Kommunikation ‚denken' mag, vorausgesetzt, ‚er' oder

‚sie‘ oder ‚es‘ liest mit. Sie leben beide von Treffen zu Treffen und die Sehnsucht nach der Nähe des anderen wächst von Augenblick zu Augenblick, der verstreicht, ohne dass sie sich küssen und berühren und in den Armen liegen konnten: „Du fehlst jede Sekunde ...“, „Es fühlt sich völlig falsch an, einen Tag ohne dich zu sein ...“, „Ich liebe dich und vermisse dich unendlich mal unendlich ...“, „Ein Tag ohne deine Worte und deine Küsse ist leer ...“, „So geht es mir auch, geliebtester Geliebter! Aber mein Herz ist deinem immer am nächsten! Ich fühle mich mit niemandem so verbunden, wie mit dir. Ich fühle mich bei niemandem so wohl, wie bei dir. Ich fühle mich zu niemandem so hingezogen, wie zu dir ...“, „Geliebte Prinzessin! Mein Herz ist voll Liebe und Zärtlichkeit für dich! Es schlägt so laut, dass ich immer glaube, dass es jeder hören muss. Ich spüre noch die Wärme deiner Lippen und rieche deinen Duft. Ich liebe es dich zu küssen und von dir geküsst zu werden ...“, „Mein Herz tanzt ...“

März 2021

Ganz allmählich werden die Tage in diesem Jahr wärmer, denn obwohl nur ein einziges Mal in diesem Winter Schnee gefallen ist, hat die Kälte Deutschland fest im Griff. Die Todeszahlen der an COVID-19 Verstorbenen, in vielen europäischen Ländern, nähern sich rasant der 100.000-Marke. Bundesgesundheitsminister Jens Spahn hat in der Bundespressekonferenz appelliert, angesichts der aktuell hohen Infektionszahlen, über die Osterfeiertage möglichst wenig Menschen außerhalb der eigenen Familie zu treffen. Idealerweise, so Spahn, sollten Treffen draußen oder mit Maske stattfinden. Nach den rigorosen Kontaktbeschränkungen in Deutschland, nur ein Haushalt durfte sich mit einem weiteren Haushalt treffen, war die Hoffnung auf ein entspannteres Frühjahr die Sehnsucht vieler Menschen. Seit Ende des Jahres sind die Impfungen in Deutschland für die ‚vulnerablen' Gruppen angelaufen. Die massive Knappheit an Impfstoff und die Debatte um die Verträglichkeit der neuen mRNA- oder auch der Vektorvakzine, dämpft die Zuversicht der Menschen in allen Bereichen. Man mag es kaum glauben im Europa des 21. Jahrhunderts: Die Grenzen zwischen den europäischen Partnern sind geschlossen. Seit Weihnachten konnte er nicht mehr in sein Ferienhaus fahren und auch die Hoffnung auf ein Ostern unter der warmen Sonne Italiens ist in weite Ferne gerückt. Sie hat den geplanten Urlaub in Spanien, es sollte der erste Flug für Sophia werden, storniert. Beide tragen die Situation, die für viele Familien frustrierend ist, mit einem Lächeln. Zum einen fordert das Projekt, in der aktuellen Phase, sie ganz, zum anderen können sie sich so häufiger sehen. Sie richten feste Termine ein, um sich an ihrem ‚Gemeinsamort' zu treffen. Und obwohl die Familie, vor allem bei ihr, immer Vorrang hat, gelingt es ihnen fast immer sich in einer Woche an zwei Tagen zu sehen. Eine Leichtigkeit hat sich durch die Regelmäßigkeit der Treffen zwischen ihnen eingestellt, ohne dass die Vorfreude auf ihre Begegnungen an Erregung eingebüßt hätte. Wann immer sie sich auf die unsichtbare Grenze zwischen ‚drinnen' und ‚draußen' hin entgegenfliegen, sich küssen und in die Arme schließen ... – ist es, als wäre es zum ersten Mal und als wäre alles möglich!

Sie bringt es, als sie am Ende einer langen produktiven Arbeitsphase für das Projekt nackt beieinander liegen, seine Hand wie selbstverständlich an ihrer Brust, ihre Hand wie selbstverständlich in seinem Schritt, auf den Punkt: „Du bist Glück!" Ihre Blicke verlieren sich in ihren Herzen und finden sich von Augenblick zu Augenblick in der Seele des anderen wieder. Ja, es ist nichts anderes als Glück, was den beiden geschenkt ist ... – während ‚draußen' ein erster Frühlingssturm die Bäume im Wind sich biegen, knarren und ächzen lässt. Sie sprechen oft darüber, was aktuell aufgrund von Corona alles nicht möglich ist. Sie hat, obwohl sie alles tut, um die Situation für Sophia so abwechslungsreich wie möglich zu gestalten, große Sorgen, was die Isolation wohl für ihre kindliche Entwicklung bedeutet: Kein Schwimmunterricht, kein Sport, kein Kindi, nur Treffen mit einem Freund oder einer Freundin, immer zuhause, jede Freizeitmöglichkeit eingeschränkt ... und dann auch noch die Unsicherheit, wie gefährlich das Virus für kleine Kinder werden kann. Selbst wenn es Impfstoff für alle geben würde, für Kleinkinder ist nichts vorgesehen. Sie hat Angst, die immer wieder Thema zwischen ihnen ist ... auch wenn sie weiß, dass erst durch die Corona-Situation ihre Liebe einen Raum finden konnte. Seit sie sich in ihrem Büro regelmäßig treffen, sind sie im gesamten Gebäude nie irgendjemandem begegnet. Sie ist froh darüber, weil sie immer wieder betont, wie wichtig es gerade jetzt für Sophia sei, dass sie ihren Vater hat. Sie reden nicht viel über ihre Partner ... – ihre Liebe hat, so wie sie es schon zu Beginn formuliert hat, nichts mit ihren ‚anderen' Leben zu tun. Diese einzigartige Liebe steht so weit außerhalb all dessen, was sie beide jemals für möglich gehalten haben, dass es keine Eifersucht oder Irritation darüber gibt, dass sie noch mit jemand anderem leben. Sie beide träumen von einer gemeinsamen Zukunft, sprechen immer wieder darüber und wissen tief in ihren Herzen, dass sie geduldig sein können ... – einfach, weil sie sich ihrer Liebe zueinander absolut sicher sind. Ihr ‚Lager' wird zu ihrem Rückzugsort, verborgen vor aller Welt, und doch Zentrum des Universums. Sie reden, lachen, erzählen, träumen, küssen, halten sich in den Armen, liegen nackt ganz nah beieinander, trinken Rosé und lassen sich alle Zeit der Welt, damit ihre Zärtlichkeit und Liebe immer weiterwachsen können. Sie haben immer noch nicht miteinander geschlafen. ‚Es' hat keine Eile zwischen ihnen und obwohl beide sicher sind, dass sie es wollen, vergehen Wochen, bis sie sich ganz dem anderen schenken. Er weigert sich von ‚miteinander schlafen' zu sprechen: „Für mich ist es ‚sich lieben'! Das ist es, was ich für dich in meinem Herzen empfinde, und ich sehne mich danach, dich mit allem, was ich bin zu lieben!" Sie lächelt ihn an, streicht über seinen muskulösen Bauch, küsst ihn: „Du weißt, dass ich mich dir ganz hingeben will!" Sie spüren die Erregung des anderen. Zärtlich nimmt sie sein hartes Glied, in ihren Mund ... seine Finger liebkosen ihre Vagina, dringen in sie ein, bis beide gemeinsam kommen. Als sie an diesem Tag auf dem Parkplatz stehen, sprechen sie über Verhütung. Sie sagt, sie nehme seit einigen Wochen wieder die Pille. „Und dein Mann?" „Wir schlafen seit über einem Jahr nicht mehr miteinander!“ „Ist das mit der Pille gut so für dich?“ „Ja! Ich möchte, wann immer wir uns sehen mit dir schlafen können, ohne jede Einschränkung!“ Sie küssen sich und als sie ihn, kurz bevor er ihre Nummer wählt, aus dem Auto anruft und sagt „Ich will dich! Für immer! Es gibt nichts Beglückenderes und Erregenderes für mich als deine Liebe und Zärtlichkeit!“, wäre er am liebsten umgedreht, um sie jetzt gleich zu ‚lieben‘. Sie ist zunächst unsicher, weil er einige Zeit schweigt, doch als er sagt: „Du weißt schon, wie unendlich schön es ist dich lieben und mit allen Sinnen spüren zu dürfen, geliebte Prinzessin!“, hört sie, wie sein Atem schneller geht ... – „Ich kann es nicht erwarten, dich wiederzusehen, geliebtester Geliebter!“

Genauso wie ich darauf hingefiebert habe, warten Sie, liebe Leserinnen und Leser, sicher auch auf das ‚erste Mal‘ der beiden. Was wäre, wenn ‚ES‘ nie stattfinden würde? Was wäre, wenn diese Liebe hier zu Ende wäre? Was wäre, wenn sie und er ganz in ihre ‚alten‘ Leben zurückkehren würden? Ich glaube zu hören, wie Sie entrüstet aufschreien ... Ich glaube zu sehen, wie Sie Ihre Erwartung dabei zu sein, wenn ‚ES‘ endlich ‚passiert‘, enttäuscht sehen ... – seien Sie versichert, sie und er werden sich, so oft es ihre Leben erlauben, einander ganz ‚hingegeben‘. Während alle anderen Menschen in Deutschland, nach den endlosen Wochen der Isolation in den eigenen vier Wänden, nach draußen drängten, um die Frühlingssonne, die immer mehr Kraft gewann, wenigstens mit der zu diesem Zeitpunkt erlaubten Anzahl an Personen zu genießen, wird es die beiden magisch wieder und wieder zu ihrem ‚Gemeinsamort‘ ziehen, der nur ihnen und ihrer Liebe gehört. Eigentlich sollten Sie und ich mich in diesem Augenblick, in dem die beiden diese

Schwelle überschreiten, dezent zurückziehen und die beiden ganz ihrer Leidenschaft überlassen. Doch eine Liebe wie diese, ist nicht allein für die Liebenden. Eine Liebe wie diese ist Segen und Wahrheit, Anmut und Glück, Vollkommenheit und Ewigkeit ... Und genau deswegen, verehrte Leserinnen und Leser, werden wir unsere Liebenden durch jeden einzelnen Augenblick, bis ans Ende dieser Seiten, begleiten, damit Sie sich selbst ein Bild machen können, ob diese Liebe wirklich einen Platz im Pantheon der unvergessenen Liebespaare der Weltgeschichte verdient hat. Auch wenn ich nicht vorgreifen will: Ich bin jetzt schon überzeugt, dass meine Worte, die ich in aller Glückseligkeit über die gelebten Augenblicke der beiden hier dokumentieren werde, Sie überzeugen und auch Ihr Glück, Ihre Welt und Ihre Liebe für immer verändern werden.

Die sehnsuchtsvollen ‚Aufgewacht-Mails' der beiden in dieser Nacht sind voller Zärtlichkeit und Leidenschaft. Ich verzichte darauf sie hier aufzuschreiben. Nicht um Sie Ihnen, liebe Leserinnen und Leser, vorzuenthalten ... – nein, ich weiß einfach, dass Ihre Fantasie reich genug ist sich auszumalen, was in den Köpfen und Herzen der beiden vor sich geht. Vielleicht liegen Sie ja, wie die beiden, nachdem Sie sich von Ihren Netflix-Serien losgerissen haben, atemlos wach ... sehnen sich selbst nach einer solchen Zärtlichkeit und Leidenschaft und haben Angst ‚Ihre' eigene Chance auf die große Liebe zu verpassen ... Nein! Ich glaube an Sie! An Ihren Mut zum Träumen, an Ihre Kraft zur Fantasie, an Ihren Glauben an die Liebe. Und ‚Ja!' – auch wenn aufgrund der Pandemie noch einige Zeit vergehen wird, bis sie und er sich wiedersehen: Er wird sie an ihrem ‚Gemeinsamort' erwarten. Sie wird ihm zu ihrem ‚Gemeinsamort' entgegenfliegen. Und sie werden sich ‚lieben', wie nur sie beide es können.

April 2021

Der April bringt für diese Jahreszeit ungewöhnlich schönes Wetter. Die Gesamtzahl der mit dem Virus Infizierten überschreitet die Marke von drei Millionen und der Höchstwert der 7-Tage-Inzidenz in der inzwischen dritten ‚Corona-Welle' wird am Ende des Monats erreicht werden. Obwohl die Zahl der Impfungen steigt, reichen auch die inzwischen zusätzlich eingeführten flächendeckenden Testungen nicht aus, um diese Welle zu brechen. Der nächste Lockdown droht. Es wird in diesen Tagen immer schwieriger für die beiden sich zu treffen, da nun auch ihr Mann und seine Frau vollständig im Home-Office sind. Einen plausiblen Grund für reale Begegnungen im Büro gibt es kaum, da alles per Videokonferenz geklärt werden kann. Ihre Arbeit treiben sie tagtäglich online voran und da auch Telefonieren und Meetings, durch die ständige Präsenz ihrer Partner, nicht mehr uneingeschränkt möglich sind, bleiben ihnen nur ihre Mails und ihre Blicke und gestohlene kleine Momente, die zwar die Sehnsucht der beiden nacheinander nicht zu stillen vermögen, die jedoch zeigen, wo ihre Herzen schlagen.

Es ist bereits Mitte April, als ihre Terminkalender endlich wieder kompatibel sind und sie für mehrere Stunden ein Treffen in ihrem Büro realisieren können. Er ist schon viel früher da als ausgemacht. Die Tür steht weit offen. Er hat keine Angst, dass sonst jemand im Gebäude sein und ihn bei seinen Vorbereitungen sehen könnte. Als er die ersten Rosenblüten aus seinem beheizten Gewächshaus auf ihrem gemeinsamen ‚Lager' verteilt und die mundgeblasenen Gläser aus Murano und den italienischen Rosé bereitstellt, schlägt sein Herz ganz laut. Er erwartet sie an der Tür. Sie eilt ihm lächelnd entgegen. Er hält sie mit einem zärtlichen Kuss auf. Sie sieht, dass er in seiner Hand eine samtene Augenbinde hält. „Was hast du vor?“ Er lächelt nur, verbindet ihr die Augen und führt sie an beiden Händen in das Büro. Als er ihr liebevoll beim Hinsitzen hilft, überwältigt sie der Duft der Blüten. Sie lacht auf: „Du willst mich verführen!“ „Ja, das auch! Aber vor allem will ich dich einfach glücklich machen ... – und da wir den Frühling nicht einfach draußen in der Natur genießen können, dachte ich, ich bringe die Natur in unsere Welt.“ „Du bist unendlich süß, weißt du das?“ Mit ihren Händen tastet sie nach seinem Gesicht, zieht ihn zu sich herunter und küsst ihn lange und unendlich liebevoll auf den Mund. „Außerdem finde ich schon lange, dass die Bezeichnung ‚Lager‘ der völlig falsche Begriff für unseren ‚locus amoenus‘ ist.“ Sie schmunzelt: „So, ‚locus amoenus‘ nennst du unser Büro! Und was hältst du sonst noch für mich bereit?“ „Lass dich einfach überraschen!“ Er nimmt einen Schluck Wein aus seinem Glas und als er ihr aus seinem Mund etwas zu trinken gibt, verschluckt sie sich beinahe. „Du weißt schon, dass ich das sehr mag?“ „Was?“ „Verbundene Augen ... – Wein aus deinem Mund ... – deinen Duft ... – dich ...“ Sie verlieren sich in ihren sich gegenseitig liebkosenden Küssen, bis sie ihn sanft wegschiebt und fragt: „Was ist also, statt der schnöden Bezeichnung ‚Lager‘, dein Vorschlag für unseren Liebesort?“ „Mir ist gestern das Lied ‚*Under der linden*‘ des Minnesängers Walther von der Vogelweide wieder eingefallen. In der dritten Strophe heißt es: ‚*Dô het er gemachet alsô rîche von bluomen eine bettestat. Des wirt noch gelachet inneclîche, kumt iemen an daz selbe pfat. Bî den rôsen er wol mac, tandaradei, merken wâ mirz houbet lac.*‘“ Sie sieht ihn schmunzelnd an: „Wo ‚*mirz houbet lac*‘ habe ich wohl verstanden. Das ist also dein Plan!“ „‚Plan‘ würde ich das nicht nennen, eher Liebe!“ Sie lachen gemeinsam. „Was hältst du davon, wenn wir unser ‚Lager‘ ‚*bettestat*‘ taufen?“ Sie nimmt sich die Augenbinde ab und sieht ihn liebevoll an: „Deine Idee ist unendlich romantisch! ‚*bettestat*‘ ist genau der richtige Begriff!“ Sie küsst ihn. „Und was hat es mit dem ‚*tandaradei*‘ auf sich?“ „Tja, das ist das Geniale an diesem Lied. Wir haben doch erst kürzlich über Parallelen geredet, du erinnerst dich?“ Sie nickt: „Spann mich nicht länger auf die Folter!“ „Ich zitiere aus der vierten Strophe: ‚*Daz er bî mir laege, wessez iemen (nu enwelle got!), sô schamt ich mich. Wes er mit mir pflaege, niemer niemen bevinde daz, wan er und ich. Und ein kleinez vogellîn: tandaradei, daz mac wol getriuwe sîn.*‘ Das ‚*tandaradei*‘ ist eine Chiffre dafür, dass die Liebe zwischen demjenigen, der in diesem Lied die ‚*bettestat*‘ so liebevoll vorbereitet hat und ihr, vielleicht eine Prinzessin ...“ Sie lachen zusammen, küssen sich und als sie seinen Mund wieder freigibt, vollendet er seinen Satz: „… also, vielleicht eine Prinzessin, wie du, geheim bleiben muss. Die beiden treffen sich in der freien Natur, weit weg von der höfischen Gesellschaft ...“ „… so wie du und ich! Wir treffen uns weit weg von der Gesellschaft hier in diesem kalten, schnöden Büro, das sich durch deine Rosen und unsere Liebe zu unserem ‚locus amoenus‘ verwandelt!“ „… und wie in dem Lied, bleibt die Liebe ‚hermetisch‘, vor allen und allem verborgen ... und nur ‚*ein kleinez vogellîn*‘ singt ‚*tandaradei*‘ ...“ „… und trägt damit das Glück der Liebenden in alle Welt hinaus ...“ „… verhüllend enthüllend ... – aber nur für die Menschen, die der Vogelsprache oder der Sprache der Liebe mächtig sind!“ „Tandaradei!“

Eng umschlungen, ohne dass ihre Lippen sich auch nur einen Moment voneinander lösen, sinken sie auf ihre

‚bettestat'. Ihre Küsse sind so zahlreich wie die Sterne am Himmel und wie das Licht aus fernen Galaxien Millionen von Jahre braucht, um sich in unseren Augen widerzuspiegeln, lassen sie sich alle Zeit der Welt.

Fast fühlt es sich an, als würden sie sich zum ersten Mal küssen. So zärtlich und sanft, so erfüllend und erregend ist die Berührung ihrer Lippen, die miteinander verschmelzen und eins werden. Das laute Klopfen ihrer Herzen, lässt sie für eine Sekunde innehalten, sie sehen sich an ... alles andere um sie herum ist in den Tiefen der Welt versunken ... es gibt nur noch sie. Die Anmut des Augenblicks, wenn sie ihren Mund für ihn öffnet und ihre Zungen sich umspielen, lässt sie beide erzittern, denn alles zwischen ihnen ist vollkommene Hingabe und unendliches Glück. Und obwohl sie in den letzten Wochen und Monaten, wann immer sie sich getroffen haben, nackt beieinander gelegen haben, sich mit ihren Lippen und ihren Händen überall berührt und durch ihre Zärtlichkeiten einander wieder und wieder zum Höhepunkt gebracht haben, ohne dass sie je die Liebesvereinigung ganz vollzogen haben, ist jede Berührung, jede Zärtlichkeit, jeder Kuss wie beim allerersten Mal und was die beiden bereits tief im Innersten ihrer Herzen gespürt haben, war nur ein sanfter Wind, gegen den Sturm, der durch ihre Leidenschaft jetzt ausgelöst wird. Sie kann nicht anders, sie muss ihn überall streicheln. Er kann nicht anders, er muss sie überall küssen. Keine ihrer Berührungen ist gedacht ... – jede ihrer Zärtlichkeiten ist eine Sinfonie der Gefühle, die in ihren Worten, ihrer Nähe, ihren Augen, ihrer Vertrautheit, ihren Träumen längst vorgeprägt ist ... in der jeder Ton sofort getroffen wird und erklingt ... so dass sie und er sich in Vergangenheit, Gegenwart und Zukunft im Augenblick vollkommener Harmonie umspielen. Es ist, als wäre es niemals anders gewesen und könne es anders niemals wieder sein. Sie ziehen sich gegenseitig aus, wie sie es in den letzten Wochen schon auf jede erdenkliche Art und Weise getan haben ... mal schnell, mal zärtlich, mal fordernd, mal liebkosend, mal ... es gibt keine Scheu, keine Scham ... – nur Spüren und Fühlen und Erbeben. Sie trägt unter ihrem Kleid einen schwarzen Body mit Spitzen und als es ihm nicht gleich gelingt den Knopf zwischen ihren Beinen zu öffnen, lächelt sie ihn keck an: „Ich wollte einfach, dass du nicht denkst ich sei leicht zu haben ..." Ihr Körper raubt ihm erneut den Atem und als er sie zwischen den Beinen küsst, spürt er, wie feucht sie ist. Sie löst sich von ihm, drückt ihn sanft auf ihr gemeinsames ‚Lager', das fast wie der weiche Boden des Waldes bei einem Picknick sie beide umhüllt, streichelt zärtlich über seinen Bauch, streift seinen Slip ab, berührt fast wie zufällig sein Glied mit ihren Händen und umschließt es mit ihrem Mund für einen Augenblick. Sie spürt, wie er vor Erregung leicht erzittert, schmiegt sich nackt ganz nah an ihn ... Mit beiden Händen umschließt er ihr Gesicht ... sie küssen sich, wie nur sie küssen können ... – himmellang. Ihre Hände streicheln sich, ohne auch nur einen Millimeter der warmen, weichen Haut des anderen auszulassen, ohne auch nur für einen Wimpernschlag sich vom anderen zu entfernen. Behutsam dreht er sie auf den Rücken, küsst ihr Gesicht, ihre Augen, das Grübchen am Hals, das er so sehr liebt, ihre Brüste ... – er hört sie sanft aufstöhnen ... Beide spüren bei jedem Atemzug, wie unendlich nah sie einander sind und seine Liebkosungen erregen sie so sehr, dass sie sich einfach ganz fallen lässt ... Seine Hände und Lippen sind überall ... – die Weichheit und Wärme und Schönheit ihres sinnlichen Körpers überwältigen ihn. Mit seinen Fingern berührt er ihren Kitzler, spürt ihre Feuchte ... – beide halten für einen kurzen Moment den Atem an und sehen sich liebevoll an ... bis seine Lippen immer tiefer wandern ... und als er ihre Vagina mit seiner Zunge umspielt, stöhnt sie genussvoll auf, spreizt, während sie sich mit ihrem ganzen Körper ihm entgegenwölbt, ihre Beine, um sich ganz für ihn zu öffnen. Sie stößt, als er mit seinen Fingern zärtlich ihre Schamlippen öffnet und ihren Kitzler küsst und leckt, atemlos hervor: „Ich will dich so sehr! Schlaf mit mir!“ Sie führt sein Gesicht mit ihren Händen zu ihrem Mund, leckt ihren Geschmack von seinen Lippen und umspielt mit ihrer Zunge die seine, während er zum ersten Mal langsam in sie eindringt. Beide erzittern vor Erregung und das Gefühl unendlicher Nähe lässt ihre Herzen und Seelen erbeben. Beide spüren, wie tief dieser Augenblick ist ... – und als seine Härte sie ganz ausfüllt, finden er und sie sich in einer Umarmung für die Ewigkeit. Es gibt keine Eile zwischen ihnen ... alles ist Harmonie und der vollkommene Einklang ihrer Küsse, ihres Atems, ihres Herzschlags, ihrer Zärtlichkeit, ist wie Wellen, die wieder und wieder einen Sandstrand an einer einsamen Küste umspülen ... sanft und beständig ... fordernd und zart ... jedes einzelne Sandkorn streichelnd liebkosen ... herandrängen ... zurückfließen ... wieder anfluten ... sich bewegend im Rhythmus der Gezeiten und dem ewigen Kreislauf des Lebens, der sie weit über jede fassbare Wirklichkeit hinausträgt. Er und sie sind verbunden seit Ewigkeiten, allein im Sein des Augenblicks verhaftet, der doch weit über ihre eigene Endlichkeit hinausweist ... Es ist, als ob die Liebe zum ersten Mal überhaupt geboren werden würde ... – es ist, als ob die Liebe zum ersten Mal überhaupt erfahren werden würde ... – es ist, als ob die Liebe zum ersten Mal überhaupt gelebt werden würde ...

Ihr beider Atem wird immer schneller, wieder und wieder verlieren und finden sie sich in den Augen des anderen ... Spiegel ihrer Seelen, die in der Unendlichkeit aller Universen untrennbar miteinander verwoben sind. Eine Sanftheit und Sinnlichkeit liegt in ihrem Liebespiel, die alles vergessen lässt, die alles verändert, die alles erinnert, die alles erfüllt ... – für immer. Sie öffnen sich ganz, wie sie es noch nie zuvor erlebt haben, und geben sich beide vorbehaltlos völlig dem anderen hin. Als seine Stöße härter werden und sie vor Erregung kaum mehr atmen kann, halten sich ihre Blicke aneinander fest und ... – als sie gemeinsam den Höhepunkt erreichen, sind er und sie so tief in die Seele des anderen eingetaucht, dass sie vielleicht zum ersten Mal in ihrem Leben, wirklich und vollständig zuhause sind. Beide haben vor Glückseligkeit Tränen in ihren Augen und es dauert lange bis die Liebenden, die immer noch eng umschlungen ganz nah beieinander liegen bleiben, wieder zu Atem kommen. Sie küssen sich wieder und wieder, sehen sich an und als er sich aus ihr zurückziehen will, spürt er wie sie ihn festhält ... Es braucht in diesen Minuten, die vergehen, keine Worte. Es ist einfach Glück. Es ist ihre Zeit und ... – es ist das erste Mal, dass sie beide wirklich geliebt haben. Ihre Hände finden sich und halten sich ... – wie viel Zeit vergangen ist ... – wissen sie nicht ... – ihr Kopf liegt an seiner Brust, immer ganz nah an seinem Herzen. „Wo warst du nur die ganze Zeit meines Lebens, geliebtester Geliebter?" „Ich habe, ohne es auch nur zu ahnen, immer nur auf dich gewartet, geliebte Prinzessin!" Sie lächelt ihn an: „Dann glaubst du also doch an das Schicksal!" „Ich glaube an uns! Ich habe so eine tiefe Liebe und Zärtlichkeit, wie mit dir noch nie erlebt. Ich liebe dich unendlich mal unendlich!" „Ich bin so glücklich, dass du so wie ich empfindest. Weißt du, ganz am Anfang, als wir anfingen mehr füreinander zu empfinden, hatte ich Angst, dass es dir nur um das Körperliche geht. Versteh das bitte nicht falsch ... ich bin so oft in meinem Leben ausgenutzt worden ... – ich konnte einfach nicht glauben, dass du mich meinst! Doch ich weiß schon lange, dass das zwischen dir und mir unendlich wahr ist. So eine Liebe gibt es nur einmal im Leben!" Ihr Smartphone vibriert, sie springt auf, steht nackt mitten im Raum und schreibt ihrem Mann. „Ich muss gehen, verzeih! Er steckt in irgendeinem Meeting fest und kann Sophia wieder einmal nicht abholen." Er ist ebenfalls aufgestanden und schließt sie in seine Arme ... – Haut an Haut, ganz nah, fast als würden sich die Grenzen ihrer Körper auflösen, so dass im Pochen ihrer Herzen jede einzelne Berührung nachklingt. Während sie sich schnell anziehen, fällt es ihnen schwer sich vom Anblick des anderen zu lösen. Gemeinsam räumen sie ihre ‚bettestat' weg, berühren sich und gehen dann Hand in Hand die Treppe hinunter. Der Abschied auf dem Parkplatz ist kurz und doch sagen ihrer beider Augen, wie sehr sie sich in der Liebe des anderen geborgen wissen. Sie rast winkend vom Parkplatz. Er steigt ebenfalls ein und ruft sie an: „Ich kann deinen Duft noch riechen ..." „... deine Küsse noch überall fühlen ..." „... dich noch schmecken ..." „... spüren wie du in mich eingedrungen bist, in mir bist ..." „... dein Atem voller Ekstase ..." „... dein Herzschlag, ganz nah an meinem ..." „... wie wir zusammen gekommen sind ..." „... zusammen ... im Einklang ... in vollkommener Harmonie ..."

Sie können aufhören den Atem anzuhalten, liebe Leserinnen und Leser! Ich hatte Ihnen doch versprochen, dass Sie und ich dabei sein werden, wenn ‚ES' zum ersten Mal passiert. Sicher habe ich nicht zu viel versprochen und wenn doch und Sie sagen können: „Das kenne ich aus meinem eigenen Leben, genau so habe ich es auch erlebt ..." – dann schätzen Sie sich glücklich und danken

Sie Gott, oder wenn es Ihnen lieber ist dem Schicksal. Dann gehören Sie, wie ich, zu den gesegneten Menschen, die in ihrem Leben diese Erfahrung machen durften ... – und wenn nicht, wenn Sie nach unzähligen Lieben immer noch Suchende sind, dann ist es umso wichtiger, dass Sie unseren Liebenden nicht von der Seite weichen, jedes Wort und jeden Augenblick wie Verdurstende in sich aufsaugen ... – und sich auf die Suche nach einer solchen Liebe machen. Vielleicht meint es das Schicksal gut mit Ihnen und Sie finden eine solch einzigartige Liebe ... – oder eine solch einzigartige Liebe findet Sie! Egal wie, egal wo, egal wann: Wer je in seinem Leben das Glück gehabt hat, so tief zu lieben, wird den Rest seines Lebens auf der Suche nach solch einer unendlichen und einzigartigen Liebe verbringen.

Obwohl der Abend dieses ersten Tages eines neuen Universums die beiden in die Realität ihrer Leben zurückwirft, spüren sie in jeder Sekunde, in der sie nicht zusammen sein können, die Berührungen des anderen und die unendliche Nähe zwischen sich. In der Nacht schreibt sie: „Aufgewacht ... – ich wollte nicht duschen, weil ich deinen Duft an mir unendlich liebe ...“ „Aufgewacht – ich habe nicht geduscht, weil ich deinen Duft an mir unendlich liebe ... – mich aber nicht getraut es zu schreiben, weil ich dachte du findest es vielleicht doof!“ „Du und dein Sein hüllen mich ein, wie das zarte Licht eines Frühlingsmorgens ... Ich kann dich noch überall in mir spüren!“ „Ich liebe es, wie wir uns ansehen. Ich liebe es, wie wir alles miteinander teilen. Ich liebe es, wie es sich anfühlt, dich zu küssen. Ich liebe es, wie du riechst. Ich liebe es, wie du schmeckst! Ich liebe deine Nähe! Ich liebe dich, geliebte Prinzessin!“ „Du bist Sehnsucht. Du bist Verlangen. Du bist Verständnis. Du bist Wohlfühlen.

Du bist Nähe. Du bist Licht. Du bist Zärtlichkeit. Du bist Glück. Du bist Liebe. Ich liebe dich, geliebtester Geliebter!" „Auf jeden Blick, gibt es nur eine Antwort ..." „Auf jedes Wort, gibt es nur eine Antwort ..." „Auf jeden Kuss, gibt es nur eine Antwort ..." „Auf jede Berührung, gibt es nur eine Antwort ..." „Auf jeden Augenblick, gibt es nur eine Antwort ..." „Du und ich!" „Duich!"

Die nächsten Tage vergehen, ohne dass sie die Möglichkeit haben sich zu sehen. Das ‚erste Mal' schwingt in allem, was sie tun nach, und die Worte ihrer Mails und Telefonate sind erfüllt von einer neuen Dimension der Sinnlichkeit, die sie in jedem Augenblick durchflutet. Sie erleben träumend eine vorweggenommene Zukunft, die nur ihnen gehört. Eine Zukunft, in der sie keine Zerrissenen und Gefangenen mehr sind, sondern einfach nur Liebende, die von den Wellen des Meeres, nackt irgendwo an den Strand einer einsamen Küste des Lebens gespült wurden, und sich immer in den Armen des anderen geborgen wiederfinden. An einem dieser verträumten Tage, präsentieren sie die ersten Skizzen für das ‚Grüne Haus', wie sie ihr Projekt inzwischen liebevoll nennen, ihrer Chefin. Sie stellt den beiden, aus lauter Begeisterung über die Entwürfe, sozusagen als Bonus und zu Recherchezwecken über die Architektur von ‚WOHA', eine Reise nach Singapur in Aussicht. Aufgeregt zoomen sie und er im Anschluss an das Meeting, da sie an diesem Nachmittag zum ersten Mal seit langem, wieder allein zuhause sind. Beide sind überglücklich, da ihre Chefin klar gemacht hat, dass sie beide, bei einem erfolgreichen Abschluss, weitere prestigeträchtige Projekte, die eine nachhaltige Neuausrichtung der Firma einleiten sollen, begleiten werden. Sie sitzen träumend vor ihren Bildschirmen und als sie fragt: „Denkst du, es wird immer so sein, geliebtester Geliebter?", versteht er zunächst nicht, was sie meint. Sie wartet, sieht ihn verliebt an: „Denkst du, wir werden uns jeden Tag unseres weiteren Lebens lieben?“ Sein Herz schlägt ganz laut und er spürt, wie sehr er sich jeden Augenblick nach ihrer Nähe verzehrt: „Es wird niemals mehr anders sein, geliebte Prinzessin! Ich kann nicht anders ... ich muss dich immer berühren, dich streicheln, dich küssen, dir nah sein ... – ich werde dich immer lieben!“

Mai 2021

Die wärmer werdenden Tage und die in Deutschland immer mehr Fahrt aufnehmende Impfkampagne – laut Bundesgesundheitsminister Jens Spahn kann wohl jedem Erwachsenen in Deutschland bis zum Sommer ein Impfangebot gemacht werden – schüren die Hoffnung, dass sich das Leben langsam wieder normalisieren könnte. Nach und nach fallen auch die Kontaktbeschränkungen und da die Inzidenz im Mai erstmals seit dem 20. Oktober 2020 wieder unter 50 liegt, planen die beiden endlich die dreitägige Exkursion nach Freiburg, um die dort entstandenen Häuser des Projektes ‚Grün hoch³' live zu sehen und sich mit den verantwortlichen Architekten und vor allem auch den Landschaftsgärtnern auszutauschen. Ein Termin für Anfang Juni steht schnell. Sie bucht zwei Zimmer in ‚The Alex Hotel' und schickt die Reservierungsbestätigung direkt an ihn, nur durch einen errötenden Smiley kommentiert. Er schreibt: „Unsere erste gemeinsame Nacht, geliebte Prinzessin! Was wünschst du dir?" „Nur dich! Deine Nähe ... – in deinen Armen einschlafen und aufwachen!" „Du meinst: lachen, reden, lieben, einschlafen, wachgeküsst werden und wieder lieben, reden, lachen, lieben, einschlafen und wachgeküsst werden ... – nur duich?" „Ja! Nur duich! Ich liebe dich!"

Beide haben inzwischen die erste Impfung erhalten, er mit dem Impfstoff AstraZeneca, sie, da die Impfung mit AstraZeneca wegen sehr seltenen schweren Nebenwirkungen für einige Zeit ausgesetzt war, mit BioNTech. Da sie beide nach der Impfung starke Nebenwirkungen haben, können sie sich einige Zeit nicht an ihrem ‚Gemeinsamort' treffen, doch sie sehen sich täglich online und mailen sich, soweit es ihnen möglich ist. Der erste

Entwurf für das ‚Grüne Haus' wurde voller Begeisterung auch vom Auftraggeber aufgenommen. Trotz Corona ist für Mitte Mai ein Treffen mit allen Beteiligten in Präsenz geplant. Beide haben sehr viel zu tun und da der Kindi immer noch geschlossen hat, verbringt sie viel Zeit mit ihrer Tochter. Als sie sich endlich wieder einen Tag freischaufeln kann, liegen sie, weil sie es kaum erwarten können sich wieder in den Armen zu halten, in der Nacht vor ihrem Wiedersehen wach. Aufgrund der Pandemie ist es nachts immer noch ungewöhnlich still. Er schreibt gegen 4 Uhr: „Wachgelegen ... – der Hund ist unruhig ... – draußen heulen die Füchse im Liebesspiel des Frühlings um die Wette ... Hoffe, du schläfst noch und träumst dich in meine Arme, geliebte Prinzessin! Morgen und für immer wirklich." Sie liegt wie er wach und antwortet direkt: „Wachgelegen ... – du bist immer mein erster und mein letzter Gedanke ... – und es wird niemals mehr anders sein ... – völlige Stille ... – der Wind flüstert deinen Namen – ... schnell wieder zudecken mit deiner Liebe und mich zu dir träumen, geliebtester Geliebter! Morgen und für immer wirklich."

Die Aufregung sie endlich wiederzusehen, die Vorfreude auf jeden gestohlenen Moment mit ihr, lassen ihn wieder zu früh zuhause aufbrechen und obwohl es inzwischen feste Rituale sind, die ihre gestohlenen Stunden bestimmen, wird das warme Sonnenlicht der frühen Maitage jeden Augenblick ihres Zusammenseins durchfluten, wie der Weichzeichner, der bei einem kitschigen Hollywoodfilm über allem zu liegen scheint. Wie sie aufeinander zueilen ... – wie sie sich augenlächelnd in die Arme schließen ... – wie sie sich zärtlichlang küssen, die Tür schließen, auf ihre ‚bettestat' sinken und sich wieder und wieder lieben ... Ihr Liebesspiel ist völlig harmonisch, anmutig natürlich, unendlich frei ... – von einer Klarheit und Tiefe, wie es noch nie in dieser oder einer anderen Welt erlebt wurde. Sie sind jeden Augenblick einander ganz nah ... – nackt aneinander geschmiegt ... – reden, lachen, trinken Wein, küssen, lieben, als ob es nichts außer ihnen geben würde. Erschöpft schläft sie mit ihrem Kopf an seiner Brust ein. Seine Küsse wecken sie und sie lieben sich erneut, verlieren sich wieder und wieder ineinander und wenn sie aus der verträumten Zeit auftauchen, ist der Tag meist so weit fortgeschritten, dass sie sich beeilen müssen, da ihre anderen Leben bereits warten. Schnell ziehen sie sich an, räumen lachend alles auf, fahren – den Duft des anderen auf der Haut – getrennte Wege, nicht ohne, dass ihre Gedanken sich voller Sehnsucht beständig in ihren Herzen kreuzen.

Die Vorfreude auf die gemeinsamen Tage und Nächte in Freiburg beflügeln sie. Gemeinsam planen sie die beruflichen Termine, so dass Zeit für die quirlige Stadt bleibt. Er hat in Freiburg studiert und schwärmt von der traumhaften Natur rund um die Stadt und dem urigen Waldrestaurant St. Ottilien. In einer der Nächte, die immer näher an die Reise heranrücken, schreibt sie ihm einen Traum: „Aufgewacht ... – wir spazieren Hand in Hand durch einen Wald. Es ist ganz still. Nur die Natur macht Musik für uns. Das Knacken unserer Schritte auf dem Waldboden, die singenden Vögel, das Rauschen des Windes in den Baumkronen ... Es gibt nur uns. Wir bleiben immer wieder stehen, schauen uns in die Augen, finden dort uns ... Mein Herz schlägt bis zum Hals, ich möchte dich küssen und genau in diesem Moment ziehst du mich zu dir heran, als könntest du meine Gedanken lesen und küsst mich, wie nur du das tust ... Du schaust mir in die Augen. Dein Lachen, strahlend vor Glück, sieht in mich hinein, wie nur du das tust ... Wir schlendern weiter, bis zu einer Lichtung ... wo wir uns ins Gras legen ... – Hand in Hand, den ziehenden Wolken sehnsuchtsvoll hinterherblicken. Ich möchte dich riechen, dich spüren und genau in dem Moment beugst du dich über mich und in absoluter Hingabe, liebst du mich, wie nur du das tust ...“ „Aufgewacht ... – die Sehnsucht nach dir verschlägt mir den Atem ... – berauschend ... – Haut an Haut ... – sonnenwarmer Waldboden im Licht ... – nur du und ich vereint für immer! Verlieren uns ineinander in unendlicher Nähe ... – finden uns immer im anderen wieder ... – für immer!“ Die Worte fließen zwischen ihnen im Sekundentakt hin und her; sie träumen sich zueinander auf diese Lichtung, an der das erste Licht des Morgens sanft durch die Bäume streicht und ihr goldenes Haar umflort, ihr Duft ihn umtanzt und ihre liebenden Blicke zeitverloren die Grenze zwischen Traum und Wirklichkeit verschwimmen lassen. Es ist wie der Reigen der Feen, die nie jemand wirklich gesehen hat, und die doch voller Leichtigkeit und Magie tanzend die Welt bewegen ... Obwohl sie und er Kilometer voneinander entfernt sind, weben unsichtbare Fäden aus diesem Zwischenreich das Band zwischen ihren Herzen und ihren Seelen immer fester. Sie können kaum ohne einander sein. Sie müssen sich endlich wieder sehen und so verabreden sie sich für den nächsten Tag an ihrem ‚Gemeinsamort‘. „Mir fällt schon eine Ausrede für meinen Mann ein! Ich will dich!“ „Und ich will dich! Ich will dich spüren, in dir sein, dich ganz erfüllen ...“

Ich meine wahrzunehmen, liebe Leserinnen und Leser, dass Sie sich überlegen zurücklehnen und scheinbar wissend lächeln? Sie glauben nicht an Magie? Ich versichere Ihnen inständig: Es gibt einen Ort, an dem Sie sie finden können, wenn Sie nur wollen: In Ihrem Herzen! Mehr will ich nicht sagen, denn sonst würden Sie vielleicht mich und meine Geschichte in das Reich der Fantasie verbannen. Ich kann Ihnen nur sagen: Ich habe diese Magie selbst erlebt!

Als sie sich endlich in ihrem Büro treffen, fallen sie ohne ein Wort übereinander her. Erst als ihre Lust gestillt ist, sie sich noch einmal langsamer, zärtlicher geliebt haben und dann nackt und verschwitzt zum ersten Mal wieder Atem holen, zieht er ein Pergamentpapier unter einem der Kissen hervor: „Als wir heute Nacht aufgehört haben zu mailen, flossen die Worte weiter aus meiner Seele ... – für dich!“ Sie küsst ihn: „Bitte, lies mir vor ... – ich liebe es so deine Stimme zu hören.“ Sie schmiegt sich mit allem, was sie ist, ganz nah an seinen Körper; ihr Kopf ruht an seiner Brust.

„Ein Sonnentanztag ... – einfach duich im Licht!

Das Licht fällt durch die Bäume ...
Mein Herz schlägt laut,
weil deine Hand in meiner Hand ruht ... –
vertrauensvoll ... ohne Zögern ...
in unendlicher Liebe vereint!
Ein Sonnentanztag ... – einfach duich im Licht!
Sonnenliebe, Lebenslicht, Unendlichkeitsdurst ... –
nur duich ...
– von Augenblick zu Augenblick ...
in unendlicher Liebe vereint!

Das Licht fällt durch die Bäume ...
Dein Herz schlägt laut,
weil dein Weg in meinem Weg ruht ... –
zärtlich ... ohne Zögern ...
in unendlicher Liebe vereint!

Ein Sonnentanztag ... – einfach duich im Licht!
Sonnenliebe, Lebenslicht, Unendlichkeitsdurst ... –
nur duich ...
– von Augenblick zu Augenblick ...
in unendlicher Liebe vereint!

Das Licht fällt durch die Bäume ...
Unsere Herzen schlagen laut,
weil unsere Liebe in dir und mir ruht ... –
vollkommen ... ohne Zögern ...
in unendlicher Liebe vereint!
Ein Sonnentanztag ... – einfach duich im Licht!
Sonnenliebe, Lebenslicht, Unendlichkeitsdurst ... –
nur duich ...
– von Augenblick zu Augenblick ...
in unendlicher Liebe vereint!

Deine Augen in meinen Augen versunken,
unendliche Nähe ...
Deine Lippen in meinen Lippen versunken,
unendliche Nähe ...
Dein Herzschlag in meinem Herzschlag versunken,
unendliche Nähe ...
Das Licht fällt durch die Bäume ...
Ein Sonnentanztag… – einfach duich im Licht!
Sonnenliebe, Lebenslicht, Unendlichkeitsdurst ... –
nur duich ...
– von Augenblick zu Augenblick ...
in unendlicher Liebe vereint!“

Tränen laufen über ihre Wangen. Sie sieht ihn einfach an und bedeckt sein Gesicht mit Küssen: „Es hat noch nie jemand so wunderschöne Worte für mich gefunden. Du bist derjenige, für den allein mein Herz schlägt! Ich liebe dich!“ Sie lieben sich noch einmal. Es ist zum ersten Mal, dass sie mit gespreizten Beinen auf ihm sitzt und während er noch in ihr ist, sagt sie: „Ich mag übrigens Sex in der freien Natur!“ Sie lachen gemeinsam und sie schmiegen sich erneut, wie nur sie es vermögen, ganz nah aneinander. Es ist wie immer, wenn sie zusammen sind; die Zeit vergeht, ohne dass sie es bemerken. Ein Telefon klingelt. Sie greift nach ihrem Smartphone, das auf dem Boden neben ihrer Matratze liegt. Er sieht, wie sie anfängt unsicher an ihrer Unterlippe zu kauen. Sie telefoniert mit ihrem Mann, sie lächelt ihn an, sie wendet sich ab. Als sie das Gespräch beendet hat, sieht sie ihn einfach an: „Verzeih, ich muss los!“ „Was ist passiert?“ „Irgendjemand hat meinen Mini vor dem Büro stehen sehen ...“ „Wo ist das Problem?“ „Er ist misstrauisch geworden, weil ich trotz Corona so oft im Büro bin.“ „Aber er weiß doch, dass wir zusammen an unserem Projekt arbeiten!“ „Ja, schon ... – aber ich habe heute gesagt, dass ich mich spontan mit einer Freundin treffen würde.“ „Verstehe. Kannst du das wieder hinbiegen?“ „Ich muss, für Sophia! Er war ziemlich wütend, weil ich ihn angelogen habe.“ „Geh, geliebte Prinzessin, ich räume hier alles auf!“ Sie küssen sich. Sie entzieht ihm ihre Hand und eilt den Flur entlang. Er steht in der weit offenen Tür. Sie geht die Treppe hinunter, zum ersten Mal seit Monaten, ohne ihn. Er bleibt allein zurück.

Es wird unvermittelt kalt im Büro. Die Leichtigkeit des Nachmittags ist verloren. Das Gebäude liegt da wie ein toter Riese. Alles ist völlig still. Er fühlt sich wie im Auge eines Hurrikans. Sie fehlt. Er hat die Angst in ihren Augen gesehen, dass ihr Kind seinen Vater verlieren könnte. Er geht die Treppe hinunter, zum ersten Mal seit Monaten, ohne sie. Als er die Haupteingangstür abschließt, blickt er an der bunten, wie Bauklötzchen aufeinandergestapelten Fassade der Firma hoch. Er hat vergessen das Fenster in ihrem Büro zuzumachen. Stufe für Stufe geht er wieder nach oben. Kehrt zurück in ihren ‚Elfenbeinturm', weiß genau, dass sie weg ist. Er öffnet die Tür, schließt das Fenster, sieht durch die Scheibe die Welt ‚draußen'. Er geht die Treppe erneut hinunter. Allein. Kein Anruf im Auto. Als er nach Hause kommt, duscht er. Keine Nachricht von ihr. Er sitzt lange schweigend einfach da. Er kann nichts tun. Er schreibt: „Ich denke an dich, geliebte Prinzessin, immerzu! Du bist immer in meinem Herzen und in meinen Gedanken!" Er liegt wach. Endlich, weit nach Mitternacht, meldet sie sich bei ihm: „Verzeih, geliebtester Geliebter ... – es war einfach grauenhaft. Er hat immer wieder gefragt ‚Wo warst du wirklich?'" „Was hast du gesagt?" „Dass ich etwas im Büro holen wollte, mich dann in den Papieren verzettelt und die Zeit vergessen habe." „Und, was sagt er?" „Er redet nicht mit mir ... – Ich sehne mich nur nach dir! Ich will nur bei dir sein, für immer!" Ohne zeitliche Differenz tippt er in sein Smartphone:

„Du bist in meinen Gedanken, geliebte Prinzessin,
jede Sekunde!
Wenn die Sonne aufgeht ... –
bin ich bei dir.
Wenn der Tag über den Horizont wandert ... –
bin ich bei dir.
Wenn die Sonne untergeht ... –
bin ich bei dir.
Du bist nie mehr allein!

Du bist in meinem Herzen, geliebte Prinzessin,
jede Sekunde!

Wenn der Mond aufgeht ... –
bist du bei mir.
Wenn die Nacht über den Horizont wandert ... –
bist du bei mir.
Wenn der Mond untergeht ... –
bist du bei mir.
Ich bin nie mehr allein!

Wenn die Sonne aufgeht und der Mond untergeht ... –
bin ich bei dir.
Wenn der Mond aufgeht und die Sonne untergeht ... –
bist du bei mir!
Wir sind nie mehr allein!“

Es vergeht kaum ein Augenblick, bis sie zurückschreibt: „Deine Worte machen mich so unendlich glücklich, weil ich diese Liebe zwischen uns genauso tief empfinde, wie du sie beschreibst. Tränen laufen über mein Gesicht und ich kann mein Glück, dass du mich liebst, kaum fassen. Jedes einzelne Wort könnte von mir stammen! Ich kann es manches Mal kaum fassen, dass du und ich uns gefunden haben! Ich danke dir!“ Wie so oft in den letzten Wochen und Monaten schreiben sie in den beginnenden Tag hinein, stehlen die Zeit und sehen, obwohl sie an verschiedenen Orten sind, gemeinsam die Sonne aufgehen. „Und warum gerade ich?“ „Weil ich mich bei dir fühle, wie bei keinem Mann zuvor. Du ziehst mich an, mit allem, was du bist. Du schenkst mir tiefe Geborgenheit und ich habe das Gefühl, dass ich dir wichtig bin. Ich bewundere dich und deine Kreativität und ich kann zu dir aufschauen. Deine Nähe erregt mich, wann immer wir uns sehen ... – ich versinke so gerne in deinen Augen und wenn ich merke, dass du auch in meinen versinkst, ist es, als hätte es immer schon so sein müssen. In der Sekunde, in der wir auseinander gehen, vermisse ich dich und wünsche mir mehr Zeit mit dir. Ich will alle Zeitalter der Welt mit dir durschreiten und egal was ich tue, ich will es immer mit dir tun. Der Gedanke an dich ist immer da, von morgens, bis abends und nachts bist du der Leitstern in meinen Träumen. Jede Sekunde, die ich mit dir habe, ist das, was ich für den Rest meines Lebens genau so leben will ...“ „Deine Worte berühren mich zutiefst! Ich habe noch niemals so tief geliebt ... – mein Herz bebt bei jedem Gedanken an dich. Dein ganzes Wesen berührt mich so sehr, dass mein Herz jeden Augenblick unendlich offen ist, für dich und alles, was mit dir kommen wird! Deine Liebe, deine Nähe, deine Zärtlichkeit machen mich so glücklich, wie ich es mir nie zu erträumen gewagt hätte! Ich bewundere dich so sehr, wie du Sophia begleitest und förderst und liebst. Es ist unendlich schön, dass du mich an deinem ‚Muttersein‘ auch teilhaben lässt ... das weckt Gefühle in mir, von denen ich nicht geglaubt habe, dass ich sie noch einmal erleben dürfte ... Ich kann bei dir sein, der ich bin, immer! Du bist die Liebe meines Lebens.“ Es dauert einige Momente, bis sie antwortet: „Du schreibst mir so große Worte ... ‚Liebe meines Lebens‘ ... – warum ich?“ „Du bringst jede Saite meiner Seele und meines Körpers zum Schwingen, wie bei einer Harfe ... Eine solche Liebe wie zwischen uns gibt es kein zweites Mal.“ „Niemand hat jemals so schöne Worte zu mir gesagt, wie du das tust. Niemand sieht mich so liebevoll an, wie du das tust. Niemand löst in mir solche Gefühle aus, wie du das tust. Mein Herz gehört dir, ich gehöre dir! Ich liebe dich aus tiefstem Herzen und das wird sich auch niemals ändern.“

Fast nahtlos gleiten sie in den Tag, arbeiten am Projekt weiter, zoomen und lächeln sich über die Distanz der Bildschirme hinweg liebendgewiss an, für immer vereint und doch Gefangene in ihren Welten. Sie haben vereinbart sich einige Zeit nicht mehr im Büro zu treffen. Sie hat Angst, dass ihr Mann ihr nachspioniert. „Es muss erst wieder Ruhe einkehren.“ „Aber du warst doch im Büro?“ „Er sagt, ich hätte ihn angelogen, was ja auch stimmt! Es ist wichtig, dass er denkt, dass von dir keine Gefahr ausgeht! Du musst wissen, er ist extrem eifersüchtig und er hat ja auch jeden Grund dazu!“ „Was würde dir helfen?“ „Kannst du dir vorstellen, einfach wie ‚zufällig‘ bei uns zuhause vorbeizukommen, zum Beispiel, weil es scheinbar wichtige Dokumente zum Unterschreiben gibt? Wir könnten einen Zeitpunkt vereinbaren, so dass er nach Hause kommt und uns in die Arbeit vertieft sieht. Ihr redet miteinander, er lernt dich kennen, findet dich sympathisch, wie könnte er auch nicht, und sieht, dass keine Gefahr von dir ausgeht!“ Er lacht: „Du denkst, ich sehe zu alt aus, um als ‚Gefahr‘ durchzugehen?“ „Du weißt, dass ich das nicht denke, Liebling! Es ist einfach eine Show, damit er vielleicht sein Misstrauen wieder verliert ... – nichts weiter!“ „Es war ein Scherz! Wenn du denkst, dass es hilft, komme ich gern. Außerdem würde ich dann endlich einmal sehen, wie du lebst!“ „Wir könnten uns früher treffen und ...“ „Sag mir einfach wann und wo ... – ich weiß nicht einmal deine Adresse!“ Sie lachen gemeinsam, weil beide spüren, wie selbstverständlich ihr ‚Gemeinsamort‘ ihr wirkliches Zuhause geworden und wie verborgen vor aller Welt ihre Liebe ist. „Weißt du, dass ich über beide Ohren in dich verliebt bin, geliebtester Geliebter?“ „Ich weiß! Ich bin auch über beide Ohren, beide Augen, beide Arme, beide Hände, beide Beine und übrigens auch über ‚das‘ zwischen meinen Beinen in dich verliebt!“ „Auf dass es immer so bleiben möge!“ „Das zwischen den Beinen ...?“ „Du bist ein Spinner!“ „Deswegen liebst du mich doch – oder? Ich übe gleich einmal meine Rolle, allerdings nackt!“ „Wieso nackt?“ „Naja, dann wirke ich überzeugender!“ Sie lacht: „Ich kann es kaum erwarten dich so zu sehen und vor allem ‚das‘ zwischen deinen Beinen ...!“ „Gut, sitze fast schon im Auto, natürlich nackt, und mache mich auf den Weg zu dir!“ „Nein, du konzentrierst dich jetzt auf die Arbeit und ich freue mich darauf, sobald als möglich wieder allein mit dir zu sein! Weißt du eigentlich, dass es sich einfach nur gut und richtig anfühlt, mit dir nackt zu sein, geliebtester Geliebter?“ „Dem ist nichts hinzuzufügen, geliebte Prinzessin!“

Es gibt keinen Augenblick, in dem sie und er Bedenken haben dieses ‚Theaterstück‘ in ihrem Zuhause aufzuführen. Ich weiß, geneigte Leserinnen und Leser, Sie schütteln den Kopf über solch eine Skrupellosigkeit, aber ich versichere Ihnen, dass das, was zwischen den beiden ist (nicht ‚das‘, was zwischen seinen Beinen ist ... – wie können Sie nur so etwas denken?), nicht mit unseren scheinbar allgemeingültigen Moralvorstellungen zu messen ist. Ja, es hört sich immer noch unvorstellbar an, aber diese Liebe, der Sie und ich hier auf diesen Seiten seit Monaten atemlos folgen, sprengt jede Norm. Vielleicht erinnern Sie sich noch, als sie ihn küssen will und ohne auch nur einen Augenblick zu zögern, deutlich macht, dass ihre Liebe zu ihm nichts, aber auch gar nichts mit dem Mann zu tun hat, mit dem sie verheiratet ist. Wie das sein kann, fragen Sie? Schließlich werde ihr Mann genau wie seine Frau doch um die Ausschließlichkeit der sexuellen Liebe in der Ehe betrogen. Ha! Da haben wir es ja, denn meiner bescheidenen Meinung nach ist die Ehe sowieso nur reines Besitzdenken ...

Ich hoffe nicht, liebe Leserinnen und Leser, dass Sie zu den Menschen mit erhobenem Zeigefinger gehören, die auf andere deuten! Sie wissen ja: Drei Finger Ihrer eigenen Hand weisen immer auf Sie selbst zurück! Ich zitiere ungern die Bibel, da ich alles andere als ein Moralapostel bin, aber in diesem Fall denke ich, dass die Auslegung von Lukas 6,41 eindeutig ist: ‚Warum siehst du den Splitter im Auge deines Bruders, aber den Balken in deinem Auge bemerkst du nicht?' Sind wir doch ehrlich zu uns selbst: Sie und ich, wir hätten ihn oder sie schon viel früher geküsst! Es liegt also allein an Ihnen, ob Sie weiterlesen wollen und sich der Wahrheit dieser einzig artigen Liebe stellen können. Wenn ja, dann freue ich mich Sie weiter als wohlwollende ‚Begleiter' an meiner Seite zu wissen! Wenn Sie jedoch, den Gedankengang oben nicht nachvollziehen können und nicht an die eine, wahre Liebe glauben wollen, dann weiß ich jetzt sicher, dass Sie noch niemals so geliebt haben wie sie und er!

Juni 2021

Obwohl im Juni, ausgehend von Südafrika, sich die Delta-Variante des Virus' immer stärker verbreitet, normalisiert sich das Leben in Deutschland langsam wieder. Am 8. Juni meldeten zum ersten Mal im Jahr 2021 in Deutschland zwei Landkreise dem Robert-Koch-Institut sieben Tage hintereinander keine Neuinfektionen mit SARS-CoV-2. Die Grenzen in Europa sind wieder frei passierbar und auch die Kondensstreifen des wieder stärker werdenden Flugaufkommens zerschneiden den Himmel.

Die beiden haben es, aufgrund vieler privater und beruflicher Termine, noch nicht geschafft, dass er, wie vereinbart, bei ihr zuhause vorbeigekommen ist. Ihr Mann scheint sich wieder beruhigt zu haben, da er im Home-Office ist und sie ebenfalls kaum außer Haus ist. So war es den beiden nur ein einziges Mal möglich sich in ihrem Büro zu sehen. Die Gefahr, dass sie beinahe ertappt worden wären, ist beiden bewusst. Sie achten nun stärker darauf, dass ihre digitale Kommunikation auf sichere Zeiten reduziert wird, und verschlüsseln alle Dateien, in denen er und sie die Worte des anderen wie einen Schatz bewahren. Sie hat Angst, dass ihr Mann sie immer noch kontrolliert und obwohl sie weiß, dass sie mit dem falschen Mann an ihrer Seite lebt, will sie ihrer Tochter den Vater noch nicht nehmen. Sie haben schon oft darüber gesprochen, wie alles gut werden kann, vor allem für Sophia und sind sich einig, dass sie Zeit haben und dass ihre Liebe noch geheim bleiben muss. Sicher, auch er hat Verpflichtungen, aber seine Kinder sind längst erwachsen und führen ihr eigenes Leben. Sein Sohn ist nur ein paar Jahre jünger als sie und auch wenn seine Tochter immer wieder seinen Rat sucht, weiß er, dass sie ihn nicht wirklich mehr braucht. Auch seine Frau ist mit ihrer Arbeit, Pilates und ihren Freundinnen ausgefüllt, und wenn es Corona erlaubt, kaum zu Hause.

Trotz ihrer beider Einsicht und Geduld ist das Sehnen danach nicht mehr getrennt zu sein, einander beständig nah sein zu können und jeden Tag und jede Nacht und auch den nächsten Tag und die nächste Nacht miteinander verbringen zu können, ihr einziger Gedanke. Ein paar Tage vor ihrer geplanten Exkursion nach Freiburg schreibt sie: „Ich liege wach, geliebtester Geliebter ... – denke viel über uns und unsere Liebe nach. Tief in meinem Herzen weiß ich längst, dass du und ich uns geliebt haben, lange bevor wir uns geliebt haben und wir uns noch lieben werden, wenn ich und du längst nicht mehr sein werden ..." Obwohl es weit nach Mitternacht ist, schreibt er unmittelbar: „Auch ich liege wach, geliebte Prinzessin ... Unsere Liebe ist so tief, dass es sie nur einmal im Leben geben kann und doch weiß niemand davon, außer du und ich ..." „Ich frage mich oft, was wäre, wenn einer von uns sterben und die Welt nie von uns erfahren würde?" „Wahrscheinlich würde dein Mann oder meine Frau beim ‚Aufräumen' in unseren Computern über unendlich viele Mails, Bilder und Gedichte stolpern, die von uns erzählen und jeden Augenblick unserer Liebe nachzeichnen würden." Allein der Gedanke, dass einer von ihnen nicht mehr sein könnte, zerreißt ihre Herzen. Ihre Welt würde stehen bleiben und derjenige, der zurückbliebe, müsste für immer mit der uneinholbaren Sehnsucht nach dem anderen weiterleben ... – gefangen in einer Welt, die niemals mehr seine Welt sein könnte. Ihre Smartphones schweigen einige Zeit, bis sie sich daran erinnern, dass sie sich am nächsten Tag im Büro endlich wiedersehen. Sie wollen letzte Details für Freiburg besprechen und sich lieben, wie nur sie es können. „Schlaf gut, geliebte Prinzessin! Fühl dich in meinen Armen geborgen! Morgen wirklich!“ „Schlaf gut, geliebtester Geliebter! Ich träume mich in deine Arme! Morgen wirklich!“

In den letzten Wochen war es oft nur möglich, dass sie sich kurz sahen, doch an diesem Tag scheint die Zeit unbegrenzt. Sophia ist bei ihren Großeltern und ihr Mann, zum ersten Mal seit langem, beruflich unterwegs. Nachdem sie die anstehende Arbeit so schnell als möglich erledigt haben, dann wie Verhungernde übereinander hergefallen sind und sich leidenschaftlich geliebt haben, liegen sie nackt beieinander. Sie wissen beide, dass sie das Gespräch der letzten Nacht noch weiterführen müssen. Sie will ihn nicht verletzen und spürt doch, dass sie nicht einfach alles stehen und liegen lassen kann und mit ihm durchbrennen, auch wenn es das ist, was ihr Herz sich ersehnt. Sophia ist der Mittelpunkt ihres Lebens, das Wichtigste für sie, und Sophia liebt ihren Vater und braucht ihn noch. „Ich will, dass du weißt, dass ich nichts von dir erwarte! Wir müssen nichts übers Knie brechen. Ja, ich will mit dir leben, aber du und ich, wir haben Zeit!“ „Ich bin so froh, dass du das sagst. Dass ich noch Zeit brauche, hat nichts mit dir und unserer Liebe zu tun. Ich hoffe so sehr, dass du das fühlst und weißt!“ „Es ist alles gut. Sei sicher, unsere Liebe findet ihren Weg.“ Sie küssen sich und lieben sich wieder, dieses Mal langsam. Als sie mit ihrem Kopf erschöpft an seiner Brust liegt, zieht er ein Buch unter den bunten Kissen heraus: „Du sagst immer, du willst, dass ich dir etwas vorlese. Gestern Abend habe ich noch in einer Biografie über Ingeborg Bachmann gelesen, dass sie und Paul Celan in ihren frühen Jahren ein Liebespaar waren. In den Nachlässen der beiden Dichter war diese Liebe das am sorgfältigsten gehütete Geheimnis und galt für jede Veröffentlichung als strikt gesperrt. Erst nach dem Tod Celans 1970 und dem Tod Bachmanns 1973 sickerten Details über ihre Beziehung allmählich durch.“ Er hat Seiten im Buch mit Post-its markiert. Sie sieht ihn erwartungsvoll an. „Sie schreibt am 20. Mai 1948, knapp 22 Jahre alt, an ihre Eltern: *‚Heute hat sich noch etwas ereignet. Der surrealistische Lyriker Paul Celan, den ich bei dem Maler Jené am vorletzten Abend mit Weigel noch kennenlernte und der sehr faszinierend ist, hat sich herrlicherweise in mich verliebt, und das gibt mir bei meiner öden Arbeiterei doch etwas Würze. Leider muss er in einem Monat nach Paris. Mein Zimmer ist momentan ein Mohnfeld, da er mich mit dieser Blumensorte zu überschütten beliebt.‘*“ Sie richtet sich auf, küsst ihn, ihre nackten Brüste berühren ihn: „Mohnblumen hätten mir für unsere ‚bettestat‘ auch gefallen!“ „Ich wusste, dass du das sagen würdest! Außerdem darf man die bewusstseinserweiternde Wirkung von Mohn nicht vergessen, da eröffnen sich ganz neue Dimensionen für unsere Liebe ...“ „Du setzt also auf die berauschende Wirkung von Mohn, um mich zu verführen?“ „Das habe ich nicht nötig ... – als Morpheus beherrsche ich sowieso deine Träume!“ Sie lachen gemeinsam. „Mich berührt diese Liebe der beiden zutiefst und ich musste einfach an unser letztes Gespräch denken. Die beiden erinnern mich einfach an uns. So schreibt Ingeborg Bachmann zum Beispiel über den gemeinsam erlebten Frühling in Wien, dass er für sie beide ein *‚Mirakel‘* gewesen sei: *‚Ich werde gewiss nie mehr durch den Stadtpark gehen, ohne zu wissen, dass er die ganze Welt sein kann, und ohne wieder der kleine Fisch von damals zu werden.‘*“ Sie neckt ihn: „Du findest also, ich bin ein kleiner Fisch?“ „Nein, ich wollte sagen, dass ich nie mehr in dieses Büro gehen kann, ohne zu wissen, dass du die ganze Welt für mich bist!" „Egal wo wir sind, egal was wir tun, egal ob die Welt jemals von uns erfahren wird, du und ich wissen es und das verändert alles!"

Ihr Gespräch an diesem Tag fließt ohne Unterbrechung dahin. Er liest immer wieder Passagen aus der Biografie vor, sie reden über sich und ihre Liebe, ergänzen die Sätze des anderen und nur wenn sie sich küssen und erneut lieben, wie nur sie es können, hört man nichts als ihren Atem. Es muss nicht gesagt werden, sie sind Seelenverwandte, wie es sie nur einmal gibt. Als sie gemeinsam das Gebäude verlassen, sieht sie ihn wieder an: „Das fehlt mir so sehr in meiner Ehe! Gemeinsam ein Buch lesen, sich über Literatur austauschen, Seite an Seite im Theater sitzen und danach über die Schauspieler und die Inszenierung reden! Du bereicherst mein Leben so sehr, geliebtester Geliebter!" „Das alles und noch viel mehr werden du und ich gemeinsam erleben, geliebte Prinzessin!" Auf dem Parkplatz hat sie Angst, dass sie jemand sehen könnte. Sie umarmen sich zum ersten Mal nicht. Er ruft sie aus dem Auto an: „Alles gut, mein Herz?" „Ja, ich wollte dich so gerne noch einmal küssen!!"

Nachdem sie ihre Tochter vom Kindi abgeholt hat und mit ihr, weil sie, wie so oft, nicht einschlafen kann, im Bett liegt, schreibt sie: „Ich mache mir Sorgen, Sophia ist ganz heiß!" „Ich wäre gerne bei euch! Was kann ich tun?" „Mich einfach in deine Arme schließen, wenn wir uns wiedersehen!" Er spürt, wie sehr sie ihn gerade jetzt brauchen würde und wie unmöglich es für ihn ist, nicht bei ihr zu sein. Irgendwann an diesem Abend verschlechtert sich die Situation ihrer Tochter. Sie schreibt ihm noch, dass das Fieber immer weiter steigt und sie Sophia, die nur noch weinen würde und völlig apathisch sei, jetzt in die Notaufnahme bringe. Er antwortet: „Ich bin in Gedanken immer bei euch! Bitte sag, wenn ich etwas tun kann.“ Lange hört er nichts mehr von ihr, liegt unruhig wach und die Nacht zieht endlos dahin. Erst im Morgengrauen kommt die ersehnte Nachricht. Es sei wohl ein Virus und Sophia müsse für einige Tage zur Beobachtung im Krankenhaus bleiben. Ihr Mann, der mit Freunden unterwegs war, hat sich erst in den frühen Morgenstunden bei ihr gemeldet und sie dann im Krankenhaus abgelöst. Sie schläft den ganzen Vormittag. Als sie sich über Video-Call bei ihm meldet, sieht sie völlig erschöpft aus: „Verzeih, ich sehe grauenvoll aus! Das also ist die ‚ungeschminkte Wahrheit‘ ... – aber ich wollte dich sehen und hören, bevor ich wieder zu Sophia gehe. Du fehlst mir so unendlich!“ „Ich bin so froh, dass es Sophia besser geht, mein Herz! Du siehst müde aus, aber wie immer wunderschön! Was kann ich für dich tun?“ „Leider nichts! Ich wünschte du könntest an meiner Seite sein, mich ins Krankenhaus begleiten und mich einfach in deine Arme nehmen und trösten! Ich hatte solche Angst sie zu verlieren!“ Tränen laufen über ihre Wangen und ihre Augen leuchten zum ersten Mal, seit er sie kennt, nicht. „Ich bin immer für dich da! Du musst nur sagen, was für dich möglich ist und ich komme sofort!“ „Das weiß ich, geliebtester Geliebter, und das macht mich unendlich glücklich. So leid es mir tut, aber ich glaube, du musst allein nach Freiburg fahren. Ich muss mich um Sophia kümmern und will so viel wie möglich bei ihr im Krankenhaus sein!“ „Das verstehe ich, geliebte Prinzessin! Mach dir keine Gedanken, ich kümmere mich um alles.“ „Wir holen das nach, sei sicher!“ „Das weiß ich, sei sicher!“ Sie lächelt, doch er sieht in ihrem Blick, wie schwer es ihr fällt, nicht mitkommen zu können. Er spürt ihre innere Zerrissenheit und weiß, dass er alles tun wird, damit sie glücklich ist. „Ich muss leider los! Ich melde mich bei dir, sobald ich einen Augenblick alleine bin!“

„Du weißt, dass ich da bin! Immer!“ Dann ist ihr Bild weg und es dauert einige Zeit, bis es ihm wieder gelingt sich auf die Arbeit zu konzentrieren.

Obwohl es Sophia langsam besser geht, muss sie länger als geplant im Krankenhaus bleiben. Die Ärzte wollen auf Nummer sicher gehen, da Sophias körperliche Reaktionen ungewöhnlich heftig waren. Sie ist fast die ganze Zeit bei ihrer Tochter. In den wenigen Stunden, die sie zuhause verbringt, telefonieren sie. Beide spüren, wie sehr sie sich danach sehnen, jeden Augenblick zusammen zu sein und auch solche Situationen gemeinsam zu bewältigen. Ihre Enttäuschung darüber, dass sie nicht mit nach Freiburg kommen kann, ist groß, doch beide wissen, dass die Entscheidung richtig ist und so fährt er allein. Er hat versprochen seine Reise minutiös festzuhalten und sich so oft wie möglich bei ihr zu melden. Nachdem Sophia wieder zuhause ist, schreibt sie ihm: „Geliebtester Geliebter, auch wenn ich nicht real bei dir bin, bin ich dir jede Nacht und jeden Tag und jeden Augenblick unendlich nah!“ Ständig schickt er ihr Fotos von seinen Eindrücken, schwärmt von der faszinierenden Architektur und dokumentiert jedes Meeting oder schaltet sie, wenn es ihre Zeit erlaubt, über Zoom zu. Fast stündlich fragt er nach Sophia. Sie ist berührt von seiner Fürsorge und da es Sophia immer besser geht, auch wenn sie die Nähe ihrer Mutter immer noch sehr sucht, schaufelt sie sich Zeit frei, die sie schreibend und träumend mit ihm vor dem Bildschirm verbringt. Sie liegen jede Nacht gemeinsam wach, sie in ihrem Bett zuhause, er in dem Hotelzimmer, das sie gebucht hat, mailen und sehnen sich in die Arme des anderen. „Als Sophia heute Mittag lange geschlafen hat, habe ich im Internet über Bachmann und Celan recherchiert und ein Gedicht gefunden, das er ihr nach einer

Liebesnacht in einem Kölner Hotelzimmer geschrieben hat:

‚Köln, Am Hof

Herzzeit, es stehn
die Geträumten für
die Mitternachtsziffer.

Einiges sprach in die Stille, einiges schwieg,
einiges ging seiner Wege.
Verbannt und Verloren
waren daheim.

Ihr Dome.

Ihr Dome ungesehn,
ihr Ströme unbelauscht,
ihr Uhren tief in uns.‘“

Er liest den Text mehrmals und schreibt: „Ich verstehe so sehr, warum du mir das Gedicht geschickt hast: *‚Herzzeit‘ ... – ‚die Geträumten‘ ... – ‚Verbannt und Verloren waren daheim‘ ... – ‚ihr Uhren tief in uns.‘* ... welch unvorstellbare Tiefe und Verschlossenheit in diesen wenigen Worten liegen ... und damit Raum für jeden Augenblick, jedes Leben, jede Deutung, jeden Sinn eröffnen!“ „Du fühlst sofort, wie ich bei diesen Worten empfunden habe! Ich sehne mich so sehr nach deiner Zärtlichkeit, geliebtester Geliebter! Du kannst dir nicht vorstellen, wie liebend gerne ich jetzt in deinen Armen liegen würde! Ich sehe uns in ihnen und wie du mir, schreibt Celan Ingeborg Bachmann danach fast jeden Tag ein neues Gedicht und glühende Liebesbriefe.“ „Ich kann nicht anders, mein Herz ...“ „… und ich wüsste nicht mehr, wie ich ohne dich und deine Worte leben sollte! Alles zieht mich zu dir und unsere Herzen schlagen im Gleichklang: ‚*Herzzeit*‘!“ „Weißt du, was verrückt ist, geliebte Prinzessin?“ „Was?“ „Ich habe – wie du auch – weitergelesen, weil mich ihre große Liebe zu Celan zutiefst berührt hat.“ Sie hört, wie er in einem Buch Seiten umblättert: „Was hast du gefunden?“ „Hier, ich habe es. Irgendwie war klar, dass Celan seine Familie nicht verlassen wird. Bachmann fährt am 2. Juli 1958 zur Klärung der Situation nach Paris. Am 3. Juli beginnt sie eine Liaison mit Max Frisch, der zufällig gerade wegen der Aufführung von zwei Theaterstücken ebenfalls in Paris ist. In der Anfangszeit mit Frisch, schreibt sie dennoch an Celan ‚*Der vergangene Herbst drängt sich in diesen Herbst.*‘ und noch am 23. Dezember unterzeichnet sie einen Brief an ihn mit ‚*In Liebe. Ingeborg*‘. Sie wird zwischen der Liebe zu Celan und dem Zusammenleben mit Frisch fast zerrissen und zerbricht schlussendlich daran!“ Es dauert einige Zeit, bis sie wieder etwas sagt: „Ich will nicht, dass wir an unserer Liebe zerbrechen! Du und ich werden ‚Stufe Vier‘ der Liebe erreichen!“ „Stufe Vier?“ „Die Indianer sagen, es gibt vier Stufen der Liebe: Die erste Stufe ist die Liebe zu unseren Mitmenschen. Die zweite Stufe ist die Liebe zu einem bestimmten Menschen. Die dritte Stufe zu einem bestimmten Menschen mit der Intensität, ihn besitzen oder immer behalten zu wollen. Die vierte Stufe ist, einen Menschen so unendlich lieben zu können, dass wir nur noch wollen, dass es ihm gut geht und er glücklich ist, ganz egal, welche Rolle wir dabei spielen!“ „Wir werden immer eine Rolle im Leben des anderen spielen. Das zwischen uns ist so einzigartig, dass wir immer Liebende sein werden, egal was geschieht!“

Obwohl die beiden räumlich so weit entfernt sind und die erste Möglichkeit sich außerhalb ihres Büros zu lieben, in einem Bett gemeinsam einzuschlafen und aufzuwachen und sich wieder zu lieben, verloren ist, fühlen sie sich einander unendlich nah und die zärtliche Verbundenheit jedes Augenblicks trägt sie hoffentlich in eine Zukunft, in der sie und er ‚Stufe Vier' der Liebe erreichen werden. Ich will daran glauben und ich glaube daran, dass es ihnen gelingen kann. Wenn jemandem, dann diesen beiden Liebenden! Ist ‚Stufe Vier' nicht jene Stufe der Liebe, nach der Sie und ich ebenfalls streben, verehrte Leserinnen und Leser? Wo stehen Sie in Ihrer Entwicklung im Hinblick auf Ihre Liebe und die Fähigkeit denjenigen, den wir zu lieben glauben, loszulassen, freizulassen ... – dann, wenn es nötig ist? Lassen Sie uns gemeinsam einen Augenblick zurücktreten und innehalten, vielleicht erkennen Sie und ich uns dabei selbst. Lassen Sie uns gemeinsam einen Augenblick zurücktreten und die beiden Liebenden in der Geborgenheit ihrer ‚Herzzeit' ganz für sich sein. Die warme Juninacht trägt in ihrer Stille jedes Flüstern von einer Seele zur anderen. Nur wer solch eine Liebe jemals erlebt hat, weiß, was wirklich Glück bedeutet.

Als er aus Freiburg zurückkehrt, ist Sophia wieder ganz gesund und sie treffen sich in ihrem Büro. Sie hat ein leichtes Sommerkleid an. Er steht lächelnd in der offenen Tür. Sie fliegt ihm auf dem Flur entgegen. Er schließt sie in seine Arme. Sie küssen sich, als wäre es das letzte Mal. Atemlos können sie ihre Blicke nicht voneinander lassen. Sie zieht ihn in den Raum, schließt die Tür hinter ihnen ab, drückt ihn, während sie mit ihrer Zunge seine Zunge umspielt, mit ihrem weichen Körper gegen die Wand, öffnet gleichzeitig mit einem Ruck seinen Gürtel, streichelt fordernd sein Glied und zieht seine Hose und seinen Slip, während sie ihn direkt ansieht und vor ihm auf die Knie geht, nach unten. Ohne, dass er auch nur ein Wort sagen kann, nimmt sie sein hartes Glied in den Mund. Er stöhnt erregt auf. Sie sieht schelmisch lächelnd zu ihm auf. Mit ihrer Hand umschließt sie den Schaft, während die Adern seines Gliedes vor ihren Lippen pulsieren. Zärtlich fordernd umspielt ihre Zunge seine Eichel. Sie spürt, wie in ihrem Mund seine Lust immer weiterwächst, bis sie sein hartes Glied so tief in sich aufnimmt, dass sie kaum mehr Luft bekommt. Ihre Leidenschaft und Zärtlichkeit überwältigen ihn. Er stöhnt so laut, dass man seine Lust, wenn jemand im Büro nebenan gewesen wäre, dort sicher gehört hätte. Sie selbst wird immer erregter, saugt immer intensiver an seinem Glied und als er sieht, wie sie mit einer Hand ihr Kleid hochschiebt und sich selbst berührt, zittern seine Knie vor Lust. Er schreit laut auf, als er endlich erlösend in ihrem Mund kommt. Sie blickt von unten zu ihm auf und lächelt ihn verwegen an, während sie mit ihrer kleinen Zunge genüsslich den Rest seines Spermas von ihren Lippen leckt. „Ich habe dich vermisst!“ Er hält ihren Kopf noch zwischen seinen Händen, während sie immer noch vor ihm kniet. „Verzeih, dass ich dich so überfallen habe!“ Langsam kommt er wieder zu Atem, zieht sie zu sich hoch und küsst sie zärtlich. „Jederzeit wieder!“ „Ich weiß nicht, was du mit mir machst! Du hast mir einfach jede Sekunde gefehlt!“ Ihre Wangen sind leicht gerötet. Die sexuelle Spannung, die sich in den letzten Tagen zwischen ihnen aufgebaut hat, ist immer noch nicht gestillt. Sie sieht ihn an, lächelt. Er steht nackt bis auf sein Hemd vor ihr. Langsam zieht er sie zu sich hoch. Zieht ihr sanft das Kleid über den Kopf. Sie trägt nichts darunter. Mit seinem Mund liebkost er ihre Brustwarzen. Sie legt ihren

Kopf in den Nacken und stöhnt auf. Er drückt sie gegen die Wand, hält ihre Hände mit einer Hand über ihrem Kopf fest, während er sie überall streichelt. Voller Sehnsucht und Verlangen sieht sie ihn an. Er kniet sich vor sie hin, umspielt mit seiner Zunge ihren Kitzler, dringt mit seinen Fingern in sie ein, bis sie sich vor Erregung atemlos windet. Er lässt sich Zeit, spürt wie sie erbebt, leckt sie immer intensiver, genießt ihren Geschmack, bis sie es nicht mehr aushält und ihn anbettelt: „Bitte, schlaf mit mir!“ Lange liegen sie, nachdem sie sich geliebt haben, einfach ganz nah beieinander, schauen sich in die Augen und spüren den langsam am Strand ihrer Seelen auslaufenden Wellen der Leidenschaft nach. „Ich liebe diese sexuelle Energie, die zwischen uns ist, geliebtester Geliebter!“ „Ich habe so etwas wie mit dir noch nie erlebt, geliebte Prinzessin!“

Ihr nächtliches ‚Gespräch‘ über Bachmann und Celan geht weiter. Während er in Freiburg war und neuen Impulsen für ihr Projekt nachgejagt ist, hat sie weiterrecherchiert: „Wusstest du, dass Celan auch ein Gedicht mit dem Titel ‚*Corona*‘ geschrieben hat?“ „Nein! Erzähl!“ „Ich habe es, während ich mit Sophia zuhause war, gefunden. Die Schauspielerin Caroline Peters hat es bei einer virtuellen Lesung im Internet, da ja alle Theater aufgrund der Pandemie geschlossen sind, vorgetragen.“ Sie holt, nackt wie sie ist, ein Blatt Papier aus ihrer Handtasche und liest es ihm vor:

„*Corona*

Aus der Hand frißt der Herbst mir sein Blatt: wir sind Freunde.
Wir schälen die Zeit aus den Nüssen und lehren sie gehn:
die Zeit kehrt zurück in die Schale.

Im Spiegel ist Sonntag,
im Traum wird geschlafen,
der Mund redet wahr.

Mein Aug steigt hinab zum Geschlecht der Geliebten:
wir sehen uns an,
wir sagen uns Dunkles,
wir lieben einander wie Mohn und Gedächtnis,
wir schlafen wie Wein in den Muscheln,
wie das Meer im Blutstrahl des Mondes.

Wir stehen umschlungen im Fenster,
sie sehen uns zu von der Straße:
es ist Zeit, daß man weiß!
Es ist Zeit, daß der Stein sich zu blühen bequemt,
daß der Unrast ein Herz schlägt.
Es ist Zeit, daß es Zeit wird.

Es ist Zeit."

Sie sehen sich an, lesen in aller Stille das Gedicht noch einmal. „Das sind wir, mein Herz ... – ‚*Mein Aug steigt hinab zum Geschlecht der Geliebten: wir sehen uns an, wir sagen uns Dunkles, wir lieben einander wie Mohn und Gedächtnis, wir schlafen wie Wein in den Muscheln, wie das Meer im Blutstrahl des Mondes.*' Was für tiefe Worte ... – und du hast sie gefunden! Ich danke dir, dass du sie mit mir teilst! Gut, dass nicht nur mein ‚*Aug ... zum Geschlecht der Geliebten*' hinabgestiegen ist!" Sie lachen gemeinsam. Ihr Erröten ist so schön wie nie zuvor. Er küsst sie. Sie legt ihren Kopf wieder an seine Brust. „Und wo ist die Verbindung zu Corona?" Sie richtet sich halb auf und sieht ihn an: „Das kranzförmige Aussehen, das dem Virus seinen Namen gegeben hat, stammt von dem lateinischen Wort ‚Kranz' oder ‚Krone' ab. In dem Gedicht verwendet Celan das Wort im Sinne eines Brautkranzes für seine Geliebte. Es gibt außerdem ein Sternenbild mit demselben Namen, dessen Erscheinung weder Anfang noch Ende hat. Damit beschreibt er die einmalige Tiefe und Erfahrung der beiden Liebenden als endlosen Kreislauf der Zeit. Bachmann hat Celan geschrieben, dass sie Corona für sein schönstes Gedicht hält, da es ‚*... die vollkommene Vorwegnahme eines Augenblicks, wo alles Marmor wird und für immer ist.*' beschreibe. Der Titel ‚*Corona*' ist eine Chiffre und diente als geheimes Erkennungswort zwischen den beiden." „Leider nicht ‚*für immer*' bei den beiden! Wie unendlich traurig, dass sie, trotz dieser tiefen Liebe, nicht zusammenleben konnten. Es kommt mir fast vor, wie in der Ballade ‚*Es waren zwei Königskinder*': ‚*Es waren zwei Königskinder, die hatten einander so lieb, sie konnten beisammen nicht kommen, das Wasser war viel zu tief.*'" „So wird es für uns nicht sein, geliebtester Geliebter! Ich weiß, dass das Schicksal für uns einen Weg über alle Wasser hinweg eröffnet, ich weiß nur nicht, wann das sein wird ... – allein der Gedanke, dich nicht mehr in meinem Leben zu wissen, ist unvorstellbar. Jeden Augenblick, den wir nicht zusammen sind, vermisse ich dich schmerzlich. Es fühlt sich an, als würde mein Herz in Ketten liegen ... – und jeden Augenblick, in dem wir uns wiedersehen, sprengst du diese Ketten ... Du weißt, dass ich für niemanden je das gefühlt habe, was ich für dich fühle." „Es gibt keine Worte, die auch nur annähernd erfassen können, was du mir bedeutest, geliebte Prinzessin! Dein Duft und dein Lächeln, deine Blicke und deine Wärme, deine Zärtlichkeit und deine Worte sind unendlich mal unendlich in meinem Herzkörpergeist ... – Ich liebe dich in jedem einzelnen Moment, wenn das überhaupt möglich ist, noch mehr ... – und es gibt wohl keinen Menschen auf dieser Welt, der die Liebe zwischen ‚duichmirdir' auch nur ansatzweise erfassen könnte!" „Als du in Freiburg warst und Sophia so viel geschlafen hat, hatte ich Zeit ... – du warst jeden Augenblick in meinem Herzen ... – Celans Gedicht holte mich wieder und wieder ein ... – und irgendwann fielen einzelne Worte in meinen Kopf ... – ich habe sie so wie sie mich gefunden haben aufgeschrieben." Sie dreht das Blatt um und gibt es ihm zum Lesen.

„Für meinen geliebtesten Geliebten!

Von moosnebelgrünem Schimmer umhüllt
verweben sich unsere sehnsuchtsweichen
Herzen zu
einem –
erkenntnissüßbitter schlagend,
das anhält
in den zahlreichmeisten
Momenten der Trennung
und nur wiederbelebt werden kann
durch glückliebeerfüllte
Berührungen unserer Seelen.

Gewitterwogend entlädt sich
die zärtlichverlangende Erregung
in den schmerzlichseltenen
Momenten des Beisammenseins
wie ein Spaziergang im kaminwarmduftenden
Sonnenblumenfeld.
Duich ... – für immer!
Deine geliebte Prinzessin"

Er sieht sie mit Tränen in den Augen an: „Für immer!“ „Für immer!“ Sie küssen sich. „Warum heißt es eigentlich nicht ‚geliebteste Prinzessin‘?“ Sie lächelt und nimmt seine Hände in ihre: „‚Geliebteste Prinzessin‘ hört sich an, als ob ich Vergangenheit wäre und das werde ich niemals sein. ‚Duich‘ sind für die Ewigkeit, wie das Sternenbild Corona ... – ohne Anfang und ohne Ende. Für immer!“

Juli 2021

Der Sommer kommt. Sie und er arbeiten intensiv an den Plänen für das ‚Grüne Haus'. Ihre Chefin sitzt ihnen die ganze Zeit im Nacken, da im August die finale Präsentation der Entwürfe vor den Auftraggebern geplant ist. Die wöchentlichen Online-Firmenmeetings ziehen trotzdem an ihnen vorbei; sie nutzen die Zeit, um zu chatten. Aufgrund der knappen Zeit, die für den Feinschliff an den Plänen bleibt, sind sie gezwungen ihren Urlaub versetzt zu planen. Ihr Mann ist wieder öfter im Büro und da sie und er wissen, dass sie sich lange Zeit nicht sehen werden, treffen sie sich so oft es nur irgend möglich ist in ihrem Büro. Die Tage sind inzwischen heiß geworden. Er liebt es, wenn sie in ihren leichten Sommerkleidern über den weiten Flur auf ihn zukommt, ihn ansieht und einfach küsst. Ihr Glück und ihre Liebe ist beständig und vollkommen und wächst doch von Tag zu Tag. Sie träumen sich, da durch die großen Glasfronten ihr hermetischer ‚locus amoenus' sich immer mehr aufheizt, an einen schattigen Platz unter einer riesigen Eiche. Er liebt es, dass sie nie etwas unter ihrem Kleid trägt, und so liegen sie, sobald sie ihre Arbeit erledigt haben ... – manches Mal auch bevor sie ihre Arbeit aufnehmen ... – völlig nackt einfach beieinander ... Nur ein kleiner Lufthauch, der kaum Kühlung verspricht, umhüllt und küsst sie durch die weit geöffneten Fenster ... – es gibt keinen Augenblick, in dem sie sich nicht nah sind ...

Während in der Welt ‚draußen' sich die Corona-Lage immer weiter entspannt, am 4. Juli wird bundesweit eine 7-Tage-Inzidenz von 5,2 erreicht und fast die Hälfte der Deutschen hat inzwischen einen ‚vollen' Impfschutz, ahnt niemand wie verheerend die Delta-Variante des

Virus im Herbst das Leben aller erneut einschränken wird. So boomt der Flugverkehr Richtung Sommer und Süden fast ungebremst und auch die Gedanken der beiden drehen sich viel um ihre Urlaubszeit, in der sie für mehrere Wochen getrennt sein werden. Zuerst wird er in sein Haus nach Italien fahren. Normalerweise verbringt er dort fast den ganzen Sommer. Da aber immer einer von den beiden als Ansprechpartner für die Auftraggeber vor Ort präsent sein muss, fällt sein Urlaub in diesem Jahr kürzer aus. Einen Tag bevor er zurückkommt, geht es für sie und ihre Familie nach Spanien ans Meer. Ihre Tochter ist noch nie geflogen und sie will Sophia diesen Traum, da sie während der Lockdowns immer wieder vom Fliegen geredet hat, endlich erfüllen. Die Traurigkeit, dass sie sich so viele Wochen nicht sehen werden, überkommt sie immer wieder. Sie reden darüber, wie es gelingen kann diese Zeit zu überstehen, trösten sich mit der Aussicht auf Singapur und träumen von einem gemeinsamen Sommer, irgendwann. „Ein kleines Cottage mitten in den Dünen, ganz nah am Strand ... – das Meer immer im Blick, Wind, Sonne und Salz auf unserer Haut ...“ „… nur du und ich und Sophia ...“ „… und die Hunde ...“ „… ‚die Hunde‘?“ Sie lächelt ihn verschmitzt an: „Wer weiß! Alles ist möglich ...“ „Weißt du, ich frage mich oft, warum wir nicht einfach gemeinsam abhauen und irgendwo neu anfangen.“ „Und wie?“ „Wir verkaufen einfach alles und suchen uns einen Ort am Meer, an dem wir leben wollen!“ „Ich habe kein Geld!“ „Mein Geld reicht, fürs Erste.“ Ein Strahlen blitzt in ihren grünblauen Augen auf. „Kannst du dir das wirklich vorstellen? Mit mir und meinem Kind?“ „Ich wünsche mir nichts mehr! Du sagst so oft, dass du mit einem Mann zusammenlebst, den du nicht liebst, und dass dir in deiner Beziehung so unendlich viel fehlt, was du in unserer Liebe gefunden hast.“

Beide sagen lange nichts, ohne dass ihr Schweigen die Nähe zwischen ihnen schmälert. „Es ist nicht ganz so einfach, wie wir es uns vielleicht vorstellen. Sophia ist das Wichtigste in meinem Leben, das weißt du und ich liebe dich unendlich dafür, dass du dies so sehr respektierst! Sie ist noch so klein und liebt ihren Vater abgöttisch ... Du hast mit allem, was du sagst, Recht: Ich teile mein Leben mit einem Mann, den ich nicht liebe. Wir funktionieren als ‚Eltern' ganz gut, aber mein Herz gehört allein dir! Bevor ich mich in dich verliebt habe, dachte ich, dass ich glücklich bin ... – ich wusste nicht, dass mir etwas fehlte. Durch die Liebe zu dir spüre ich jeden einzelnen Tag mehr, dass meine Ehe ein Abgrund ist. Du hast so vieles an dir, was ich mir von meinem Mann, meinem Partner wünsche ... – du löst in mir Gefühle aus, die ich so noch nie verspürt habe ... – und das ist wunderbar ... Egal, was unsere Zukunft für uns bereithält, mein Leben ist, weil es dich und unsere ‚Gemeinsamzeit' gibt, um so vieles reicher geworden als zuvor. Ich liebe dich aus tiefstem Herzen!" Tränen laufen über seine Wangen, sie küsst sie zärtlich weg: „Mein Herz zerspringt beinahe durch deine Worte, geliebte Prinzessin! Ich frage mich immer wieder, womit ich deine tiefe Liebe verdient habe ... Ich weiß, dass du sagen wirst: ‚Liebe kann man nicht verdienen, sie ist ein Geschenk!' ... Und du hast Recht! Du bist ein Geschenk ... Du bist alles, wonach mein Herz, meine Seele, meine Gedanken, meine Lippen, meine Worte, mein Körper, meine Tage, mein Leben sich immer gesehnt hat!" Ihr Kopf ruht geborgen an seiner Brust, sie sieht ihn an und lächelt: „Siehst du ... also doch Schicksal! Es ist für mich wie für dich: Alles, was in meinem Leben bisher passiert ist, hat mich genau hierher zu dir geführt ... – und jetzt, da unsere Wege sich gekreuzt haben, werde ich dich nie wieder loslassen. Sei sicher:

Ich will nur dich!" „Warum haben wir uns nicht schon viel früher getroffen! Alles wäre so einfach ..." „Wenn ich wirklich frei wäre, würde ich heute noch anfangen mit dir zu leben ... – doch als Mutter habe ich eine Verantwortung ..." „Das verstehe und respektiere ich absolut ... Ich finde nur, dass du und ich jetzt schon mit allem, was wir sind, ein gemeinsames Leben verdient hätten."

Sie liegen sich in den Armen, wie nur sie es können ... Sie küssen sich, wie nur sie es können ... Sie lieben sich, wie nur sie es können ... – und als sie zum Höhepunkt kommt, bricht die Zerrissenheit ihres Lebens aus ihr heraus und Tränen überströmen ihr Gesicht ... Er hält sie lange einfach fest in seinen Armen. Sie schmiegt sich schutzsuchend an ihn, bis sie ihn direkt ansieht: „Die Ehe, die ich führe, fühlt sich an wie ein Gefängnis. Wir haben seit über einem Jahr nicht mehr miteinander geschlafen. Mein ganzes Denken und Fühlen ist auf dich gerichtet, nicht auf ihn. Du bist mein Glück!" „Warum gerade ich?" „Das bist du ... – du im Gesamten, geliebtester Geliebter! Und auch wenn ich mich dadurch unendlich verletzbar mache: Ich liebe dich einfach über alles, mehr als sonst jemanden ... abgesehen natürlich von Sophia. Nur mit dir bin ich wirklich glücklich." „Weißt du was verrückt ist? Als wir uns zum ersten Mal im Büro von unseren Beziehungen erzählt und uns versichert haben, dass in unseren Leben alles gut sei, war eigentlich alles schon vorherbestimmt. Wir haben uns scheinbar unserer selbst versichert, obwohl wir damals schon gespürt haben, dass du und ich füreinander bestimmt sind!" „Ich weiß ... und ich bin immer wieder überwältigt, wie klar das damals schon war und heute ist und immer so sein wird!"

Von Treffen zu Treffen fällt es ihnen schwerer sich voneinander zu trennen. Ihnen bleiben nur die ‚gestohlenen Momente', doch die Sehnsucht nacheinander, wenn sie an unterschiedlichen Orten in getrennten Welten und Leben sind, ist unstillbar. Der einzige Gedanke, der sie beherrscht, ist die nächste Begegnung, der nächste Kuss, die nächsten Worte, der nächste Blick, die nächste Zärtlichkeit, das nächste Mal ...

Die Arbeit an ihrem Projekt kommt, trotz der hohen zeitlichen Anforderungen, die weit über das Maß hinausgehen, was sie eigentlich beruflich einbringen wollte, voran. Es gibt keinen Augenblick, den sie nicht in Harmonie verbringen und in aller Achtsamkeit für den anderen läuft das Projekt, ohne dass sie sich dessen wirklich gewahr werden, in Richtung Ende. Der Sommer bricht die Wucht der dritten Corona-Welle und inzwischen hören sie wieder vereinzelt Stimmen im Gebäude, wenn sie sich an ihrem ‚Gemeinsamort' treffen und lieben. Jeder Tag bis zu seinem Urlaub ist bestimmt durch ihre Arbeit, ihre Leben und wenn sie nicht zusammen sind, ihren Gedanken und Mails. Es hat sich im Hinblick auf ihre Treffen im Büro ein völlig selbstverständlicher Rhythmus eingestellt und doch ist jede Sekunde, in der sie gemeinsam sind, von einer vollkommenen Einzigartigkeit bestimmt. Sie lieben sich jedes Mal, wenn sie sich sehen ... – manches Mal zwei oder drei Mal. Die Problematik ihrer getrennten Leben holt sie immer wieder ein. Für beide ist diese innere Zerrissenheit und die grenzenlose Sehnsucht in jedem Augenblick präsent ... – einzig unterbrochen in den Momenten, in denen sie vereint sind. Beide wissen, dass sie eine Lösung finden wollen. Beide wissen, dass sie nicht ohne einander sein wollen. Beide wissen, dass sie einander nichts zumuten wollen, was einen von ihnen oder beide unglücklich machen würde. Nachts liegen beide fast immer wach, schreiben hin und her: „Aufgewacht ... – Gedanken an dich, geliebtester Geliebter! Du bist mein erster Gedanke am Morgen ... – du bist mein letzter Gedanke am Abend ... – du bist mein einziger Gedanke in der Nacht!“ „Aufgewacht ... – Gedanken an dich, geliebte Prinzessin! Der Abend wieder einsam ohne dich ... – die Nacht wieder einsam ohne dich ... – der Morgen wieder einsam ohne dich!“ An Tagen, an denen es ihnen nicht möglich ist, sich zu sehen, steht ihr Smartphone nicht still: „Du fehlst mir unendlich mal unendlich!“ „Ich habe versucht dich anzurufen! Ich wollte deine zärtlichen Augen lächeln und deine liebevolle Stimme meinen Namen sagen hören!“ „Du und deine Nähe und deine Zärtlichkeit berühren mich so tief, dass es kaum in Worte zu fassen ist!“ „Es ist so unglaublich, so einzigartig, so magisch, was zwischen dir und mir ist!“ „Ich wünschte ich könnte jetzt bei dir sein, um dir mit jeder meiner Gesten zu zeigen, wie sehr ich dich liebe!“ „Weißt du eigentlich, wie sehr ich dich liebe? Mit ganzer Seele, mit ganzem Herzen, mit all meinen Gedanken, mit all meiner Liebe, mit allem, was ich bin, für immer.“

An einem Morgen, einige Tage bevor er nach Italien aufbricht, schreibt sie ihm, wie sie weinend aufgewacht sei, seinen Duft wahrzunehmen glaubte und ein Traum aus der dunklen Nacht plötzlich wieder in ihrem Bewusstsein war: „Da war eine Tür ... – sie war verschlossen ... – ich wollte dennoch hindurchgehen ... unbedingt. Ich hatte das Gefühl, dass ich mein Glück verpassen würde, wenn ich nicht durch sie hindurchgehe. Ich zögerte. Stieß sie auf, während sie sich im selben Moment von allein öffnete. Dahinter war es zunächst dunkel ... – viele Mauern, gegen die ich gelaufen bin ... – es tat jedes Mal aufs Neue weh ... immer wieder neue Mauern ... – und es tat wieder und wieder aufs Neue weh ... Und in meinem Kopf die hämmernde Frage: ‚Wie bricht man hier aus?‘ ... Und dann war da eine Stimme ... – deine Stimme ... Sie ließ mich immer weitergehen ... – auch wenn ich schon mehrfach das Gefühl hatte, wieder durch die Tür zurückgehen zu müssen und trotz der tiefen Dunkelheit, waren da aber auch ganz helle Momente ... – durchdrungen von purem Glück ... Verlangen ... Verstehen ... Wohlfühlen ... Liebe ... Doch dann ... – dann wurde es wieder dunkler ... noch dunkler als zuvor ... und das Gefühl, hier nicht sein zu dürfen ... hier nicht bleiben zu können ... Dann habe ich wieder deine Stimme gehört und bin aufgewacht ... – allein ...“ Er küsst die Tränen weg, die ihr Gesicht benetzen: „Wir sind längst ausgebrochen. Wir haben uns gefunden. Wir gehören zusammen. Wir sind eins. Wir werden jeden Augenblick unserer Leben teilen und es gibt keinen Augenblick, in dem ich deine Liebe nicht spüre. Du und ich, wir werden jede Mauer, die sich uns in den Weg stellt, überwinden! Wir sind längst ausgebrochen, mein Herz!“ „Ich hatte Angst, dass dir meine Worte zu viel sein könnten ... Du bist der Mensch, der mir in allem am nächsten ist. Wir sind Seelenverwandte und egal wohin unser Weg führen wird, wir werden uns nie wieder verlieren.“ „Ich bin immer für dich da, wenn du mich nur willst!“ „Wie könnte ich dich nicht wollen! Versprich mir, egal, was passiert, dass wir immer Liebende sein werden!“ „Wie Abaelard und Heloise!“ „Abaelard und Heloise?“ „Du kennst das Traumpaar des 12. Jahrhunderts nicht?“ „Nein!“ „Er, ein gutaussehender Philosophieprofessor, sie seine mit allen Reizen ausgestattete 17-jährige Schülerin! Ihr Onkel hat Abaelard in sein Haus geholt, ihm ihre Erziehung anvertraut und ihn sogar ermutigt, sie, sollte sie nicht lernwillig sein, zu züchtigen. Abaelard schreibt in einem seiner Briefe, dass diese Schläge ‚*süßer als aller Balsam der Welt gewesen*‘ wären …“ Er sieht, wie ihre Augen aufblitzen „… ich ahne, was für ‚süße‘ Schläge das gewesen sein müssen ...“ Sie lachen, wie so oft, zusammen. „Die beiden waren füreinander geschaffen. Heloise wurde schwanger und der Onkel hat Abaelard ‚entmannen' lassen!" Sie hält entsetzt die Hand vor ihren Mund: „Nein! Und was ist aus den beiden dann geworden?" „Abaelard hat nach seiner Entmannung wehmütig geschrieben: ‚*Erst Ein Haus, dann Ein Herz und Eine Seele!*' Naja, so tragisch es ist ... für ihn war die körperliche Liebe damit abgehakt. Beide sind ins Kloster gegangen und haben sich ein Leben lang Briefe geschrieben. Die beiden waren wie zwei Bäume, deren Wurzeln unendlich eng miteinander verbunden sind, die aber getrennt in den Himmel wachsen, sich mit den Kronen zwar nahe sind, aber einander nie mehr berühren!" „Und das wars?" „Nein: Als Heloise 22 Jahre nach Abaelard starb, begrub man sie an seiner Seite auf dem berühmten Pariser Friedhof Père Lachaise. Die Legende erzählt, dass er mit weit geöffneten Armen Heloise liebevoll an sich gezogen und nie wieder losgelassen hat!" „Und ihr Kind?" „Ein Sohn!" „Wie bist du gerade auf die beiden gekommen?" „Sie waren ihr ganzes Leben durch ihre Liebe verbunden und es erging ihnen wie uns, bei der gemeinsamen Arbeit. Abaelard hat darüber geschrieben: ‚*Waren die Bücher aufgeschlagen, wurden mehr Worte über die Liebe als über den Lesestoff gewechselt, gab es mehr Küsse als Sätze, wanderten die Hände öfter zum Busen als zu den Büchern, spiegelte die Liebe häufiger die Augen ineinander als dass die Lektüre sie auf die Schrift gelenkt hätte.*'" Sie streichelt zärtlich mit ihrer Hand über seine Brust und küsst ihn: „Mir gefällt das Bild von den Bäumen und ihren eng umschlungenen Wurzeln. Ich wünsche mir so sehr, dass du und ich auf immer auf diese Weise verbunden sind, aber unsere ‚Kronen' werden sich für immer zärtlich im Wind berühren, egal was passiert!" Sie schickt ihm am Ende dieses Tages einen Link zu einem Lied aus ‚Wicked' und schreibt: „*Tanz durch die Welt, knapp überm Boden. Auch wenn's verboten scheint. Ich mag dich. Drum mag ich dich begleiten. Auf dem wilden weiten Tanz durch die Welt.*" Noch in derselben Minute schreibt er zurück: „*Doch das Paradies ist verriegelt und der Cherub hinter uns; wir müssen die Reise um die Welt machen, und sehen, ob es vielleicht von hinten irgendwo offen ist.*"

Die Augenblicke, bis zu dem Tag, an dem sie und er sich für einige Wochen nicht sehen können, zerrinnen ihnen zwischen den Fingern. Täglich treffen die beiden sich, hasten atemlos Stufe für Stufe die Treppe hoch, der eine wartet sehnsuchtsvoll am Ende des langen Flurs auf den anderen, zwischen Tür und Angel küssen sie sich, wie nur sie es können, und wieder und wieder durchleben sie in ihrem ‚Elfenbeinturm' den wilden Tanz der Liebe auf der Suche nach dem Paradies ... Sie und ich, verehrte Leserinnen und Leser, können nicht wissen, ob ‚ihr' Paradies vielleicht ‚von hinten irgendwo offen ist.' Wir wollen darauf hoffen, dass die beiden diesen Zustand vollkommener Harmonie in absolutem Einklang mit dem Universum erreichen. Wir wollen daran glauben, dass die beiden dann niemals mehr aus diesem Paradies vertrieben werden. Ich weiß, auch Sie hasten, wie ich, mit den beiden atemlos die Treppe hoch, Stufe für Stufe. Ich weiß, auch Sie warten, wie ich, am Ende des Flurs, während einer der beiden, die Füße wie immer knapp über dem Boden, auch uns entgegeneilt. Ich weiß, auch Sie fühlen, wie ich, den Küssen der beiden nach und erregt streichen wir zart mit einem Finger über unsere feuchten Lippen ... Unsere Herzen klopfen laut ... wir haben Angst, dass das Paradies verriegelt sein könnte und die beiden die Reise um die Welt auf ihren Umlaufbahnen wieder und wieder durchleben müssen ... Es bleibt uns, liebe Leserinnen und Leser, nichts als geduldig zu bleiben, die Zeit mit den beiden achtsam zu teilen und die uns hier auf diesen Seiten Anvertrauten mit aller Liebe weiter zu begleiten.

August 2021

Es ist der letzte Tag, bevor er in die Toskana fährt. Sie sind zusammen und obwohl sie wissen, dass sie jeden Tag in den nächsten Wochen, so oft wie nur möglich mailen und telefonieren werden, ist es doch ein Abschied. Nachdem sie schnell die noch ausstehende Arbeit für ihr Projekt aufgeteilt haben, liegen sie nackt beieinander, wie immer unendlich nah, unendlich zärtlich, unendlich ... ohne dass Worte nötig wären. Sie küssen, streicheln, erregen sich ... – mit aller Hingabe und Zeit, von der ihnen so wenig bleibt. Zum ersten Mal dreht sie sich um, unbewusst wieder auf ihrer Unterlippe kauend, blickt ihn auffordernd über ihre Schulter an, will dass er sie von hinten nimmt. Er sieht, wie sie das linke Bein leicht nachjustiert, um einen festen Halt zu haben und sich ganz für ihn zu öffnen. Ein kleines Detail, das ihn noch oft lächeln lassen wird. Irgendwann wird er ihr erzählen, wie liebenswert und gleichzeitig verführerisch dieser kleine Moment war. Mit seinen Fingern streichelt er sie zwischen den Beinen, leckt sie zärtlich, bis ihr Atem in Stößen kommt, sie senkt ihren Oberkörper leicht, ihr Kopf in den Kissen ... – er dringt langsam von hinten in sie ein ... – ein kurzer Schrei entfährt ihr ... – mit beiden Händen umfasst er ihre Hüfte ... – wieder und wieder stößt er hart in sie ... – sie keucht atemlos ... – er drückt mit einer Hand ihren Oberkörper so nach unten, dass sie sich kaum mehr bewegen kann und stimuliert mit seiner anderen Hand ihren Kitzler. Sie kommen gemeinsam. Sie schreit ihre Lust laut heraus. Als er sich aus ihr zurückzieht und sie sich wieder in den Armen liegen, ihr Kopf erschöpft an seiner Brust, sagt sie: „Ich mag es, wenn du mich von hinten nimmst, es ist so männlich ... – ich mag es beim

Sex dominiert zu werden ...“ Er sieht sie an und küsst sie: „Es erregt mich sehr, wenn du so etwas sagst! Der Sex mit dir ist das Aufregendste, Erotischste, Schönste, das Poetischste und das Natürlichste, was ich je erlebt habe. Ich liebe es, wenn unsere Lust, nachdem wir gerade miteinander geschlafen haben, erneut aufflammt, und wir uns wieder und wieder lieben ... Ich kann nie genug von dir bekommen.“ Sie errötet: „Ich bin schon feucht, wenn ich die Treppen hier hochkomme und mein ganzer Körper kribbelt und wird von Wellen der Lust durchflutet, sobald du mich berührst. Soll ich dir ein Geheimnis verraten?“ „Zwischen uns wird es nie Geheimnisse geben!“ „Du wirst mich nicht auslachen?“ „Niemals, ich liebe dich! Immer!“ „Ich habe es in der Vergangenheit nie gemocht, nachdem man einmal miteinander geschlafen hat, nochmals miteinander zu schlafen ... Du bist der erste Mann, von dem ich nicht genug kriegen kann, bei dem ich das Gefühl der sich erneut aufbauenden Lust liebe. Es ist jedes Mal unendlich erregend und es ist jedes Mal, wenn wir an einem Nachmittag wieder und wieder miteinander schlafen, unendlich schön ... Ich liebe dich so sehr.“ Sie schweigen, wie so oft zusammen, ohne dass es auch nur einen Augenblick unangenehm wäre und sie küssen sich, wie nur sie es können. „War es jetzt doof, das zu sagen?“ „Mein Herz, es geht mir genauso! Ich denke jeden Augenblick an dich ... – und ich wache jede Nacht auf und mein Glied ist hart, weil ich mich nach dir verzehre, dich küssen, streicheln, dich lieben will, ein, zwei, drei Mal ...“ „Es ist so erregend zu spüren, wenn du mich willst, wenn du mich dann mit deiner Härte ganz ausfüllst ... – und wenn wir dann auseinander gehen müssen, spüre ich dich immer noch in mir ... – und obwohl das so ist, will ich dich schon in diesem Moment wieder in mir spüren ...“ „Ich habe Sexualität noch nie so erfüllend erlebt, wie mit dir ... Ich liebe dich!" „Weißt du, was uns hier fehlt? Eine Dusche! Gemeinsam duschen ist so unendlich sinnlich ..." „Wir könnten einfach einmal einen Nachmittag in einem Hotel verbringen und uns unter der Dusche lieben!" Sie lacht: „Da bin ich schon einen Schritt weiter als du: Ich habe eine Internetseite gefunden ‚www.dayuse.de' ... – es gibt nette Hotels hier in der Umgebung, die man für ein paar Stunden buchen kann ..." „Du meinst mit einem richtigen Bett?" „... und einer Dusche!" „Sobald wir aus dem Urlaub zurück sind, machen wir das, geliebte Prinzessin!" „Ich habe schon gebucht ...– für den Tag, an dem wir uns wiedersehen, geliebtester Geliebter!" Sie lieben sich erneut ... – jede Sekunde ihre Blicke ineinander verwoben in der Unendlichkeit ihrer Liebe.

Sie haben Zeit an diesem Tag und lassen sich einfach treiben. „Hast du eigentlich schon einmal einen Orgasmus vorgetäuscht?" „Bei dir?" Sie lachen. „Nein, ich musste nur gerade an den Film ‚*Harry und Sally*' denken. Wie sie zusammen im Diner sitzen und sie einen Orgasmus vorspielt, weil sie behauptet, dass das jede Frau regelmäßig tun würde!" „Ja, ich erinnere mich und die Frau am Nachbartisch sagt: ‚Ich will genau das, was sie gehabt hat.'" „Und ... – hast du?" „Weißt du, ich glaube die überdimensionierte Bedeutung der Penetration oder des Orgasmus ... – das ist ‚Männerdenken'. Für mich ist es nicht das Wichtigste ‚zu kommen'. Du bist für mich das Wichtigste, mit allem, was du bist ... – mit deiner Sanftheit und Leidenschaft ... – deinen Augen, deinen Lippen, deinen Worten, deinen Blicken ... Das ist genau das, was duich auch so besonders macht ... – nichts muss sein, alles kann sein und alles zwischen uns ergibt sich harmonisch, so wie es sein soll, in aller Liebe und Zärtlichkeit! Du und ich haben in den letzten Wochen und Monaten so oft miteinander geschlafen, wie ich und mein Mann in den letzten drei Jahren nicht mehr. Seit ich das Kind verloren habe, hat sich zwischen ihm und mir alles verändert. Ich hatte seither keinen Orgasmus mehr mit ihm, weil die Vertrautheit, die einmal da war, dadurch, dass er nie mit mir über unseren gemeinsamen Verlust gesprochen hat, weg ist. Er hat mich dadurch emotional endgültig verloren. Um auf deine Frage zurückzukommen: Nein, ich habe noch nie einen Orgasmus vorgetäuscht! Aus meiner Sicht wäre das völliger Quatsch, weil es eine Lüge wäre und es nur darum gehen würde, das männliche Ego zu befriedigen."

Es ist das erste Mal, dass sie so offen über ihre Sexualität reden. Alles, was auf diesem Gebiet bisher zwischen ihnen passiert ist, hatte sich immer völlig selbstverständlich und natürlich ergeben. Sie bemerkt: „Du hast anfangs nicht gerne über Sex geredet. Woran liegt das?" „Ich bin einfach eine andere Generation. Als ich ein Kind war, haben selbst Ehepaare noch das Licht ausgemacht, wenn sie miteinander geschlafen haben, und als junger Erwachsener war AIDS ein großes Thema. Man war extrem vorsichtig und hat sich gut überlegt, mit wem man ins Bett ging. Es wurde nicht so offen über Sexualität gesprochen wie heute." „Und, warum ist das jetzt anders für dich? Was ist ‚passiert'?" „Du bist ‚passiert'! Ich habe mich noch nie bei einem Menschen so geborgen gefühlt, wie bei dir ... – und zwar in allem. Jeder Augenblick mit dir ist ein Geschenk und fühlt sich einfach nur unendlich richtig an. Dich zu lieben, in allem, was du bist und mit allem, was ich bin, ist der einzig denkbare Weg. Für mich war Sex noch nie so erfüllend wie mit dir, und ich habe das Gefühl, dass zwischen uns alles möglich ist, weil wir uns beide beim anderen absolut fallenlassen können." „Du musst wissen, dass ich für niemanden je das gefühlt habe, was ich für dich empfinde und mich von niemandem je so geliebt gefühlt habe, wie von dir. Ich vertraue dir unendlich mal unendlich in allen Bereichen und fühle mich nur bei dir geborgen." „Erinnerst du dich noch an unseren ersten Kuss?" „An jeden Moment ... – es war wunderschön und unheimlich erregend ... – ich war sofort feucht und wollte dich, nur dich!" „Ich konnte einfach nicht glauben, dass du mich meinst und dass ich dir genügen könnte. Ich kam mir so alt vor und du ... – du bist so wunderschön. Vom ersten Augenblick war ich dir hoffnungslos verfallen und als du mit deiner zärtlichen Zunge meine Zunge umspielt hast, wäre ich beinahe gekommen ..." „Wie konntest du nur denken, dass du mir nicht genügen könntest? Du bist der außergewöhnlichste Mann, den ich jemals getroffen habe ..." „Wir haben noch nie über unser ‚erstes Mal' gesprochen ..." „Ich war so glücklich, dass wir diesen Schritt gewagt haben! Es hat sich einfach vertraut angefühlt, unendlich liebevoll und einfach nur richtig ... – die logische Konsequenz aus der uneinholbaren Anziehungskraft zwischen uns ... in allen Bereichen ..." „... ich war so hingerissen von deinem Duft, deinen Augen, deiner Zärtlichkeit ... – und als du endlich nackt neben mir lagst und ich dich überall küssen durfte ... – du fühltest dich so unendlich schön an ... – ich konnte nicht mehr denken, war nur von dir hingerissen und habe dich einfach geliebt, mit allem was ich bin ...!" Sie küssen sich und spüren den Herzschlag des anderen, der sich an ihr ‚erstes Mal' erinnert. „Denkst du Frauen und Männer können einfach nur Freunde sein, so wie Harry und Sally das zu beweisen versuchen?" „... und scheitern!" Sie lachen, weil sie wie so oft dasselbe gedacht haben. „Grundsätzlich glaube ich schon, dass es möglich ist ... – aber nicht für uns!" „Du und ich, wir könnten niemals die Hände voneinander lassen ... –

die sexuelle Anziehungskraft zwischen uns ist einfach zu groß ..." „... wir werden für immer Liebende sein, in allem!" „Liebende mit Herz und Geist und Seele und Körper, unendlich mal unendlich!"

Die Zeit überholt sie an diesem heißen Nachmittag und der Abschied überfällt sie mit seiner ganzen Macht. Es ist kaum zu beschreiben, wie schmerzlich ihnen die bevorstehende Trennung für Wochen in die Seele schneidet. Ihre Blicke, ihre Küsse, ihre Worte und ihr fast verzweifeltes Liebesspiel sagen alles. Sie lieben sich noch einmal, obwohl sie längst zuhause sein müsste ... – lassen sich Zeit, genießen jede Berührung, jeden Augenblick, als wäre es das letzte Mal. Sie und er schenken sich einander in einer Tiefe, die sie beide überwältigt. Er bewegt sich langsam, küsst ihre Brüste, spürt seine eigene Härte in ihr ... Sie atmet schneller, umschließt ihn mit ihren Beinen, um ihn so tief wie möglich für immer in sich aufzunehmen. Ihre Hände ziehen sein Gesicht zu ihren Lippen: „Küss mich, geliebtester Geliebter!" Unendliche Augenblicke ziehen dahin, während ihre Zeit stehen bleibt und sie sich einander ganz hingeben, so wie sie es sich einst versprochen haben. Als sie so erregt ist, dass sie kaum mehr atmen kann, schließt sie die Augen, bedeckt ihr Gesicht mit ihren Händen und als sie gemeinsam kommen und die Wellen der Lust wie die Brandung an eine Küste schlägt, um dann im ewigen Kreislauf von Ebbe und Flut auszulaufen, bricht sie erneut in Tränen aus, weint hemmungslos, während sie sich immer noch ganz nah sind, sich spüren, er immer noch in ihr und sie in seinen Armen birgt. Es vergeht viel Zeit, bis sie wieder etwas sagen. Sie sieht ihn einfach an, Tränen in ihren wunderschönen Augen, das Nass benetzt ihr Gesicht: „Ich will nicht, dass du gehst ...!" Tränen brechen aus seinen Augen, fallen wie Gewitterregen auf ihr Gesicht; er kann nichts sagen, sie schmiegen sich noch enger aneinander, um sich nie wieder loszulassen.

Es ist ihnen an diesem Tag kaum möglich ihren ‚Gemeinsamort' hinter sich zu lassen. Alles, was sie tun, tun sie mit Bedacht ... und als sie fast schon wieder angezogen sind, lieben sie sich zeitvergessend noch einmal. Sie lächeln sich an, als sie Hand in Hand das Treppenhaus nach unten und wieder hoch und wieder nach unten und wieder hoch gehen ... – sich nicht aus den Augen lassend. Unmöglich nach ‚draußen' treten zu können, um sich ihren Leben wieder zu stellen. Wie sie diese scheinbare Endlosschleife der Sehnsucht überwunden haben, wissen sie nicht ... – sie finden sich irgendwann auf dem völlig leeren Parkplatz wieder ... – der erste Stern umflort die Liebenden ... während sich die Nacht vom Anfang des Himmels zu seinem Ende wölbt. Die Blicke des anderen loszulassen, ist unmöglich. Ihr Smartphone klingelt, sie ignoriert es: „Ich habe noch etwas für dich, geliebtester Geliebter!" Er lächelt: „Ich auch, geliebte Prinzessin! Du hast doch nicht geglaubt, dass ich dich so gehen lasse!" Sie küssen sich, ohne Angst, dass jemand sie sehen könnte. Ihre Hände berühren sich, als sie die liebevoll verpackten Geschenke austauschen. Die Luft der warmen Sommernacht steht still. Ein letzter Kuss ... ein letzter Blick ... sie steigen ein ... fahren weg ... Die Sterne, die inzwischen so zahlreich sind, wie Sandkörner an einem Meeresstrand, sehen den beiden hinterher und bewahren diese Augenblicke, in denen die beiden für immer an diesem Ort stehen werden, in denen die beiden für immer einander in die Augen, die Herzen, die Seelen sehen werden, in ihrem Gedächtnis. Er ruft sie aus dem Auto an ... Worte fehlen ... Sehnsucht spricht ..., doch das Licht der Sterne verbindet die Liebenden auf ewig mit dem gesamten Universum, das sie umgibt.

Er fährt am nächsten Tag nach Volterra. Sie hört den ganzen Tag nichts von ihm. Unruhig läuft sie durch ihre Wohnung, wartet, weiß nichts mit sich anzufangen. Der Tag ist heiß. Sie legt sich nackt auf ihr Bett, berührt sich selbst und vermisst ihn, obwohl sie noch keine 24 Stunden voneinander getrennt sind. Endlich kommt die erlösende Mail, dass er sicher angekommen ist, das Haus aufgemacht hat und doch am liebsten einfach wieder ins Auto steigen würde, um zu ihr zu fahren: „Es fühlt sich falsch an, auch nur einen Sommer noch ohne dich zu verbringen, geliebte Prinzessin!“ „Es fühlt sich falsch an, auch nur einen einzigen Tag noch ohne dich zu verbringen, geliebtester Geliebter.“ Sie spüren trotz der Entfernung das Beben ihrer Herzen ... wie wenn sie immer noch ganz nah beieinander liegen würden. Sie spüren trotz der Entfernung das Nachklingen ihrer Zärtlichkeiten ... wie wenn sie immer noch ganz nah einander lieben würden. Ihre Seelen sind so zart gestimmt, wie sanfte Wellen, die an einem menschenleeren Strand, der nur von ihren Spuren berührt wurde, in der Einsamkeit vor sich hinträumen. „Ich spüre dich noch immer in mir ... Ich liebe dich!“ „Ich spüre dein Herz noch immer ganz nah an meinem ... Ich liebe dich!“

Es sind endlose Tage und Wochen, die ihnen entgegenstarren. Sie, liebe Leserinnen und Leser, und auch ich, blicken mit bangem Blick auf das, was diese Zeit mit den beiden machen wird! Kann es gelingen? Ist diese Liebe stark genug? Wie kehren sie wohl aus den weit entfernten Welten zurück? Wir alle brauchen, nach der langen Durststrecke, die uns Corona beschert hat, diesen Sommer so dringend. Wir alle lechzen nach Sonne, Leichtigkeit und Normalität. Doch er und sie leben seit Monaten in einem emotionalen Ausnahmezustand;

Normalität ist für die beiden weit entfernt und doch müssen sie jetzt in eine Rolle schlüpfen, die wie zu kleine Schuhe, überall drückt. Barfuß am Strand ... den warmen Sand zwischen den Zehen ... Wind im Haar und Sonne im Gesicht, danach sehnen wir uns. Die beiden kennen nur eine Sehnsucht: einander! Ich will weiter fest daran glauben, dass es Hoffnung gibt ..., dass es den beiden gelingt, allen Widrigkeiten zum Trotz alle Mauern zu überwinden und auszubrechen ... dann, wenn sie sich wiedersehen!

Sie arbeitet intensiv an den finalen Plänen für das ‚Grüne Haus', schickt ihm täglich Updates, die er kommentiert und ergänzt. Wenn sie nicht am Schreibtisch sitzt, unternimmt sie viel mit Sophia. Sie hat Sorge, dass im Herbst erneute Einschränkungen das soziale Leben ihrer Tochter wieder beschneiden könnten, da ab Mitte August die Infektionszahlen steigen und einzelne Kommunen Inzidenzen von über 100 aufweisen. Die vierte Welle der Corona-Pandemie hat längst begonnen und die hochansteckende Deltavariante hat in der Zwischenzeit bundesweit alle anderen Varianten des Virus verdrängt. In Deutschland genießt man scheinbar unbeschwert die wiedergewonnene Freiheit. Mit aller Kraft bricht die Hitze des Sommers über die beiden herein und sie halten die Einsamkeit der Tage und Nächte kaum aus. Sie finden kaum die Möglichkeit zu telefonieren, geschweige denn sich über Zoom zu sehen. Es bleiben ihnen die Mails, die teilweise minütlich über die fast 1000 Kilometer, die sie trennen, hin- und herwechseln. In den Nächten liegen sie oft ‚zusammen' wach und sollten sie doch einmal einschlafen, fallen beim Aufwachen ihre Worte zärtlich ineinander: „Aufgewacht! Du fehlst, geliebte Prinzessin! Vermisse dich und deine Nähe, deine Küsse, deine Zärtlichkeit. Träum süß, du

Wunderschöne, fühl dich in meinen Armen geborgen! Im Licht eines neuen Morgens werden wir uns wiedersehen und uns lieben, wie nur wir es können!" „Aufgewacht! Du fehlst, geliebtester Geliebter! Weißt du, dass ich dich sehr liebe? Du fehlst mir auch so sehr. Du bist mein erster und letzter Gedanke und das wird sich auch nie ändern. Das Bild, das du mit deinen Worten in mir erweckst, ist wunderschön ... Ich sehne mich nach der Geborgenheit in deinen Armen und weiß nicht, wie ich es so lange ohne dich aushalten soll!"

Sie schickt fast täglich ein Selfie von sich allein, mit ihren strahlendzärtlichen Augen und einem Lächeln, das ihn sich zu ihr träumen lässt, oder mit Sophia, glücklich in ihren Armen oder Wange an Wange im Spiel. Er schickt ihr fast täglich ein Bild vom Sonnenaufgang, das er fotografiert, wenn er in den frühen Morgenstunden den ersten Spaziergang mit seinem Hund macht, oder vom Sonnenuntergang, wenn Millionen Sterne in der Stille der hereinbrechenden Nacht anfangen in einer Reinheit zu leuchten, die voll Poesie von ihrer beider Liebe erzählt. Die Fotografien gleichen sich ... Es sind Impressionen einer in sich ruhenden Landschaft, die noch kein Mensch berührt zu haben scheint und die in ihrer Magie ihr Herz bis ins Innerste berühren: „Danke geliebtester Geliebter! Deine Bilder sind wunderbar, sanft, voller Stärke, geheimnisvoll, romantisch, verträumt, magisch, sehnsuchtsvoll, einzigartig ... – wie du!" „Es sind ‚Morgenliebesbilder' und ‚Nachtsehnsuchtsbilder' ... Du fehlst, geliebte Prinzessin, beim Sonnenaufgang und beim Sonnenuntergang und jeden Augenblick zwischen allen Welten!" Sie hat ihm eine kleine silberne Dose geschenkt, die sie in einem Antiquitätengeschäft gekauft hat. Im Deckel ist ein eng umschlungenes Paar beim Liebesspiel in einer bukolischen

Landschaft zu sehen, die an seine Fotografien erinnert. Immer, wenn er die Dose öffnet, sieht er ‚ihr' Datum, das sie hat eingravieren lassen: ‚07.01.2021'. Obenauf liegt ein kleiner Zettel mit ihrer geschwungenen Handschrift, die ihn an ihre wunderschönen Lippen erinnert: „… jeden Tag ein Bonbon, bis zu unserem Wiedersehen. Ich kann es kaum erwarten ... Sehnsucht. Liebe. Glück. Duich!" Kleine herzförmige Pfefferminz-Pastillen liegen in der Dose, genau abgezählt bis zu dem Tag, für den sie das Hotel bereits gebucht hat. Er hat ihr eine kleine Schatulle aus dem Holz eines Feldahornbaumes gemacht, der auf den höher gelegenen Hängen um Volterra herum in der Nähe seines Hauses gewachsen ist. Zwei ineinander verwobene Unendlichkeitssymbole sind in den Deckel eingraviert und für jeden Tag, den sie voneinander getrennt sind, findet sie ein Kuvert mit Datum, genau abgezählt, bis zu dem Tag, an dem sie sich versprochen haben, sich wiederzusehen. In jedem Kuvert liegt eine Karte, auf der sie, in seiner expressiven Handschrift, die sie so sehr liebt, ein Gedicht für sich findet:

„Tag drei ohne dich

Geliebte Prinzessin!

Die Sonne ohne dich ist leer,
denn im Mittelpunkt der gestohlenen Zeit,
bewegen wir Märchen ...

Der Tag ohne dich ist leer,
denn im Mittelpunkt der gestohlenen Welt,
tanzen wir Träume ...

Der Augenblick ohne dich ist leer,
denn im Mittelpunkt der gestohlenen Liebe,
leben wir Magie ...

Dein geliebtester Geliebter"

Auch wenn die beiden jede Sekunde in ihren Herzen und ihren Gedanken zusammen sind, wollen die endlos langen Tage und einsamen Nächte dieses Sommers nur in Zeitlupe vergehen. Ihre Mails in dieser Zeit würden Bücher füllen: „Die Sonne geht langsam unter ... – du fehlst meinem Herzen so sehr, geliebte Prinzessin. Ich will einfach, dass du weißt, wie sehr ich dich vermisse und wie sehr ich mir wünschen würde, du wärst hier oder ich bei dir ..." „Mein Herz ist heute unendlich schwer, weil die Sehnsucht nach dir und deiner Nähe, geliebtester Geliebter, grenzenlos ist. Du bist alles, was ich denke und wonach ich mich sehne, mit aufrichtiger, grenzenloser Liebe." „Dein Lächeln und deine Augen, deine Lippen und deine Worte, deine Nähe und deine Zärtlichkeit fehlen mir unendlich mal unendlich ..." „Ich hoffe du schläfst gut, in meinen Träumen bist nur du ... – unendlich nah ..." „Ich schicke dir Sternenlicht und Mondesglanz, mein Herz!" „Danke für das Sternenlicht. Tanzen duich im Mondsilberglanz? Ich sehne mich so danach, in deinen Armen zu liegen." „Du liegst eng an mich geschmiegt ... dein nackter Rücken an meiner Brust ... Ich küsse dein duftendes Haar ... Meine Arme umfangen dich ... Meine Hände streicheln deine Brüste, dein Atem geht schneller; ich streichle über deine Hüfte ... streife deinen Slip langsam herunter ... Ich berühre dich zärtlich ... dringe von hinten in dich ein und wir lieben uns atemlos, ohne Grenzen leidenschaftlich, voller Glück ...!" „Was für ein wunderschöner, erregender Gedanke ... – ich mag es mit Sex geweckt zu werden!" Die Tage schleichen dahin und obwohl der Sommer ein Versprechen auf Wärme gegeben hat, bleibt der Wind kühl und der Regen tanzt immer wieder auf den Wiesen und Dächern. Beide sehen täglich voller Sehnsucht über die Krümmung der Horizontline in die Himmelsrichtung, in der sie den anderen wissen. „Ich renne jede Sekunde ... mit Wind in meinem Haar ... mit Liebe in meinen Augen ... dem einen Augenblick entgegen, in dem deine Lippen meine Lippen wieder berühren und wir einander nie wieder aus den Augen lassen. Wie viele Bonbons sind es noch? 20?“ „Ich zähle die Tage nicht ... – deine ‚Liebesbonbons‘ werden jeden Tag weniger ... Ich zähle die Tage nicht ... – ihre scharfe Süße hilft in der Einsamkeit ... Ich zähle die Tage nicht ... – ihr Geschmack erinnert an deinen Geschmack ... Ich zähle die Tage nicht ... – ihr Schwinden lässt mein Herz schneller schlagen ... Ich zähle die Tage nicht ... –, denn sonst müsste ich vergehen!“ „Geliebtester Geliebter! Auch ich sehne diesen Moment, wenn die Dose endlich leer ist und das letzte Kuvert geöffnet, jeden Tag herbei ... Es ist nichts als ein ‚Zeitrumkriegen‘ bis dahin ... mehr nicht. Ich liebe nur dich!“

Es ist noch keine Woche vergangen. Eines Morgens schreibt sie: „Ich habe meine Tage, seit wir uns geliebt haben, noch nicht bekommen. Das ist ein wenig seltsam. Ich mache täglich einen Schwangerschaftstest, bisher immer negativ ... Es könnte vielleicht etwas schwierig werden meinem Mann zu erklären, wie ich schwanger geworden bin 😉 ...“ „... ich denke es könnte problematisch werden ihn von der ‚unbefleckten Empfängnis' zu überzeugen 😉! Da wären wir wieder bei den Liebespaaren der Weltgeschichte und ich bin mir sicher, dass dein Mann es nicht so gelassen, wie Josef bei Maria aufnehmen würde. Nein, mein Herz, Spaß beiseite! Egal wie, ich bin immer für dich da! Ich hätte zwar nie gedacht, dass ich das noch einmal erleben würde ... – aber du hast alles in meinem Leben verändert. Ich liebe dich und ein Kind mit dir würde mich zum glücklichsten Menschen machen!" „Ich wusste, dass du das sagen würdest und ich bin froh! Ich liebe dich auch. Und doch verunsichert mich die Situation, weil ich auch an Sophia denken muss ..." „Vertraue auf uns und unserer Liebe. Ich werde alles tun, um dich und Sophia glücklich zu machen. Ich lasse dich nie mehr los, es sei denn du willst mich nicht mehr." „Denke so etwas bitte nicht. Ich will dich und werde dich immer wollen! Ich liebe dich und werde dich immer lieben! Ich will dir nur nichts zumuten, was dich vielleicht unglücklich machen könnte ..." „Geliebte Prinzessin ... – nichts, was zwischen uns ist, könnte mich jemals unglücklich machen! Du bist die liebenswerteste, zauberhafteste und wunderschönste Frau, die mir jemals begegnet ist! Du bist ein Wunder für mich! Ich liebe dich mehr als ich sagen kann! Du fehlst meiner Seele, meinen Augen, meinen Lippen, meinen Händen, meinen Worten, meinem Körper jeden einzelnen Augenblick und wenn du es noch nicht gespürt hast, dann weißt du es jetzt: Ich will jede Sekunde meines Lebens mit dir verbringen!" „Du bist für mich der ‚besonderste' Mann, den es auf dieser Welt gibt! Du bist für mich die Erfüllung, die ich immer gesucht, und das Glück, das ich nie gefunden habe. Ich sehne mich nach nichts mehr, als das erste Mal mit dir Hand in Hand ganz offen zu gehen, das erste Mal mit dir ein Theaterstück ganz offen zu sehen, das erste Mal mit dir unter einem Baum ganz offen zu küssen, das erste Mal mit dir in der Sonne ganz offen zu tanzen, das erste Mal mit dir an meiner Seite für die ganze Welt ganz offen sichtbar zu sein ... – duichichdu für immer!" Es dauert einige Zeit, bis er antwortet und sie glaubt für einen Moment, dass sie ihm zu viel zugemutet hat: „Bist du noch da?" „Es hat etwas gedauert die Tränen des Glücks wegzuwischen, mein Herz! Sei sicher, ich bin immer für dich da!"

Im Laufe dieses Tages gibt es kaum eine halbe Stunde, in der sie sich nicht schreiben, und neu geborene Worte und Sätze ihre Herzen tanzen lassen. Er schickt ihr gegen Mittag ein Gedicht:

„Wenn du nicht weißt, wo dein Herz ist,
dann suche es bei mir!
Wenn du nicht weißt, wo deine Zukunft ist,
dann träume sie bei mir!
Wenn du nicht weißt, wo du zuhause bist,
dann finde es bei mir!

Wenn die Sonne nicht durch die Wolken bricht ...
sei sicher mein Lächeln wärmt dich!
Wenn die Sonne nicht durch die Wolken bricht ...
sei sicher mein Blick umschmeichelt dich!
Wenn die Sonne nicht durch die Wolken bricht ...
sei sicher meine Gedanken streicheln dich!
Wenn die Sonne nicht durch die Wolken bricht ...
sei sicher meine Hände bergen dich!
Wenn die Sonne nicht durch die Wolken bricht ...
sei sicher mein Herz liebt dich ...

von Lächeln zu Lächeln ...
von Blick zu Blick ...
von Gedanke zu Gedanke ...
von Hand zu Hand ...
von Herz zu Herz!

Wenn die Sonne nicht durch die Wolken bricht ...
sei sicher in unserer Liebe gibt es das nicht!
Wenn die Sonne nicht durch die Wolken bricht ...
sei sicher unsere Liebe ist Licht!“

Sie und er wissen, dass ein gemeinsames Kind in ihren Leben alles umwälzen würde und doch gibt es zwischen ihnen keinen Augenblick des Zögerns, der Unsicherheit oder des Zurücks. Es ist, als hätte das Schicksal es genau so für sie vorgesehen. Sie verbringen diese Tage, obwohl räumlich weit entfernt, geborgen nah in der Gewissheit der Liebe des anderen. Zum ersten Mal haben sie das Gefühl, dass ein Teil der Mauer, die ihren hermetisch verschlossenen ‚Elfenbeinturm' umgibt, an einer winzigen Stelle sich zu öffnen scheint ... Licht und Wind und Luft und Sonne eindringen ... während sie beide nackt unter dem weit aufgerissenen Himmel liegen, die Zeit stillsteht und alles plötzlich möglich erscheint. Sie schreibt fast, ohne dass eine Sekunde vergeht und unwillkürlich glaubt er ihren Duft wahrzunehmen, ihre Küsse zu spüren ... und wie ihrer beider Zärtlichkeit jeden Raum, der zwischen ihnen zu liegen scheint, in ein Nichts aufzulösen vermag:

„Nicht gekannt!

Deine Worte baden mich
in einem Schwall von
ehrlicher Liebe, Interesse, Wertschätzung und Rat –
nicht gekannt bisher
und eine wunderbare Wahrheit!

Deine Küsse baden mich
in einem See von
Zärtlichkeit und Verbundenheit –
nicht gekannt bisher
und eine wunderbare Wahrheit!

Deine Berührungen baden mich
in einem Fluss von
Verlangen nach Nähe und Lust –
nicht gekannt bisher
und eine wunderbare Wahrheit!

Deine Blicke baden mich
in unendlicher Liebe –
nicht gekannt bisher
und unsere wunderbare Wahrheit!

Ich liebe dich.“

Es gibt keinen Augenblick in diesen Wochen, an dem die Herzen und Seelen der beiden nicht miteinander verbunden sind. Die Tage seines Urlaubs ziehen ohne Erinnerung an ihm vorbei. Seine Gedanken sind nur bei ihr und immer wieder fragt er sie, da sie ihre Tage immer noch nicht bekommen hat, ob er nicht früher nach Deutschland zurückkommen soll. Sie verneint jedes Mal. Sie wünscht sich, dass er seinen Urlaub genießt und sagt, dass durch die ganze emotionale Situation, die durch ihre Liebe im letzten halben Jahr entstanden sei, sich sicher ihr Zyklus einfach verzögern würde. Sie tauschen sich fast täglich darüber aus und doch ist es nicht so, dass die Situation die beiden belastet. Ein zweites Kind mit ihm ... – sie wünscht es sich und doch drehen sich viele ihrer Gedanken logischerweise auch um Sophia. Sie verspricht ihm, dass sie zu ihrer Frauenärztin geht: „Es ist alles gut, auch wenn ich glaube, es wäre zu früh für uns, geliebtester Geliebter!“ „Wir schaffen das gemeinsam, geliebte Prinzessin!“ „Nichts läuft uns weg. Du und ich haben alle Zeit der Welt!“

Alle ihre Zeilen sind durchflutet von grenzenlosem Vertrauen und aufrichtiger Liebe. Die beiden flirten lachend, scherzen träumend, reden schreibend:

„Ein Sonnentag, ohne dich,
ist wie Meer ohne Wasser ...
Ein Sonnentag, ohne dich,
ist wie Pizza ohne Käse ...
Ein Sonnentag, ohne dich,
ist wie Küsse ohne Berührung ...
Ein Sonnentag, ohne dich,
ist wie Rosen ohne Blüten ...
Ein Sonnentag, ohne dich,
ist wie Herzschlag ohne Puls ...
Ein Sonnentag, ohne dich,
ist wie Tanzen ohne Musik ...
Ein Sonnentag, ohne dich,
ist einfach NICHTS!“

„Nur ‚ein‘ Sonnentag, geliebtester Geliebter?“ „Nein, geliebte Prinzessin! Unendlich viele Sonnentage voll Pizzameer und Rosentanzen und Herzschlagküssen!“ Es vergeht kaum ein Wimpernschlag, bis sie schreibt:

„Wenn ich dich sehe ...
wenn du mich siehst ...
wenn ich dich schmecke ...
wenn du mich schmeckst ...
wenn ich dich berühre ...
wenn du mich berührst ...
wenn ich dich errege ...
wenn du mich erregst ...
wenn ich dich liebe ...
wenn du mich liebst ...

vollkommen ...
und wir unsere Seelen fühlen ...
dann ist jeder Augenblick mit uns ...
vollkommen ...
das sind du und ich ...
in Liebe vereint ...
vollkommen ...“

Die Kosenamen, die sie sich gegenseitig geben, sind Legionen: „Mein Mondenkind ...“, „Meine Sternenliebe ...“, „Meine Sonnenprinzessin!“, „Mein Nachtumarmungsheld ...“, „Meine Lichtliebe ...“, „Mein Sonnenkönig ...“

Noch nie waren sie und er so lange voneinander getrennt. Sie sehnen sich nach ‚Gemeinsamzeit‘ an ihrem ‚Gemeinsamort‘. In einer der endlos-schlaflosen Nächte schreibt sie: „Träumst du von uns?“ „Jede Nacht ... – und wenn ich dann aufwache, bin ich hart ...“ „... und dann berührst du dich selbst?“ „Ja, weil ich mich nach dir sehne ...“ „Ich will dich ... – und ich kann nicht aufhören mich zu berühren, jeder Gedanke an dich lässt mich feucht werden ...“ „... es fehlt mir dich überall zu streicheln und überall zu küssen ... ich sehne mich danach in dir zu sein ... dich ganz auszufüllen ... mit dir gemeinsam zu kommen ...“ „... und dann in deinen Armen geborgen wieder einschlafen ... bis wir wieder aufwachen und uns erneut lieben ...“ Sie schweigen gemeinsam, spüren wie der andere sich selbst berührt, wie ihr beider Atem schneller wird und ihre Fantasie sie zueinander trägt. „Woran denkst du, geliebte Prinzessin?“ „Ich habe mir gerade vorgestellt, wie du und ich gemeinsam einen Tag in der Therme verbringen ... wie wir uns verbotenerweise immer wieder berühren, streicheln ... wie ich dein Glied in den Mund nehme, wenn wir für einen Augenblick allein in der Sauna sind ... wie ich mich auf den Wasserliegen oder im Whirlpool kurz mit gespreizten Beinen auf deinen Schoß setze ... wie wir uns den Tag über so erregen, bis wir es nicht mehr aushalten können ... wie wir ins Hotelzimmer eilen und du mich einfach auf das Bett wirfst, festhältst und ohne weiteres Vorspiel tief in mich eindringst ... bis wir gemeinsam kommen ... wie wir dann nackt einschlafen, um wieder miteinander zu schlafen, wenn einer von uns wach wird ...!" „Und woran denkst du, geliebtester Geliebter, oder was wünschst du dir? Du weißt, dass du mir absolut vertrauen kannst!" Es dauert einige Zeit, bis er antwortet: „Ich liebe es dich zu lecken, während ich dich festhalte ... Ich liebe es in deinem Mund zu kommen, während du mich verführerisch anblickst ... Ich liebe es dich von hinten zu nehmen, während du dich kaum bewegen kannst ... Ich liebe es, dich aus meinem Mund Wein trinken zu lassen, mit dir zu lachen, zu reden, in deinen Augen zu versinken und wieder in dir zu sein und dich zu spüren ..." „Niemand hat mich jemals so erregt wie du! Ich liebe es, wenn wir uns geliebt haben und du mich dann erneut willst!" Sie schickt ihm ein Bild von sich: In einem schwarzen Spitzenbody auf dem Boden knieend; man sieht ihr Gesicht nicht, doch er weiß, wie sie ihn von unten herauf verführerisch anlächelt. Sein Herz schlägt ganz laut: „Wow ... deine Schönheit raubt mir den Atem! Gibt es noch mehr ‚solche' Fotos, von dir?" „Gefällt dir, was du siehst?" „Mir fehlen die Worte ... – ich will dich, jetzt gleich!" „Zuerst musst du mir noch verraten, was du dir sexuell wünschst?" „Ich genieße es sehr dich festzuhalten und du mir ausgeliefert bist ... wie du dich vor Erregung und Verlangen windest, bis du mich anbettelst, dass ich mit dir schlafe. Ich glaube, dass es dir und mir Freude machen würde, wenn ich dich fessle ...!" „Fesseln finde ich sehr aufregend!

Was stellst du dir vor?“ „Du stehst in der Mitte eines Raums ... Deine Arme sind mit Seilen gestreckt über deinem Kopf fixiert ... deine gespreizten Beine an den Fußfesseln am Boden festgemacht ... Mit meinen Fingern und meiner Zunge kann ich tun, was ich will ... Du kannst dich kaum bewegen und ich lecke dich, während ich dich mit meiner flachen Hand wieder und wieder auf deinen wunderschönen Po schlage, bis du kommst ... Und während du kommst ... löse ich die Fesseln an deinen Beinen ... drehe dich zu mir um, so dass die Fesseln an deinen Armen spannen ... Ich dringe in dich ein ... Du willst mich mit deinen Beinen umschließen, weil du mich ganz tief in dir spüren willst ... Ich ziehe mich aber aus dir zurück ... löse langsam deine Armfesseln ... Du willst mich an dich ziehen ... ich drehe dich um ... zwinge dich sanft auf deine Knie, drücke deinen Rücken und dein Gesicht auf den Boden und stoße hart von hinten in dich, bis wir zusammen kommen ... Nur langsam beruhigt sich unser Atem ... du liegst in meinen Armen und wir küssen uns liebevoll und zärtlichlang und lieben uns dann noch einmal ganz sanft ...!“ „Das klingt ziemlich erregend ... und ist tatsächlich etwas, was ich mir mit dir wünsche, wenn ich mich selbst anfasse. Da hat wohl jemand ‚Fifty Shades of Grey‘ gesehen!“, neckt sie ihn. „Nein, ich habe es gelesen und fand es ziemlich erregend!“ „Wusstest du, dass die beiden Schauspieler danach geheiratet haben?“ „Ich weiß nicht einmal, wer die Rollen gespielt hat.“ Es dauert einige Augenblicke, bis er wieder schreibt: „Ich will, dass du weißt, dass ich keine Erfahrung mit ‚so etwas‘ habe, geliebte Prinzessin!“ „Das meinst du jetzt nicht ernst? Allein der Gedanke an dich und mit dir ‚so etwas‘ zu erleben, erregt mich so sehr, dass ich schon wieder feucht bin!“ Sie lachen gemeinsam, bis er fragt: „Und du? Was wünschst du dir?“ „Ich finde es sehr schade, dass wir bisher kein Picknick zusammen gemacht haben. Ich mag nämlich Sex in der freien Natur ... und wie gesagt, Fesseln finde ich sehr aufregend ... verbundene Augen, mit Sex geweckt werden, ich mag es dominiert zu werden ... und ich mag es hart!“ „Noch einmal ‚Wow‘! Ich werde mich bemühen, deinen Vorlieben gerecht zu werden!“ „Darauf kommt es nicht an ... – der Sex mit dir ist das Schönste, was ich je erlebt habe.“ „Was hast du denn schon alles erlebt?“ „Naja, schon so ziemlich alles ... Sex mit mehreren Männern, Sex, bei dem andere zugeschaut haben, Sex an allen möglichen Orten, Sex in allen möglichen Stellungen, mit und ohne Hilfsmittel, mit verbundenen Augen, mit und ohne ‚geschlagen‘ werden, von hinten, gefesselt, mit speziellen Vorlieben seinerseits, mit Eis und heißem Wachs, mit Rollenspielen ... und sicherlich noch so einiges mehr ...“ „Ich bin sprachlos!“ „Findest du es schlimm?“ „Nein, ich hätte es nur niemals gedacht!“ „Weißt du, eigentlich bin ich ja schüchtern!“ „Du und schüchtern?“ „Es gab eine Zeit, in der ich begehrt werden wollte ... und das Experimentieren gehörte einfach dazu ... vieles war einfach Quatsch. Mit dir ist das völlig anders ... zwischen uns ist alles einzigartig, auch beim Sex ... Du kannst mit mir tun, was du willst!“ „Wo sind für dich die Grenzen?“ „Es gibt keine Grenzen, solange Vertrauen da ist, es sich für beide gut anfühlt und der Moment stimmt und der Moment stimmt nur noch mit dir.“ „Hast du Lust, all das mit mir zu erleben?“ „Ja, natürlich will ich das alles mit dir erleben, wenn du das auch magst! Jetzt würde ich mir aber einfach wünschen, dass du bei mir wärst, deine Zunge zwischen meinen Beinen, meine Schamlippen sanft mit deinen Fingern auseinanderziehst, wie nur du das machst, und meinen Kitzler leckst!“

Die Tage und Nächte in diesem Sommer sind voll von den Gedichten, Träumen und Fantasien der beiden, liebe Leserinnen und Leser. Hätte jedes Wort zwischen ihnen auf seinem Weg zum Herz des jeweils anderen einen Kondensstreifen hinter sich hergezogen, hätten Sie und ich in diesen Tagen, in denen er und sie so fern voneinander weilen, kein Stück blauen Himmel gesehen. Wir könnten den beiden weiter folgen, sehen wie sie die Orte wechseln ... – er aus der Toskana heimkehrt und sie am Tag davor in den Familienurlaub nach Spanien fliegt ... Doch selbst, wenn ich sagen würde, dass Sie, liebe Leserinnen und Leser, nichts verpassen, wenn ich die endlos sich dahinschleppenden Tage, in denen die beiden sich wieder und wieder ihre gegenseitige Liebe versichern, nicht mehr detailliert schildere, würden Sie einwenden, dass Sie unbedingt dabei sein und keinen Augenblick dieser einzigartigen Liebesgeschichte verpassen wollen ... Und Sie haben Recht und ich fühle mich selbstverständlich auch Ihnen verpflichtet. Doch ich muss Sie leider bitter enttäuschen, denn der mir anvertraute Schriftverkehr der beiden, der diese noch verbleibenden beiden Wochen ihres Sommers dokumentieren würde, muss mir irgendwie abhandengekommen sein. Ich kann Sie nur aufrichtig ersuchen, dass Sie mir diese Nachlässigkeit verzeihen und gleichzeitig um Verständnis bitten, dass ich nicht einfach irgendwelche Dialoge zwischen den beiden erfinde. Denn jedes meiner Worte hier ist wahr, und es wäre unverantwortlich Ihnen, verehrte Leserinnen und Leser, und den beiden Liebenden gegenüber, wenn ich hier etwas anderes als die Wahrheit schreiben würde. Nur an eines glaube ich mich aus der flüchtigen Lektüre dieser verlorengegangenen Seiten dunkel zu erinnern: Es muss sich in jenen Tagen, bevor sie in den Urlaub aufgebrochen ist, noch etwas ereignet haben. Doch ich will Sie, liebe Leserinnen und Leser, nicht unnötig beunruhigen. Aus diesem Grund berichte ich jetzt einfach weiter über das, was ich aus sicherer Quelle weiß.

Es sind nur noch wenige Tage, die es für die beiden zu überstehen gilt, bis auch sie wieder aus dem Familienurlaub zurückkehren wird. Ihre Mails sind weniger geworden, aber das hatte sie angekündigt und im Gegensatz zu ihm ist sie in diesen beiden Wochen, außer auf der Toilette, kaum eine Sekunde allein. Er hat viel gearbeitet, um sich abzulenken, und ihr Projekt in trockene Tücher gebracht. Von ihrer Chefin haben sie eine Mail bekommen, in der sie berichtet, dass der Auftraggeber von den Bauplänen völlig begeistert sei und überweist beiden einen finanziellen Bonus. Sie schreibt nur noch früh morgens und abends ... manches Mal auch in der Nacht. Er erfährt kaum noch etwas von dem, was sie erlebt und wie es ihr geht. Der Tonfall ihrer Mails ist verhaltener und er traut sich nicht zu fragen, ob sie inzwischen ihre Tage bekommen hat. Er fragt sie, wie so oft in den letzten Tagen, was sie erleben würde. Sie schreibt, dass sie beim Friseur gewesen sei. Er bittet sie um ein Foto. Sie ignoriert seinen Wunsch. Er kann sich keinen Reim darauf machen, da sie sonst fast täglich ein Bild von sich geschickt hat und fragt nach. Sie schreibt knapp, dass ihre Familie sie gerade zeitlich völlig in Anspruch nehmen würde, mit ihm habe das Ganze nichts zu tun: „Ich liebe dich und daran wird sich nie etwas ändern!!!" „Und ich liebe dich, geliebte Prinzessin!" Sie haben seit Wochen nicht miteinander telefoniert, ihm fehlt ihre Stimme, ihre Nähe, ihre Zärtlichkeit und immer wieder schaut er die Bilder an, die sie im geschickt hat: Sie unter der Dusche, wie das Wasser über ihre Brüste läuft ... – sie am Schreibtisch in wenig verhüllenden Dessous keck auf ihrer Unterlippe kauend ... –

sie lasziv sich halbnackt auf dem Bett räkelnd ... – sie nackt auf dem Bett kniend von hinten ...

Die Inzidenzen in Deutschland steigen rasant. Wie es nach dem ‚unbeschwerten' Sommer im Büro weitergehen wird, ist noch unklar. Ihre Chefin schreibt in ihren Briefings, dass es wohl weiter Home-Office geben wird. Ein weiteres Projekt für sie beide, steht aktuell nicht im Raum. Von der Reise nach Singapur ist keine Rede mehr.

In der Nacht, bevor sie zurückfliegt, kann er wie so oft in den letzten beiden Wochen nicht schlafen. Er hält die innere Unruhe kaum aus, da er das Gefühl hat, dass sich etwas zwischen ihnen verändert hat: „Aufgewacht ... – wenn du und ich so weit voneinander entfernt sind, geliebte Prinzessin ... – fehlst du jeden Augenblick!" Sie antwortet erst am nächsten Morgen: „Wir sind nie weit voneinander entfernt, wir können einfach nicht jeden Augenblick zusammen sein!" Es bleibt ihm nichts als auf sie zu warten und zu hoffen, dass alles so sein wird wie immer ... – dann, wenn sie ihm auf dem Flur zu ihrem ‚Gemeinsamort' entgegenfliegt ... ihre Augen in seinen ... ihre Hände in seinen ... ihre Lippen auf seinen ... unendlich mal unendlich.

Es ist der erste Tag im September, für den sie verabredet sind. Am Spätnachmittag, als sie wieder in Deutschland gelandet ist, schreibt sie: „Ich bin wieder da. Freue mich auf Morgen!" „Ich freue mich so sehr darauf dich endlich wiederzusehen, geliebte Prinzessin! Wir werden reden, lachen, träumen, erzählen, lieben und jede Sekunde einfach zusammen genießen. Wo soll ich dich abholen, damit wir gemeinsam zum Hotel fahren können? Du weißt, jeder Augenblick mit dir ist kostbar!" „Verzeih, ich habe das Hotel abgesagt, da ich noch zum Arzt muss. Ich habe leider nur von 9 Uhr bis 12 Uhr Zeit." „Ist alles in Ordnung bei dir und Sophia?" „Ja, reine Routine! Wir holen das nach!" „Wird es dir morgen zu viel, mein Herz?" „Nein, alles gut! Ich freue mich auf jeden Moment mit dir!" „Ich liebe dich, geliebte Prinzessin! Du bist mein einziger Gedanke!" „Bis Morgen!" Er hört nichts im Laufe des restlichen Tages von ihr. Als er das letzte Pfefferminz-Bonbon aus der silbernen Dose auf der Zunge zergehen lässt, schmeckt es bitter. Er liegt in dieser Nacht wach. Als er auf die Taschenuhr blickt, die sie ihm beim ersten Mal als sie länger als ein paar Stunden voneinander getrennt waren, geschenkt hat, sieht er, dass sie um 17.21 Uhr stehen geblieben ist. Er schreibt: „Die ‚Zeit' ist kaputt und doch weiß ich, dass es noch 40.000 Sekunden sind, bis wir uns wiedersehen und uns in den Armen liegen und uns lieben, wie nur wir es können ..." Sie reagiert nicht in dieser Nacht. Obwohl es immer noch Sommer ist, spürt er, wie die Kälte unter seine Decke kriecht. Irgendwann muss er doch für einen kurzen Moment eingeschlafen sein ... Er sieht ihren wunderschönen Mund überdimensioniert über sich schwebend ... ihre goldenen Haare kalt sein Gesicht berührend ... ihre Lippen immer spitzer näherkommend ... Kurz bevor sie ihn berühren, schreckt er auf ... Die Sterne sind verhüllt ... der Morgen noch weit.

September 2021

Bebenden Herzens eilt er am nächsten Morgen viel zu früh Stufe für Stufe zu ihrem ‚Gemeinsamort' hoch ... Es gelingt ihm kaum seinen Atemrhythmus zu kontrollieren ... vorbei an den grauen Betonwänden, deren fast floral anmutende Struktur über die Wochen, in denen sie getrennt voneinander waren, an Farbe verloren zu haben scheinen. Beim Aufschließen der Tür fällt ihm der Schlüssel herunter. Es ist niemand im Gebäude, nur er. Ab Montag soll wieder das fast ‚normale' Leben ins Büro zurückkehren, zumindest hat ihre Chefin dies in einer Mail angekündigt.

Am 5. September wird der Wert von insgesamt vier Millionen Infizierten überschritten werden ... Die vierte Welle der Pandemie baut sich wie ein Tsunami auf, und obwohl inzwischen 62 Prozent der Bevölkerung vollständig geimpft sind, wird es in diesem Jahr zu einer Übersterblichkeit in Deutschland kommen.

Die Planungsphase ihres gemeinsamen Projektes ist endgültig abgeschlossen. Sie haben im Sommer darüber mehrfach gemailt, sich versichert, dass sie weiter so intensiv zusammenarbeiten wollen wie im vergangenen Jahr. Es fällt ihm schwer sich die Arbeit im Büro ohne sie vorzustellen. Als es ihm endlich gelingt die Tür aufzuschließen, stößt er sie auf ... – abgestandene Luft kommt ihm entgegen. Er öffnet die Fenster weit. Geräusche von ‚draußen' drängen in ihr Büro. Hektisch richtet er alles her. Es ist immer noch viel zu früh. Er steht zwischen Tür und Angel und wartet ... – unsicher, weil er seit gestern nichts von ihr gehört hat. Er hört ihre Schritte. Sie scheint wie er, atemlos die Stufen hochzueilen. Er lächelt. Sie riecht seinen Duft im ganzen Treppenhaus. Er breitet seine Arme aus, als er sie um die Ecke kommen sieht. Sie rennt die letzten Meter über den Flur auf ihn zu und die beiden versinken in den Küssen ihrer Lippen und den Liebkosungen ihrer Augen ... – ohne, dass es auch nur eine Sekunde möglich wäre, vom anderen zu lassen. Sie zieht ihn ins Büro, schließt die Tür hinter ihnen ab, fegt mit einer Hand alle Unterlagen vom Konferenztisch, setzt sich an die vordere Kante und zieht ihn zwischen ihre gespreizten Beine. Sie küssen sich zärtlichlang, ohne dass ein einziges Wort fällt. Er wandert mit seinen Lippen immer tiefer, schiebt langsam ihr Kleid hoch, leckt sie und dringt dann zuerst mit einem, dann mit zwei Fingern immer tiefer in sie ein. Sie legt vor Erregung ihren Kopf in den Nacken, stützt sich mit den Händen auf der Tischplatte ab: „Nimm mich!“ Er dringt hart in sie ein, stößt immer wieder in sie. Ihr Atem geht stoßweise, ihre Augen sind geschlossen. Ihre Lust entlädt sich in einem Schrei, als sie endlich kommt ... Er küsst sie, zieht sich langsam aus ihr zurück. Sie sieht ihn einfach an. Erschöpft lässt sie ihren nackten Körper auf die Tischplatte sinken. Er lässt ihren Blick keine Sekunde los. Sie folgt ihm mit ihren Augen, während er um den Tisch herumgeht. Sanft, aber bestimmt, zieht er sie an beiden Armen auf die andere Seite des Tisches. Er steht direkt hinter ihr. Sie nimmt sein hartes Glied in ihren Mund. Er sieht ihren Kehlkopf überdeutlich, da ihr überstreckter Kopf frei über der Tischkante liegt. Sie sieht ihn an, bis er in ihrem Mund kommt. Mit ihrer kleinen Zunge schleckt sie sein Glied und ihre Lippen ab, nachdem er sich zurückgezogen hat und sie ihn von unten herauf zu beobachten scheint. Er nimmt sie in seine Arme und legt sie auf ihre ‚bettestat‘. Sie schmiegt sich mit ihrem vom Sex verschwitzten und ganz warmen Körper an ihn. Er gibt ihr Wein aus seinem Mund zu trinken.

Lange liegen sie einfach ganz nah beieinander, ihr Kopf wie immer an seiner Brust, ohne noch ein einziges Wort gesprochen zu haben. Sie lauschen beide dem Herzschlag und dem Atem des anderen, die sich nur ganz langsam wieder beruhigen und zu einem gemeinsamen Rhythmus finden. „Du bist wieder da, geliebte Prinzessin!“ „Ich war nie von dir entfernt, geliebtester Geliebter!“ Sie küssen sich zärtlich, wieder und wieder, wie nur sie es können und es ist, als wären sie nicht voneinander entfernt gewesen. „Es ist so unendlich schön, diese magnetische Anziehung, diese sexuelle Energie, die zwischen uns herrscht, zu spüren ... – du musst mich nur berühren, schon werde ich feucht ...“ „Es ist so unendlich schön dich zu küssen, dich zu riechen, dich zu schmecken ... – du musst mich nur ansehen, schon werde ich hart ...“ „Ich liebe es unendlich überall von dir geküsst zu werden ...“ „Ich liebe es unendlich überall von dir liebkost zu werden ...“ „Deine nackte Haut auf meiner, du ganz nah ... es gibt nichts Erregenderes ...“ „Dein Atem, der immer schneller geht, wenn ich deine Vagina und deinen Kitzler lecke ... – wenn du unbedingt willst, dass ich endlich in dich eindringe ...“ Sie lacht: „Das kannst du ziemlich gut ... – mein Mann leckt mich nie; er sagt, ‚oral‘ sei etwas, das Frauen bei Männern machen ... Du sollst bitte nie mehr damit aufhören ...“ „... das kann ich gar nicht! Ich kann nie mehr damit aufhören dich zu streicheln, mit dir nackt zu sein, dich überall zu küssen, dich zu erregen und dich zu lieben ...“ „Ich liebe diesen Moment, wenn die Lust so groß ist und klar ist, dass wir miteinander schlafen ... – ich will immer, wenn wir uns sehen, einfach nur nackt bei dir liegen, dich in mir spüren und hemmungslos mit dir sein!“ „Du bist die wunderschönste und die sinnlichste Frau, die ich jemals getroffen habe ...“

Sie reden über den Urlaub, den Abschluss des Projektes, die Reise nach Singapur. Alles wirkt leicht, unbeschwert. Sie trinken zusammen Wein, den er aus der Toskana extra für sie beide mitgebracht hat und lieben sich noch einmal unendlich zärtlich. „Wie war es bei deiner Ärztin?" „Es ist alles in Ordnung ... – ich bin nicht schwanger!" Sie sieht ihn an. Er glaubt für einen Moment zu sehen, wie sie ihren Blick senkt. „Wir müssen in Zukunft vorsichtiger sein! Es wäre zu früh." Sie schweigt einige Zeit. Er fühlt ihren Herzschlag schneller werden. Sie will etwas sagen. Er will sie nicht drängen. „Mir ist in Spanien klar geworden, wie sehr Sophia noch beide Elternteile braucht ..." Er schweigt, während sie in seinen Armen liegt, sich näher an ihn schmiegt und ihn ansieht. „Sei sicher, ich will nur dich! Du und ich werden zusammen sein, ich weiß nur noch nicht, wann der richtige Zeitpunkt ist. Lass uns geduldig bleiben, geliebtester Geliebter! Wir haben unsere ‚gestohlenen Momente' und mein Herz gehört nur dir ... und Sophia!" Obwohl es ihm schwerfällt und ihre Worte sich anfühlen, als würde ein dünner Riss durch ‚ihren' Raum gehen, vertraut er ihr absolut ... und doch spürt er in ihrem Blick, ihren Gesten, ihrem Lächeln eine Traurigkeit, die er nicht einordnen kann. Er weiß, dass er nur will, dass sie glücklich ist, alles andere zählt nicht.

Die Zeit vergeht viel zu schnell. Er nimmt ihre Hand als sie gemeinsam das Treppenhaus hinuntersteigen. Sie ist in Eile als sie noch auf dem Parkplatz stehen. „Fühlst du es auch, geliebte Prinzessin?" „Ja! Es fühlt sich an, als hätten wir heute eine neue Dimension in unserer Liebe erreicht!" „Ich liebe dich!" Sie telefonieren nicht als sie beide nach Hause fahren. Erst in der Nacht hören sie wieder voneinander: „Aufgewacht! Ich rieche dich noch ... ich schmecke dich noch ... ich fühle deine nackte Haut auf meiner nackten Haut noch ..." „Aufgewacht! Es fühlt sich einfach ganz richtig an, mit dir zu reden ... dir zuzuhören ... mit dir zu lachen ... von dir geneckt zu werden ... dich zu küssen ... dich zu streicheln ... dich zu spüren ... sich mit dir ganz der Lust hinzugeben ... in deinem Arm zu liegen ..." Ihre Begegnung nach so langer Zeit klingt in ihnen nach und die Sehnsucht nacheinander ist, obwohl sie sich am Vormittag geliebt haben, ungestillt: „Weißt du wie erregend es ist, dir einfach nah zu sein? Weißt du wie erregend es ist, dich zu spüren? Weißt du wie erregend es ist, in deinem Mund zu kommen? Weißt du wie erregend es ist, wenn du sagst: ‚Du kannst alles mit mir machen, was du willst'? Weißt du wie erregend es ist, dich mit allem zu lieben, was ich bin ... – und weißt du wie erregend es ist, von dir geliebt zu werden mit allem, was du bist?" „Ganz schön viel Erregung, geliebtester Geliebter! Du bist immer in meinem Herzen und in meinen Gedanken und ich spüre dasselbe schmerzliche Sehnen wie du:

sehenküssenstreichelnküssenliebenküssen
näheduichganznahhautanhaut
düftewärmedeingesichtzärtlichstreicheln
daslächelndeineraugenatemlosduich

Es ist so unendlich schön, dich zu küssen, dich zu riechen. Es ist so unendlich schön, dich zu spüren, wenn du erregt bist, dein Atem schneller wird. Es ist so unendlich schön, dich zu sehen, wenn deine Augen mich liebevoll-vertrauend anschauen und wir uns vertrauendliebevoll lieben. Für immer duich!"

Der Sommer neigt sich langsam seinem Ende zu und die Tage werden kürzer. Sie haben kein gemeinsames Projekt von ihrer Chefin zugeteilt bekommen. Die Realisierung des ‚Grünen Hauses' ist erst für das nächste Frühjahr geplant. Für die beiden stehen nur kleinere Projekte an, die sie allein bewältigen müssen, und doch tauschen sie sich fast jeden Tag aus. Die gemeinsame Arbeit ist zu ihrer zweiten Haut geworden und sie können sich nicht vorstellen, dass dies in der Zukunft anders sein soll. Auch wenn inzwischen fast wieder normaler Betrieb im Gebäude ist, stehlen sie sich so oft wie möglich die Treppenstufen hoch in ihr Büro. Wenn die Tür hinter ihnen abgeschlossen ist, der Schlüssel von innen steckt, damit sie niemand überraschen kann, geben sie sich ganz einander hin, küssen, lachen, reden, planen, lieben. Ihre gemeinsame Reise nach Singapur musste aufgrund der auch dort steigenden Inzidenzen auf unbestimmte Zeit verschoben werden. Obwohl sie beruflich beide plötzlich mehr Zeit haben, ist sie familiär sehr eingespannt. Ihr Mann ist gerade oft im Ausland, so dass sie Sophia meist allein hat. Sie spricht nie davon, dass sie das belastet. Seine Unsicherheit ist fast verschwunden. Nur in ganz seltenen Momenten hat er das Gefühl, dass sich seit dem Sommer bei ihr etwas verändert hat. Als er vorschlägt mit ihr und Sophia gemeinsam etwas zu unternehmen, lehnt sie ab: „Du weißt doch, Sophia würde ihm von dir erzählen!" Sie schickt an den Tagen, in denen es ihre Zeit nicht erlaubt, dass sie sich sehen, Bilder von sich und Sophia: Beim Spielen im Haus, mit Freunden auf den Spielplätzen der Region, beim Eisessen und Minigolfen ... und immer ihr glückliches Lächeln, ihre strahlenden Augen, ihr liebevoller Blick. Wenn sie einen Nachmittag Zeit findet, treffen sie sich im Büro. Fast immer mit dem Blick auf die Uhr, weil sie Sophia bei den Großeltern abholen muss. Der innigste Moment ist immer, wenn sie, nachdem sie sich geliebt haben, ganz nah nackt beieinander liegen, ihr Kopf an seiner Brust und sie miteinander leise reden, weil sie von der Liebe, die sie füreinander empfinden, so tief berührt sind: „Das Wort ‚Liebe' erhält durch dich eine völlig neue Bedeutung, geliebte Prinzessin! Ich wusste nicht, dass es so etwas wie zwischen dir und mir überhaupt geben kann." „Ich glaube nicht einmal, dass es das überhaupt noch einmal so in dieser Art, Tiefe, Intensität und unter solchen Umständen geben kann." „Erst heute verstehe ich unendlich tief, was du damals meintest, als du zum ersten Mal gesagt hast: ‚Du bist Glück'! Du bist mein Glück!" „Hey, das ist mein Satz!" Sie lacht, sieht ihn an und für einen Augenblick hat er das unbestimmte Gefühl, dass sie während er sie geküsst hat, ihren Blick abgewendet hat. Er glaubt sich getäuscht zu haben und als sie sagt „Du und ich gehören zusammen für immer, geliebtester Geliebter. Du löst eine nie gekannte Sehnsucht in mir aus. Ich wollte noch nie einem Menschen so dauerhaft und über so lange Zeit, so nah sein wie dir ...!", strahlen ihre Augen ihn an.

In einem Hollywoodfilm wären diese Augenblicke unserer Liebenden mit Musik unterlegt, die dem Weichzeichner, der über allem liegt, erst die dramatische Spannung verleihen würde. Sicher würde der Regisseur vom Komponisten einzelne Sequenzen in Moll einfordern, um die kleine Unsicherheit, die sich bei ihm immer wieder einschleicht, durch die Musik zuzuspitzen, die dann aber in den Momenten, in denen die beiden so nah und innig beieinander liegen, wieder in ruhigerem Fahrwasser ausklingt. Vielleicht finden Sie, verehrte Leserinnen und Leser, die ständigen Versicherungen der beiden im Hinblick auf die Einzigartigkeit ihrer Liebe kitschig, denken sogar an irgendeine schnulzige Filmromanze aus den 60er oder 70er Jahren ... – und doch kann nichts tiefer sein, wie wenn sie und er einander in die Augen sehen, sie sich im anderen verlieren und in absoluter Vollkommenheit und Harmonie miteinander verschmelzen. Das ist die Augenblickswahrheit und der Unendlichkeitsmoment, den wir alle suchen ... – und selbst, wenn Sie noch skeptisch sind, glauben, dass sich im Sommer doch irgendetwas verändert haben könnte, möchte ich Sie, liebe Leserinnen und Leser, einfach an ihre Worte erinnern, die sie noch vor wenigen Wochen zu ihm gesagt hat: „Ich habe noch nie das Bedürfnis gehabt, mit jemandem über einfach alles zu reden, jemanden an allem, was ich tue und bin, teilhaben zu lassen ... Ich möchte nichts verschweigen, keinerlei Geheimnisse vor dir haben. Du, geliebtester Geliebter, sollst am Ende eines jeden Tages der sein, der mich kennt, wie niemand anders." Sie und ich haben das große Glück Zeugen dieser außergewöhnlichen Liebe zu sein und ich spüre, dass Sie ebenso wie ich berührt sind von der Liebe zwischen den beiden. Auch auf die Gefahr hin, dass ich mich wiederhole: Ich glaube an diese Liebe und von diesem Glauben kann mich auch nichts auf dieser Welt abbringen! Auf was sollten wir noch vertrauen können, wenn wir den Glauben an die Liebe verlieren?

Wann immer sie sich an ihrem ‚Gemeinsamort' treffen, ist der Moment vollkommen, der Augenblick perfekt. Sie lieben sich jedes Mal, wie nur sie lieben können. Sie gehen, wenn niemand sie sieht, Hand in Hand das Treppenhaus hinunter. Sie stehen wieder und wieder auf dem Parkplatz, küssen sich heimlich und die Telefonate aus ihren Autos, die sich in unterschiedliche Himmelsrichtungen entfernen, sind eine Verlängerung ihrer Zärtlichkeiten. Das Auflegen beendet nie ihr Gespräch, da die Sehnsucht nach einander immer gegenwärtig ist ... Sie erzählt, dass sie wieder mit Yoga angefangen habe, da sie sich in der Beziehung mit ihrem Mann nur noch gefangen fühle. Die Atemübungen und die Konzentration auf sich und ihren Körper, würden ihr helfen, innere Gelassenheit zu finden, den Spagat zwischen Ehe, Familie, Arbeit, Kind, Freunden und ihm überhaupt hinzubekommen. Es sei ein ständiger Balanceakt auf dem Hochseil ... immer in der Gefahr abzustürzen. Wenn sie mit ihm zusammen ist, sei alles leicht, richtig, gut ... Sie könne jeden gestohlenen Moment mit ihm kaum erwarten, Geborgenheit, Glück ... nur bei ihm finden! Er spürt ihre Zerrissenheit. Er weiß nicht, was sagen. Er will sie, ein Leben mit ihr ... – und doch will er sie nicht bedrängen. Sie scheint zurückhaltender als früher, schreibt weniger häufig als vor dem Sommer ... – fast so, als würde sie auf etwas warten. Seine Sehnsucht nach einer Zukunft mit ihr, bestimmt jeden Augenblick seines Denkens und Fühlens ... An manchen Tagen, wenn er wenig von ihr hört, fühlt er sich verloren. Doch in der Sekunde, in der eine Mail von ihr auf seinem Smartphone angezeigt wird oder sie real Zeit miteinander verbringen, ist seine Unsicherheit verflogen und alles ist pures Glück.

Dadurch, dass sie sehr eingespannt ist, hat er plötzlich Zeit. Er lernt in der Spätsommersonne am Rand des Strombergs Bogenschießen. Sein Ziel immer fest im Blick, die Sehnsucht nach ihr jeden Augenblick in seinem Herzen ... – und in den Nächten liegt er wieder oft wach, schwelgt in nostalgischen Erinnerungen, schreibt ihr, wie er als Kind mit Errol Flynn und Olivia de Havilland in dem Film ‚Robin Hood, König der Vagabunden‘ gebannt mitgefiebert habe. Erzählt, wie Olivia de Havilland dann in ‚Vom Winde verweht‘ in der Rolle der gutherzigen ‚Melanie‘ brilliert habe, die von Ashley Wilkes in der Rolle des ‚Leslie Howard‘ geheiratet wird und damit sogar ‚Scarlett O’Hara‘, gespielt von Vivien Leigh, ausgestochen habe ... „Ich war so verliebt in sie ... und noch mehr in Audrey Hepburn! Erinnerst du dich an den Film ‚Ein Herz und eine Krone‘?“ Sie scheint auch wachgelegen zu haben: „Mein erster Kinofilm war ‚Robin Hood – Helden in Strumpfhosen‘. So witzig, wie Robin versucht Marian zu retten, den Sheriff zum Endkampf auffordert, ihn besiegt und dann aber feststellen muss, dass er den Schlüssel zu Marians Keuschheitsgürtel nicht hat!“ Er hat diese Parodie auf ‚Robin Hood – König der Diebe‘ nie gesehen: „Ist eine weitere Verfilmung nach dem Film mit Kevin Costner überhaupt denkbar?!“ Sie stimmt ihm zu. „Es ist so wunderschön die Nacht mit dir zu verplaudern! Ich liebe dich unendlich, geliebte Prinzessin!“ Sie pariert mit einem Filmzitat: „‚Männer sprechen gern von Gefühlen und Liebe, wenn es ihrem Zweck dient. Und wenn nicht, dann ist ihnen die Liebe eine Last.‘“ „So siehst du mich also, geliebte Lady Marian?“ „Naja, ich erinnere mich an eine Mail von dir: ‚Weißt du wie erregend es ist ...‘ – ich glaubte da schon ein ‚gewisses‘ körperliches Verlangen herausgehört zu haben! Und du darfst natürlich den Wein nicht vergessen, mit dem du mich immer ‚gefügig‘ machst?“ „Du verkennst mich! Ich halte es da lieber mit Azeem: ‚Bei uns überreden wir die Frauen mit Gedichten und betäuben sie nicht mit Pflanzen‘: Meine Seele singt deinen Namen in allen Sprachen! Du bist mein Glück, von Augenblick zu Augenblick ...“

Irgendwann in dieser Nacht müssen die beiden doch eingeschlafen sein, denn irgendwann weckt sie das Licht des Morgens: „Geliebter Robin Hood! Ich sehne mich danach mit Euch gemeinsam aufzuwachen ... – mein ganzer Körper kribbelt bei jedem Gedanken an Euch ... Ihr fehlt!“ „Geliebte Lady Marian! Ihr seid mein letzter und mein erster Gedanke, immer! Die Nacht war unruhig, da mein Gefährte im Traum gebellt und mit seinen Pfoten wild gejagt hat. Doch ich bin glückselig, denn in jeder Nacht und an jedem Tag meines Lebens seid Ihr und Euer liebreizendes Antlitz mein Leitstern. Ich sehne mich nur nach dem Augenblick, wenn ich endlich den Sherwood Forest verlassen kann und Ihr mir über die lichten Wiesen in all Eurer Anmut entgegeneilt, mich anblickt, wie nur Ihr es vermögt und Eure und meine Lippen sich wiederfinden. Meine Nächte und Tage ohne Euch sind einsam und doch weiß ich, dass Ihr und ich einen gemeinsamen Weg in die Zukunft finden ... – dann, wenn alle Feinde des Königs besiegt sind! Ihr und ich werden Hand in Hand an jedem einzelnen Tag unseres weiteren Lebens über die wogenden Felder der Glückseligkeit reiten ... Und was Euer ‚Kribbeln' betrifft: Ich bin sicher, dass ich eine ‚Arznei' kenne, um dies zu heilen. Ich werde alles zu Eurer Befriedigung tun, immer! Voll tiefer Verehrung für Eure Schönheit! In unendlicher Liebe und immerwährender Lehnstreue! Gezeichnet, Euer Robin Hood." „Geliebtester Robin! So wie Ihr sehne ich den Augenblick unseres Wiedersehens herbei. Eure Worte rühren mich zu Tränen und mein Herz ist erfüllt von Glück! All das, was Ihr schreibt, weiß ich, weil ich es genauso empfinde wie Ihr. Ihr ehrt mich mit Euren Küssen, mit Eurem Leib, mit Eurer Lehnstreue ... Und jedes Eurer Worte vergrößert mein Sehnen und Verlangen nach Euch in den Augenblicken, in denen Ihr und ich uns nicht sehen können! Mein Herz fliegt Euch entgegen, wie es auch meine Schritte tun! Eure Lehnsherrin, die Eure Dienste mit einem Platz in ihrem Herzen und an ihrem Herd für immer vergelten wird! In tiefer Liebe! Immer die Eure, Lady Marian!" „Meine Lehnsherrin! Es kann keine größere Erfüllung und kein größeres Glück geben als Euch mit meinem Leben und meiner Liebe und meinem Leib jeden Augenblick zu dienen, seid Euch dessen immer gewiss! Euer

Sehnen und Verlangen kann jederzeit gestillt werden! Wenn Ihr mich ruft, werde ich so schnell der Wind mich trägt, zu Euch eilen, vor Euch niederknien und Euch meine Liebe zu Füßen legen. Seid sicher Mylady, all Eure Wünsche werden erfüllt werden!“ „Eure Worte lassen mich dahinschmelzen, geliebtester Robin! Mein Herz ist in Wallung, mein Leib in Erregung ... allein bei dem Gedanken, dass Ihr vor mir kniet. So soll es sein! Eilt mir heute noch entgegen! Wir treffen uns an unserem geheimen Ort, vor der Welt verborgen, in Liebe vereint, dann wenn die Sonne am höchsten steht!“ „Euer Wunsch ist mir Befehl, Mylady Marian! Ich werde Euch in allem zu Diensten sein! Euer ergebenster Diener, Robin Hood!“ Sie schickt ihm noch ein Selfie ... – nackt auf ihrem Bett, schelmisch in die Kamera blickend: „Ich will dich!“

Sie und er treffen sich wie vereinbart an diesem Tag und ich kann Ihnen, liebe Leserinnen und Leser, versichern, dass nichts darauf hindeutet, das die Liebe zwischen den beiden in irgendeiner Weise beeinträchtigen würde. Er kniet, wie versprochen, vor ihr nieder ... – sie nimmt, wie versprochen, seine Lehnsdienste huldvoll entgegen ... und ja, sie und er lieben sich, wie nur sie es können. Ich schlage also vor, Sie und ich ziehen uns für diese Augenblicke dezent zurück und überlassen die beiden ihrer Leidenschaft!

Oktober 2021

Er spürt, dass die Tage immer kürzer werden und obwohl es ein wunderschöner Altweibersommer ist, sind die Nächte schon kühl. Oft liegt er wach, ohne von ihr zu hören und sehnt sich nach ‚Gemeinsamzeit' mit ihr. Sophia hat sich schwer erkältet, hat ungewöhnlich hohes Fieber und sie hat Angst, dass es Corona ist. Nachdem sie fast eine Woche jede Nacht und jeden Tag am Bett ihrer Tochter gewacht hat, geht es ihr langsam wieder besser. Doch das Ganze hat an ihr gezehrt und sie bekommt selbst eine Grippe, die sie für zehn Tage ans Haus fesselt. Sie schreibt, es würde ihr sehr leidtun, ihr Mann sei außerdem nur noch im Home-Office, so dass es keine Möglichkeit geben würde zu telefonieren oder zu zoomen. Sie haben sich seit mehr als zwei Wochen nicht gesehen. Es bleiben den beiden nur ihre Mails und obwohl sie mehrfach am Tag schreiben, hat er das Gefühl, dass ihre Worte knapper und zurückhaltender werden. Sie beteuert, dass er ihr unendlich fehlen würde und sich nichts zwischen ihnen geändert habe. Er hat wieder das Gefühl, dass sie sich von ihm entfernt, doch er will sie nicht bedrängen. Als er einmal fragt, ob zwischen ihnen beiden alles in Ordnung sei, antwortet sie: „Wie kommst du nur auf so einen Gedanken! Ich kann nichts dafür, dass ich krank bin! Wir sehen uns, wenn wir uns sehen!“ Er ist unruhig, liegt wieder nächtelang wach. Seine Tage sind voller Arbeit; er erledigt sie fahrig und die Freude, die er in den letzten Monaten in der Zusammenarbeit mit ihr empfunden hat, will sich nicht mehr einstellen. Nur einmal antwortet sie in dieser Zeit auf eine seiner ‚Aufgewacht-Mails': „Schlaf gut, ich träume von dir!“ Am nächsten Tag schreibt sie ihm, als er noch einmal fragt, ob alles gut sei, dass sie durch die Medikamente, die sie immer noch nehmen müsse, einfach komatös schlafen würde.

Ihre Reise nach Singapur wird aufgrund der dramatisch steigenden Inzidenzen in Asien durch ihre Chefin endgültig abgesagt. Er ist traurig, schreibt ihr: „Verloren unendliche Liebestage und Traumnächte mit dir, geliebte Prinzessin!“ Sie scheibt: „Sei sicher, der Frühling naht ... – uns läuft nichts davon!“ Auch in Deutschland steigt die 7-Tage-Inzidenz wieder über 100. Es rächt sich die Sorglosigkeit des Sommers und allen wird langsam klar, dass die Pandemie noch lange nicht vorbei ist. Die WHO verlängert die ‚Notlage von internationaler Tragweite‘ und obwohl, zumindest in Europa, viele inzwischen den vollen Impfschutz haben, zeigen Studien, dass bei der Deltavariante das Risiko einer Ansteckung und Weitergabe des Virus drei Monate nach der Impfung wieder ansteigt.

Es ist längst Mitte Oktober, als sie schreibt, dass sie wieder fit sei: „Wir müssen uns sehen! Wann hast du Zeit?“ „Für dich immer, geliebte Prinzessin!“ Sie verabreden sich für den nächsten Tag. Er kann nicht schlafen. Sie antwortet nicht auf seine nächtliche Mail. Er ist wieder viel zu früh an ihrem ‚Gemeinsamort‘. Es ist, wie in den ersten Monaten des Jahres, völlig leer im Gebäude. Alle sind wieder im Home-Office und da es in den Nächten schon deutlich abgekühlt hat und die Heizung längst noch nicht läuft, ist ihm kalt, als er ihre ‚bettestat‘ vorbereitet und wie so viele Male zuvor in der offenen Tür auf sie wartet. Es dauert lange, bis er endlich ihre Schritte hört, langsam und doch ... – es sind unverkennbar ihre Schritte, die Stufe für Stufe sich ihm nähern ... Er weiß, dass sie gleich um die Ecke kommt ... den langen Flur entlang ... noch weit von ihm entfernt. Vor seinem inneren Auge sieht er, wie sie ihm entgegeneilt, sich in seine Arme wirft und ihn küsst. Er wartet ungeduldig ... – hört, wie sie langsamer wird ... – noch kann er sie nicht sehen und doch weht ihr Duft ihm längst entgegen ... Und er weiß, dass sie längst seinen Duft im Treppenhaus in sich aufgesogen hat ... – doch scheint sich der Weg zwischen ihnen heute unendlich in die Länge zu ziehen. Als sie endlich um die Ecke kommt, sieht er, dass sie nicht lächelt; ihre Augen stürzen ihm entgegen und obwohl er versucht ihr entgegenzueilen, hält ihn ihr Blick auf der Schwelle zurück. Er steht, wartet, seine Arme öffnen sich ... – nichts ist, wie erträumt ... Er spürt ihre Wärme. Sie drückt sich kurz an ihn. Ihr Kuss, seine Wange, die Schwelle ... – architektonisch nicht vorhanden ... – überschritten ... Er schließt die Tür hinter ihnen. Sie steht einfach da, an der Grenze ... am äußersten Rand des Raums ... ihr Blick auf die riesigen Bäume ... die so klein erscheinen von hier oben. Er tritt hinter sie. Sie dreht sich um. Ein Kuss ... – ihre Lippen, die sich begegnen. Sie sieht ihn an. Sein Impuls, sie in seinen Armen zu bergen, versinkt ... verliert jede Konsistenz ... als würde der Boden sie nicht mehr tragen. Er sieht ihren Blick ... ihre ‚bettestat' ... ihre zwei Schritte zum Tisch, an dem sie beide so oft gestanden haben, versunken in ihr Projekt ... – der Tisch, auf dem sie sich geliebt haben ... Sie setzt sich ... weit von ihm entfernt ... – er steht ... Worte fehlen ... – ihre Pupillen flach, ohne Strahlen ... – seine Augen fragend ... sie sieht weg ... Es dauert Ewigkeiten, bis es ihr gelingt ihm wieder in die Augen zu sehen. Er sieht ihre Tränen und spürt plötzlich, dass auch er weint. Er will ihre Tränen wegküssen. Sie hält ihn ab: „Wir müssen reden!" Er schweigt, sieht in ihre Augen. „Ich halte diese Zerrissenheit nicht mehr aus ... – Sophia hat eine Familie verdient. Sie braucht ihren Vater ..." Ihre Stimme bricht. Sie kann ihn nicht mehr ansehen. Er schweigt. „Mir ist in den letzten Wochen klar geworden, dass ich meinen

Mann aus diesem einzigen Grund jetzt noch nicht verlassen kann. Ich teile zwar mein Leben mit ihm, aber mein Herz gehört für immer dir ... – und trotzdem muss ich das zwischen uns beenden ... Ich habe keine Kraft mehr!“ Er schweigt. Weiß nicht was sagen. Er wusste, dass sich seit dem Sommer etwas verändert hatte und doch hätte er nie gedacht, dass sie ... „Bitte sag etwas!“ Er blickt in ihre Augen, ohne dass er sie sieht ... – die Wände ihres Büros, in dem sie sich wieder und wieder geliebt haben, lösen sich auf ... Es ist, als würden die einzelnen Atome sich in der Unendlichkeit verlieren. „Ich weiß, dass wir irgendwann zusammen sein werden ... – ich weiß nur nicht, wann das sein wird ... – geliebtester Geliebter!“ Sie ist aufgestanden, versucht seinen Arm zu berühren. Er weiß nicht, ob sie ihn berührt ... er sieht sich selbst ... wie er einen Schritt zurücktritt ... über die Kante des Raums hinaus, der sie beide so oft und so unendlich liebevoll geborgen hat ... – er fällt in die Tiefe ... – ohne jemals auf dem Grund aufzukommen. Er kann seinen Blick nicht von ihr abwenden ... Tränen laufen über sein Gesicht und er gräbt aus den Tiefen seiner Gedanken Worte hervor, die er selbst nicht hören kann: „Was ... ist ... geschehen?“ Sie setzt sich. Sie kann ihn nicht ansehen. Sie dreht sich weg. Sie sieht aus dem Fenster. Sie sieht ihn unten, am Boden liegend, grotesk entstellt. Sie hört seinen Herzschlag, der gegen die Scheiben schlägt, die die Welt so viele Monate außen vorgelassen haben. Er setzt sich. Er kann sie nicht ansehen. Er dreht sich weg. Er sieht aus dem Fenster. Er sieht sich unten, am Boden liegend, grotesk entstellt. Er hört ihren Herzschlag nicht ... – seine Stimme ist tonlos, ein Flüstern, das gegen die Scheiben schlägt, ohne zu ihm zurückzukehren: „Was ... ist passiert? Die Wahrheit ... das schuldest du mir …“ Sie sieht ihn an. Der Raum ist leer. Kein Ton dringt zu ihm. Er weiß die Antwort. Er kann sie nicht ansehen. Er will sie in seine Arme nehmen. Er will sie nicht in seine Arme nehmen. Er weiß die Antwort. Er kann sie nicht ansehen. Ihre Augen verlieren sich endgültig unter der Tischplatte, auf der ihre wunderschönen Hände zu ruhen scheinen … – er sieht, wie sie beide sich auf genau dieser Tischplatte lieben ... deren Oberfläche jetzt rasend schnell zwischen den Komplementärfarben hin- und herwechselt, während die Wände auf ihn einstürzen. Sie blickt in seine Augen. Er sieht, dass sie nur ihn will. Sie verliert sich in ihnen. Er glaubt, dass sie nur ihn will. Sie weiß, dass es unmöglich ist … Es fällt ihr schwer Worte zu finden: „Im Sommer ... ich habe Sophia gesehen ... mit ihrem Vater ... wie glücklich sie war ...! Ich kann ihn ihr nicht nehmen, sie braucht ihn ... auch wenn ich es mir anders wünschen würde ...“ „Und ... – du und ich?“ Seine Stimme kippt, schneidet den Raum in zwei Teile, es gibt nichts mehr. Sie steht auf, will auf ihn zugehen, er tritt zurück, sein Rücken stößt gegen die kalte Glasscheibe. Sie weint, steht mitten im Raum: „Ich wollte dich niemals verletzen. Meine Liebe und meine Gefühle für dich sind echt. Ich kann so einfach nicht mehr leben.“ Er sieht sie an und ohne zu wissen warum, spürt er, dass sie ihm nicht alles erzählt. Sie stehen lange so, ohne ein einziges Wort. Es ist nichts außer Stille, was sie umgibt ... Er weiß nichts zu sagen, es gibt nichts mehr für ihn ... Er hört ihre Tränen nicht mehr, sieht ihren Herzschlag nicht mehr ... nichts mehr ... „Im Sommer ...“ Sie schweigt wieder lange ... und der Augenblick zerbricht, als ihre Worte ihn erreichen: „Ich habe unser Kind abgetrieben ...“ Er steht einfach da. Ihre Blicke berühren sich nicht. Sie atmet nicht. Der Riss, der durch seine Welt geht, zerschneidet die Ränder der Erinnerungen, in denen er ihren Duft wahrnimmt, kurz bevor sie ihm entgegenfliegt und sie einander ganz nah in den

Armen liegen ... Er spürt nicht, wie das Glas der Fensterfronten zerbricht und in seine Haut schneidet ... Taumelnd tastet er sich an der Kante entlang ... sein Blut markiert den Abgrund ... Er sieht, dass sein Schlüssel noch im Schloss steckt ... glaubt, dass es unmöglich ist ihn zu erreichen ... Er dreht sich panisch um, sieht gerade noch, wie sie ihre Hände nach ihm auszustrecken scheint ... Es gelingt ihm den Schlüssel umzudrehen ... genau in dem Moment, als sie über den Rand in die Tiefe stürzt ... Er rennt den Flur entlang ... sieht, wie sie ihm entgegenkommt. Seine Hände verlieren sich im Nichts ... ohne zu atmen stürzt er die Treppen hinunter ... lässt das Gebäude dunkel und kahl zurück ... Seine letzten Schritte verhallen in der Tür ... die weit offen und doch ohne die Möglichkeit wieder einzutreten, nicht mehr zu existieren scheint. Da ist nichts mehr ... Er sitzt im Auto ... weiß nicht, was er hier tut ... kann nirgendwohin zurückkehren ... Er sitzt lange so ... einfach da ... Sie ist ihm nicht gefolgt ... Er kann nicht sehen, dass sie oben am Fenster steht ... herunterblickt ... Als es ihm endlich gelingt an sein klingelndes Smartphone zu gehen, das er lange überhaupt nicht gehört hat, vernimmt er verschwommen: „Ich will, dass du weißt, dass ich dich nie verletzen wollte!“ Dann ist die Leitung tot. Sie steht in ihrem Büro ... weint ... sieht die Welt ‚draußen‘ nicht mehr ... denkt, dass er den Anruf beendet hat ... Er sitzt in seinem Auto ... weint ... sieht die Welt ‚drinnen‘ nicht mehr ... denkt, dass sie den Anruf beendet hat ...

Es bleibt, liebe Leserinnen und Leser, nichts als die Stille, die in den Seelen der beiden widerhallt, bis der Schmerz ihre Herzen zu zerreißen droht. Ich weiß, dass Sie und ich mitzittern und wir uns fragen, ob die beiden sich vielleicht für immer verloren haben. Sicher haben auch Sie in ihrem Leben schon einmal einen solch tiefen Riss durch die Zeit erlebt und kennen diese Leere und Dunkelheit, die dann alles überschattet. Und doch weigere ich mich, mit allem, was ich bin, dies zu akzeptieren! Auch wenn sie den Raum, in dem sie sich geliebt haben, nun allein hinter sich verschließt, hört dieser ‚Gemeinsamort' nicht auf zu existieren. Ich glaube, dass es Hoffnung gibt und er und sie vielleicht irgendwann hierher zurückkehren, und sich lieben, wie nur sie es können!

Es vergehen Tage, ohne dass sie etwas voneinander hören. Auch im Büro treffen sie sich in dieser Zeit nicht. Die steigenden Infektionszahlen, Home-Office ... – es gibt für sie beide keinen Grund mehr dort zu sein. Sie weint nur noch. In dem Moment, in dem sie es ausgesprochen hatte, wusste sie, dass es falsch war. Sie liebt ihn, will nur mit ihm zusammen sein. Sie hat Angst auf ihn zuzugehen. Es ist über eine Woche vergangen als sie einander zufällig im Büro über den Weg laufen. Sie sieht ihn. Er sieht sie. Sie dreht sich auf dem Flur um, läuft von ihm weg ... – fluchtartig, schwarz, kreuchend ... – übergibt sich in eine der Toiletten ... Lange kniet sie auf dem kalten Boden. Als es ihr endlich gelingt aufzustehen und sie auf den Flur tritt, ist er weg. Es gibt keine Worte für ihren Schmerz. Sie kann nicht mehr, sie hält es nicht mehr aus, sie schreibt ihm: „Tag neun: Die Tage ohne dich sind dunkel. Es gibt nichts mehr. Du fehlst jeden Augenblick!" Er schweigt. Sie weiß nicht einmal mehr, ob er ihre Mails noch liest. Er liebt sie, daran wird sich nie etwas ändern. Sie wünscht sich, dass er sie in seine Arme nimmt. Er hat keine Kraft auf sie zuzugehen. Alles, was zuvor warten auf den nächsten gemeinsamen Augenblick war, ist jetzt Leere. Ihre Tage und ihre Nächte haben jede Bedeutung verloren. „Tag zehn: Ich werde dich immer lieben und daran wird sich nie etwas ändern! Bitte verzeih mir!“ Er reagiert auf keine ihrer Mails. Sie kann kaum mehr atmen. Er ist verloren in Traurigkeit und Schmerz. Sie weint sich in den wenigen Schlaf. Er hatte gehofft, geträumt, geliebt. Sie schreibt fast täglich in das Nichts hinein. Die Tage ziehen an ihr vorbei. Das Glück scheint verloren und nur die Augenblicke mit Sophia lassen sie überhaupt weitermachen. Sie sieht immer nur ihn vor sich ... seinen Blick und seine Gesten, die ins Leere gehen und sie nicht mehr finden ... Das Licht der späten Herbsttage, welches sie sonst so sehr liebt, erreicht sie nicht. Das Paradies ist verschlossen und es gibt keine Tür mehr, die einen Raum zu eröffnen vermag. Sie sieht sich wieder und wieder selbst, wie sie, als er weg auf dem Weg von ihr, in dem Raum steht, ihm hinterherblickt und seinen Namen lautlos schreit. Ohne nachzudenken, tippt sie Worte in ihr Smartphone: „Sie sieht aus dem Fenster. Er, davoneilend. Kein Blick zurück. Kein Kaffee, kein Croissant, davoneilend. Er, weg vom ‚Gemeinsamort‘, weg von ihr. Sie friert, weil sie gegangen ist. Davongeeilt. Gesprungen. Ins Nichts. Die Stimmen dringen kaum mehr an ihre Ohren. Funktionieren. Alles fühlt sich an, als habe man den Kopf unter Wasser. Verschwommen. Keine Luft mehr in den Lungen. Druck auf der Brust. Kein Herzschlag mehr. Wie mag es ihm gehen? Davoneilend, weg, weg von ihr. Ohne Lebenszeichen? Es fühlt sich nicht nach Leben an … – Überleben? Sie fühlt sich nicht mehr. Was hat sie getan? Jedes Lächeln eine Qual, Schauspielerei, eine Farce. Dumme Zitate: Einer liebt immer mehr ... – nein, so war es mit ihm nicht. Beide liebten zu viel. Sie sieht sich ebenso davoneilen. Weg vom ‚Gemeinsamort‘, der so lange ihr sicherer Hafen war. Nicht mehr lange! Durchhalten! Sie wird ihn befreien. Blondes Monster. Sie friert, weil sie den Abgrund spürt. Kinderlachen lässt sie wegtaumeln. Mehr ist es nicht. Und das mit ihm ... alles! Wegeilend. Zerspringend. Ins Nichts. Sie sieht aus dem Fenster. Sie weiß, dass sie nie mehr wieder so glücklich sein wird. Sie haben sich gekannt, wie kaum zwei andere Menschen. Herausgerissene Herzen eilen davon und der Wunsch gemeinsam in ein Auto zu steigen wird immer hinterherrennen. Sie atmet. Nur weil sie es muss. Kinderlachen lässt sie wegtaumeln. Er hat ihr nichts mehr zu sagen, davoneilend. Kein Kaffee, kein Croissant, davoneilend. Er, weg vom ‚Gemeinsamort', weg von ihr. Sie kennt keinen wie ihn. Worte, die ihren Mund niemals mehr verlassen werden. Erstickt." Sie weint lautlos. Sie muss auf ‚senden' gedrückt haben. Worte nicht einholbar ... – ohne zu wissen, ob er sie jemals lesen wird ...

Er hält es zuhause nicht mehr aus. Inzwischen irrt er fast täglich durch die verwaisten Flure des Büros, versucht irgendwie seine Arbeit zu bewältigen, kehrt wieder und wieder an ihren ‚Gemeinsamort' zurück. An manchen Tagen sitzt er für Stunden einfach auf einem der Stühle mitten im Raum, sieht aus den Fenstern, den Blättern nach, die im Fallen ihre Farbe verlieren, nichts als das Gerippe von Ästen zurücklassend, die in das Innere des Gebäudes nach ihm zu greifen scheinen ... Er hat die Matratze, die Decken, die Kissen und die Gläser weggeräumt ... – da ist nichts mehr ... – nichts mehr was an ihr gemeinsames Glück erinnert. Sie ist in ihr Leben zurückgekehrt ... – für ihn verloren ... Er liest ihre Worte, doch sie erreichen ihn nicht ... Er öffnet die Tür, steht da, wartet ... nichts ... Er sieht sich selbst wegeilen ... Er konnte nicht anders ... Es gab nichts mehr, was er hätte sagen können ... nichts mehr, was er hätte hören können ... nichts mehr, was er hätte ... – ihre Worte haben ihn zerstört. Er sitzt wieder auf dem Stuhl, starrt in die Kälte, in seinem Rücken die noch offene Tür. Die Tage werden immer dunkler und obwohl er nichts denken kann, weiß er, dass er am nächsten Tag wieder hierherkommen muss ... Warum? Er weiß es nicht ... vielleicht in der Hoffnung ihre Schritte zu hören ... die alles sind, was in seinem Kopf noch widerhallt ... Er glaubt Stimmen aus den Tiefen des Gebäudes zu hören ... und doch weiß er ... er ist allein ... Niemand ist hier ... außer ihm ... Es gelingt ihm aufzustehen ... Er sieht sich selbst dabei ... wie seine Hände sich in das Nichts ausstrecken ... Es bleibt nichts ... Er geht die Stufen hinunter ... weiß nicht, ob er die Tür hinter sich geschlossen hat ... Es spielt keine Rolle ... morgen wird er wieder hier sein ... wieder und wieder ... Warum? Er weiß es nicht ... Viele Tage geht er diesen Weg ... sieht die Stufen nicht, die er sich hochschleppt ... weiß nicht, ob sie überhaupt existieren ... Auch der Betonboden des langen Schlauches, an dessen Ende er eine rote, verschlossene Tür nur erahnen kann, löst sich mehr und mehr auf ... Er weiß nie, ob er dort ankommt ... immer in der Gefahr, dass der Boden ihn nicht mehr hält, er in die Tiefe fällt ... von Mal zu Mal gelingt es ihm gerade so, sich bis zur Tür zu retten ... kurz bevor er ins Bodenlose stürzt ... Verzweifelt hält er sich an der Klinke fest ... beständig in der Gefahr, dass es ihm vielleicht nicht gelingen könnte aufzuschließen und er doch noch in die Tiefe stürzen würde ... Er hört in der Stille das Klicken, als der Schlüssel greift und es ihm endlich gelingt die Schwelle zu überschreiten ... Er wägt sich in einem Raum, den er plötzlich nicht mehr wiedererkennt, in Sicherheit und sieht wie mit aller Wucht hinter ihm der Flur, den sie ihm so oft entgegengekommen ist, das Treppenhaus, das sie so oft gemeinsam Hand in Hand hinunter gegangen sind, das Gebäude, der Parkplatz im Grauen versinken ... Es gibt für ihn keinen Weg mehr aus diesem Ort nach ‚draußen' ... Die Tür ist verschwunden und alles um ihn herum ist kahl und leer ... Er steht im Zentrum des Sturms ... atemlos ... in völliger Stille und Einsamkeit ... Es gelingt ihm irgendwie, sich umzusehen und obwohl er weiß, dass es nicht möglich ist, kommen die Wände immer näher ... Die Decke über ihm löst sich auf ... Er würde gerne die Tür hinter sich zuschlagen, doch da ist nichts ... Aus den Eingeweiden des Gebäudes, von dem er glaubte, dass es hier stehen würde, hört er ein überlautes, tosendes Geräusch, wie ein Lachen ... oder wie Worte, die Menschen einem entgegenwerfen, ohne zu wissen, was sie tun ... Unter ihm öffnet sich ein Abgrund, den er nicht erahnt hat ... Er taumelt am Rande des Kraters ... fällt ... sieht wie er am Grund liegt ... wie er selbst die Tür öffnet und in völliger Stille eintritt. Der eng umzirkelte Quader des Raums, von dem er glaubt, dass sie sich in ihm geliebt haben, ist nur noch eine plane Fläche ... es gibt keine Wände ... An den Rändern, die er nicht mehr erfassen kann, ragt ein Abgrund in das Nichts ... keine Begrenzung, keine Möbel, keine Fenster, keine Bilder ... nichts, das ihn hält. Der Boden ist transparent ... Er traut sich nicht sich zu bewegen ... weit unten eine grüne Fläche ... Er sieht sich selbst dort liegen, zusammengekrümmt wie ein Embryo ... nur das Geräusch eines Schlüssels, der sich im Schloss verharkt ... Er spürt hinter sich oder über sich, wie sich langsam eine Tür öffnet ... Licht bricht durch eine Ritze ... Es ist als wären Raum und Zeit aufgelöst ... da ist nichts ... außer ihm ... nichts, das ihn hält ... Er hat Angst, an den Rand zu treten ... vielleicht einen Schritt zu weit ... Angst, dass Wind ihn erfassen könnte ... ihn über die Schwelle treibt und er, ohne auch nur die Möglichkeit zu haben einen einzigen Laut von sich zu geben, in die Tiefe stürzen könnte ... Ohne zu wissen, wo oben und unten ist, treibt er in einem Strom ohne Erinnerung scheinbar schwerelos durch einen endlosen Raum, den er nicht zu erkennen glaubt ... Er weiß nicht, ob er es spürt oder nur glaubt sich zu erinnern ... sie ... ganz plötzlich, ganz nah bei ihm ... Er sieht sich ... mit ihr ... eng umschlungen ... am Grund ... unendlich tief ... erahnt einen einzelnen Klang, der aus der Ferne zu ihm dringen könnte, wenn es die Zeit noch geben würde ... und fast wie ein zarter Haucht streift ihn ein tiefer Schmerz, reißt seine Haut auf und der transparente Raum füllt sich mit Blut, während die Schatten der Ränder in die bodenlose Tiefe stürzen ... Er taucht auf, liegt zusammengekrümmt auf dem Boden, zittert, weiß wieder wo er ist. Die Erinnerung an sie füllt den Raum um ihn. Da ist nichts. Er ist allein. Er sieht sich um. Er weiß, dass er hier mit ihr war. Er versucht aufzustehen, ohne zu wissen wozu. Da ist keine Tür mehr. Keine Worte. Nur Einsamkeit und ein Sehnen nach ihr, das ihn zerreißt. Sie ist sein einziger Gedanke ... Und auch, wenn ihre Zärtlichkeit sich unauslöschlich in seine Seele eingebrannt hat, gibt es jetzt nichts mehr, was die Leere, die ihn von allen Seiten umgibt, füllen könnte. Für einen Augenblick glaubt er, ein einzelnes helles Strahlen ihrer Augen zu sehen, das ihm von der Rückseite des umgestülpten Himmels entgegenzukommen scheint ... Doch kurz bevor ihr Lächeln in die Dunkelheit seiner Pupillen fällt, implodieren ihre Augen ... Er will aufspringen ... glaubt ihre Schritte zu hören ... stolpert ... fällt ... kriecht an den Rand, um vielleicht doch noch eine Tür zu finden ... sie vielleicht öffnen zu können ... Er glaubt sie auf der anderen Seite der geschlossenen Wand erkennen zu können ... als würde sie ihm ihre Hand reichen ... ihn hochziehen ... und dann hört er einen Schrei ... Da ist nichts ... sie ist nicht gekommen ... Er spürt den rauen, drahtigen Industrieteppich ...

findet sich selbst auf dem Boden liegend ... tränenüberströmt ... weiß, dass es sein Schrei ist, der im Raum nachhallt ...Wie es ihm gelingt sich aufzurichten, den Raum hinter sich zu lassen und dem Gebäude zu entfliehen, weiß er nicht ... Weinend sitzt er lange in seinem Auto.

Die Tage vergehen nicht mehr für die beiden. Die herrlichen Farben des Spätherbstes sehen sie nicht. Im Büro funktionieren sie einfach. In Deutschland grassiert die Delta-Variante. Der Abstand zwischen den Menschen wird wieder größer und die Sorge vor dem nächsten Lock-Down ist allgegenwärtig. Sie begegnen sich nur selten, da die Meetings inzwischen fast alle wieder digital stattfinden. Wenn sie sich auf den Fluren des Büros zufällig über den Weg laufen, flieht sie, spürt seine Blicke in ihrem Rücken, hat Angst sich umzudrehen, in seine Augen zu sehen ... Sie kennt ihn, wie keinen anderen, sie weiß genau, was sie in ihm angerichtet hat, und hofft doch, dass er hinter ihr hereilt, sie aufhält und ... sein Duft treibt sie auf ihrer Flucht vor ihm her ... Sie schreit innerlich, als sie endlich das Gebäude hinter sich lässt ... will nur noch weg ... sitzt weinend in ihrem Auto. Sie hat keine Kraft mehr ... hat angefangen Bewerbungen zu schreiben ... hält es hier nicht mehr aus. Sie bekommt Angebote, ihr Mann weiß nichts davon. Sie weint nur noch und sehnt sich nach seinen Armen, die sie umschließen und nie wieder loslassen. Sie sieht, wie er in den Meetings mit leerem Blick vor seinem Bildschirm sitzt. Wenn er etwas sagt, sind seine Worte steril, bleiben in der Luft hängen ... und doch glaubt sie seinen Herzschlag zu hören. Was vorher Leichtigkeit und Lächeln war, ist tot ... Ein Riss geht durch ihre Welt und es ist, als würden sie ohne einen einzigen Hoffnungsschimmer immer weiter voneinander wegdriften, hinaus in die eisige Kälte des Universums ...

Er liegt in den Nächten wach, ohne Worte, weiß nicht was geschieht ... lenkt sich ab, liest in einem alten Buch die Geschichte von Tristan und Isolde ... Bruchstücke von Sätzen jagen ihn ... Liebestrank ... nicht bestimmt ... unendlich in Liebe ... in flagranti ... für immer ... getrennt ... zwei Leben ... für immer ... verbunden ... Welten entfernt ... für immer untrennbar verwoben ... verzweifelt ... krank ... schickt ... hofft ... weißes Segel ... schwarzes Segel ... weißes Segel ... stirbt allein ... ohne Hoffnung ... Er schreckt auf, sieht wie ein Schiff ohne Segel in den Abgrund der schwarzen Nacht stürzt ... weint, wie so oft in den letzten Tagen ...

Sie liegt in den Nächten wach ... ohne Hoffnung, weiß nicht was geschieht ... träumt nicht mehr ... denkt nur an ihn ... schämt sich ... will ihm entgegeneilen ... sieht ein weißes Segel ... weiß nicht warum ... Alles Warten hat seinen Sinn verloren ... das Schiff ist verschwunden ... Dunkelheit umgibt sie ... Es gibt nichts mehr ... Sie schreibt, ohne zu wissen, ob ihre Worte ihn erreichen: „Tag 17: Leere Gänge – menschenvoll ... aber deine Stimme fehlt! Leere Räume – seelenvoll ... aber dein Blick fehlt! Leere Stufen – schrittevoll ... aber deine Berührung fehlt! Leere Gänge – menschenvoll ... aber deine Seele fehlt!“

Es gibt nichts mehr in ihren Leben. Sie driften ohne Kompass und ohne Ziel dahin. Die Sonne und die Sterne ragen keinen Augenblick in ihre Dunkelheit. Alles hat seine Bedeutung verloren und es bleibt nichts als der schale Geschmack einer vergangenen Liebe, die nicht einmal ein Jahr überdauert hat. Der Weg ist versperrt und die Gewissheit, dass sie ohne die Liebe des anderen nicht sein können, zerreißt die beiden. Sie hat eine Zusage von einer anderen Firma ... hat es noch niemandem gesagt. Sie kann ihn nicht zurücklassen ... sie ist gefangen ...

jeden Tag ... Sie liebt ihn ... mehr als sie sagen kann ... Worte schlagen von innen gegen die Knochen ihres Schädels ... sie schreibt ... weiß nicht, ob er es je lesen wird ... erzählt was im Sommer mit ihr passiert ist ... die unendliche Sehnsucht nach ihm ... die Schwangerschaft ... der Urlaub ... ihre Familie ... Sophia ... herzzerreißend ... der Abbruch ... seine Augen ... sie zwischen den Welten ... getrieben ... wieder und wieder in den Schlaf geweint ... und immer nur er ... Mein Herz gehört dir! Sie schreibt alles auf ... alles, was ihr widerfahren ist ... was dazu geführt hat, dass sie so gehandelt hat, wie sie gehandelt hat ... und dass sie in dem Moment, als sie es ausgesprochen hatte, bereits genau wusste, dass es falsch war ... und falsch ist ... duich gehören zusammen ... selbst wenn uns nur die ‚gestohlenen Moment' bleiben würden ...

„Tag 20: Auch wenn ich seit Wochen nicht weiß, ob ich ins Leere schreibe und du mir, wann immer wir uns gesehen haben, das Gefühl gegeben hast, dass du mich am liebsten nie mehr sehen willst, bist du einfach immer in meinen Gedanken. Es tut mir so unendlich leid, dass ich dich verletzt habe. Ich schäme mich, dass ich aus Panik alles nicht mehr hinzubekommen, unsere Liebe beendet habe. Du hast dich nun augenscheinlich dagegen entschieden, noch etwas mit mir zu tun haben zu wollen und so schwer das ist, mir bleibt nichts anderes, als das zu akzeptieren. Denke bitte nicht, dass mir das leicht fällt. Aber ich respektiere alles, was du tust oder sagst. Wenn unsere Geschichte hiermit erzählt ist, dann möchte ich, dass du weißt, dass ich mich jede Sekunde an jeden Moment mit dir erinnere und mich jede Sekunde nach dir sehne. Nachts, wenn ich wach in meinem Bett liege, ziehen die Momente wie ein Film an meinem inneren Auge vorbei und mein Herz wird warm. Ich wünsche mir, dass du auch irgendwann positiv über mich und unsere

Geschichte denken kannst. Ich weine, während ich diesen Wunsch formuliere, weil meine Gefühle für dich wahr sind. Wenn das das Lebwohl ist, dann bin ich unendlich traurig. Ich wünsche dir nur das Beste. Bitte glaube mir das. Wann immer du dich melden magst, also falls, mein Herz würde tanzen. Du fehlst mir unendlich mal unendlich. Für immer deine einst geliebte Prinzessin!“ Die Nacht bleibt still. Ihre Tränen kann sie nicht mehr trocknen.

Am nächsten Tag eröffnet sie ihrer Chefin, dass sie kündigen will. Sie hört sich selbst nicht reden, als sie es ihr sagt. Ihr neuer Arbeitgeber drängt auf einen schnellen Wechsel. Ihre Chefin gibt sie frei, wenn auch ungern. Es bleibt nur eine Woche. Sie hat Angst ihm noch zu begegnen ... und doch ist jeder Schritt, jedes Wort, jeder Gedanke ... immer nur er ... Sie sieht nur ihn ... sie spürt nur ihn ... sie riecht nur ihn ... sie will nur ihn. Er sieht, wie sie aus dem Büro der Chefin kommt ... Ihr Duft überfällt ihn, fluchtartig stürzt er aus dem Gebäude ... sieht nicht den Schmerz in ihren Augen. Sie sieht vom Fenster, wie er in seinem Auto davonrast, tränenüberströmt. Wieder ein verlorener Tag, wieder eine schlaflose Nacht, wieder ... Sie liegt wach, hofft nicht mehr auf ein Wort und lauscht doch ängstlich in die Stille und wartet ... Er liegt wach, sieht nur ihre Augen, ringt nach Luft ... Stunden vergehen ... Irgendwann drückt er auf Senden: „Wach gelegen ... immergeliebte Prinzessin! Ich schreibe dir, weil du mir jeden Augenblick unendlich fehlst und es sich einfach nur falsch anfühlt, wenn unsere Herzen voneinander getrennt sind. Ich reagiere auf deine vielen Mails. Erst jetzt finde ich wieder Worte in meiner verwundeten Seele. Wenn deine Gefühle für mich wahr sind, dann bitte ich dich uns und unserer Liebe eine wirkliche Chance zu geben, denn wenn deine Gefühle für mich wahr sind, dann gibt es diese Chance! Wenn deine Gefühle für mich wahr sind, dann kann unser Traum Realität werden, denn wenn deine Gefühle für mich wahr sind, dann gibt es diese Realität! Meine Gefühle für dich sind wahr! Du bist die Liebe meines Lebens! Dein geliebtester Geliebter!" Es vergeht keine Minute, bis ihre Mail bei ihm ankommt: „Wach gelegen ... immergeliebtester Geliebter! Als ich gerade deinen Namen im Display gesehen habe, sind mir sofort Tränen in die Augen geschossen. Ich bin unendlich glücklich von dir zu lesen. Ich habe gekündigt und ich habe nicht damit gerechnet, in meinen letzten Tagen von dir zu lesen. Du bist in jeder einzigen Sekunde mein einziger Gedanke. Seit heute Morgen versuche ich mir einzureden, dass ich nichts mehr von dir hören werde, dass ich aufhören muss dir zu schreiben und an dich zu denken. Ich glaubte, dass wir uns endgültig verloren haben und dass unsere Geschichte zu Ende erzählt ist ... wegen meiner Unfähigkeit, trotz aller schwierigen Umstände, zu uns und unserer Liebe zu stehen. Es macht mich glücklich, wieder solche Worte von dir zu lesen. Danke unendlich mal unendlich! Du berührst mein Herz so tief wie noch nie ein Mensch zuvor ... – ich kann mir ein Leben ohne dich nicht vorstellen!" „... ja, ein Leben ohne dich ist nicht denkbar, nicht möglich! Mein Herz pocht jede Sekunde so unvorstellbar laut, dass es zu zerbersten droht. Verzeih, dass ich so lange gebraucht habe ... – ich war unendlich verzweifelt, weil ich nicht verstehen konnte, wie du so etwas wie mit uns jemals beenden konntest." „Ich weine vor Glück, weil ich nicht mehr damit gerechnet habe, dass du noch da bist. Kannst du mir verzeihen?" „Ich bin da, immer!" „Können wir uns bitte heute noch sehen?" „Ja! Heute! Wie immer, unser Ort, unsere Zeit?" „Ich werde da sein, immer!"

Das Gebäude liegt wie ein Schiff, das in der Brandung vor einer zerklüfteten Küste gestrandet ist, verlassen da. Sie glaubt beinahe für einen kurzen Augenblick die Reste von weißen Segeln im Wind flattern zu sehen, doch da ist nichts ... Die Glasfronten spiegeln nur etwas wider, das irgendwo außerhalb zu liegen scheint. Sie rennt atemlos vom Parkplatz auf das Büro zu. Ihr Herz bebt. Sie hat die Schlüssel bereits abgegeben, es ist ihr letzter Tag in der Firma. Er steht in der offenen Eingangstür, sieht ihr entgegen. Sie fliegt ihm entgegen, versinkt in seinen Augen. Er ist da, ergreift einfach ihre kalte Hand. Gemeinsam hasten sie das endlosleere Treppenhaus nach oben, Hand in Hand ... ihre Blicke, die nacheinander fassen ... wie Baumwipfel im Wind, die sich einander zuneigen und sich berühren. Die Tür zu ihrem ‚Gemeinsamort' steht offen ... Licht der letzten Herbsttage umspielt ihr goldenes Haar ... Er hat alles hergerichtet ... nur sie hat gefehlt! Ohne ihre Hand loszulassen, schließt er die Tür hinter ihnen ab ... Sie dreht sich zu ihm, sieht ihn an, schlägt ihre Augen nieder ... – er birgt sie in seinen Armen. Sie verlieren sich in der Nähe und der Wärme und dem Duft des anderen, wortlos. Sie küssen sich, wie nur sie es können, als wäre kein Augenblick vergangen ... Sie führt ihn zu ihrer ‚bettestat' ... – gemeinsam sinken sie darauf ... Sie schmiegt sich ganz nah an ihn ... ihr Kopf an seiner Brust ... ihre Hände ineinander verwoben ... und es braucht nicht mehr ... Sie küssen sich wieder und wieder und wissen, dass sie nie wieder etwas trennen kann ... Stufe Vier ...!

Der Atem der beiden wird schneller. Sie haben sich so lange nacheinander verzehrt. Seine Küsse werden fordernder. Er hält ihre beiden Hände über ihrem Kopf fest. Sie sehen sich einfach an, während er hastig ihr Kleid von ihren Schultern streift. Sie liegt vor ihm, nur noch bedeckt von ihrer roten Spitzenwäsche, die er so liebt. Sie kann ihren Atem kaum mehr kontrollieren, hebt ihren Kopf ihm entgegen, will nur, dass er sie küsst. Er sieht sie an, dreht sie mit einer schnellen Bewegung um ... sie stöhnt auf, während er ihr kaum Spielraum lässt. Seine Hände sind überall, er küsst ihr Haar, ihren gestreckten Nacken ... wandert mit seiner Zunge ihren Rücken hinunter ... mit einer Hand öffnet er ihren BH, streichelt ihre harten Nippel, während er sie weiter festhält ... Sie keucht lustvoll, während er mit einer Hand ihren Slip abstreift und sie wieder mit einer Handbewegung auf den Rücken dreht. Sie spreizt ihre Beine, öffnet sich für ihn ... Er sieht sie an ... wandert mit seiner Zunge nach unten und leckt sie, bis sie ihn anbettelt, ihre Hände freizugeben ... Er lässt sie los, hektisch vor Erregung zieht sie ihm schnell seine Jeans aus ... Er trägt nichts darunter. Sie kann sich kaum halten, nimmt sein hartes, steil aufgerichtetes Glied so tief in ihren Mund, dass sie kaum mehr atmen kann. Er stöhnt, während sie intensiv daran saugt und ihn von unten herauf lasziv anblickt ... Als er sich ihr plötzlich entzieht, will sie ihn mit ihren Händen halten, ihn wieder in sich aufnehmen, doch er dreht sie hart um, drückt ihren Rücken mit einer Hand nach unten, während er mit der anderen ihre Beine weit spreizt und ohne eine Sekunde zu zögern mit einer Härte von hinten in sie stößt, dass sie einen rauen Schrei von sich gibt, der ihn nur noch mehr erregt. Für einen kurzen Moment ist er ganz tief in ihr, füllt sie so aus, dass sie nicht mehr atmen kann und in dem Augenblick, in dem sie erneut aufstöhnt, zieht er sich schnell aus ihr zurück. Als sie wieder Luft bekommt, blickt sie ihn flehend über ihre Schulter an: „Das ist Folter! Bitte, nimm mich! Ich will dich in mir spüren.“ Er hält sie immer noch fest, lässt ihr keinen Spielraum ... – sie ist ihm völlig ausgeliefert ... Wieder und wieder stößt er in ihre Feuchte und Wärme. Ihr Atem wird immer schneller ... niemand hat ihn je so erregt wie sie ... Er kann sich kaum mehr halten ... Zum ersten Mal in seinem Leben schlägt er eine Frau mit der flachen Hand hart auf den nackten Po ... – kleine, lustvolle Schreie begleiten ihr immer schneller werdendes Stöhnen ... Er spürt seine eigene Härte in ihr und als der Rhythmus seiner Stöße ihnen beiden kaum mehr Luft lässt ... kommen sie gemeinsam in einer Explosion, wie sie sie beide noch nie erlebt haben. Es dauert einige Minuten, bis sich ihr Atem und ihre Tränen, die hemmungslos fließen, wieder beruhigt haben. Sanft streichelt und küsst er ihren wunderschönen Rücken, bis er sich langsam aus ihr zurückzieht und sie sich erschöpft zu ihm wendet: „Ich liebe dich so sehr!“, ist alles, was sie immer noch atemlos hervorstößt, während ihrer beider Blicke ineinander versinken. „Verzeih, dass ich dich geschlagen habe ... es war einfach ein Impuls!“ Sie sieht ihm einfach in die Augen, während sie sich in seine Arme schmiegt und er ihren Herzschlag an seinem spürt. „... und außerdem hast du es verdient!“ Sie lacht: „Wie bei Abaelard und Heloise ... du erinnerst dich? *‚Schläge süßer als aller Balsam der Welt‘*. Es hat sich einfach nur gut angefühlt, mein geliebtester Geliebter. Ich mag es hart! Niemand erregt mich so wie du!“ Sie liegen lange nackt und verschwitzt ganz nah beieinander, bis er aufsteht, um ihnen beiden Rosé einzuschenken. Sie sieht ihn an und sagt: „Befiehl mir etwas!“ Er zögert, während sie sich vor ihn hinkniet, ihre Augen niederschlägt und wartet ... „Nimm mein Glied in deinen Mund und schlecke es genüsslich ab!“ Sie sieht ihn von unten herauf mit einem Augenaufschlag an: „Ich wusste nicht, ob ich das noch darf?“ „Tu es!“ „Ich liebe es unsere Lust zu schmecken!“ Sie saugt an seinem Glied, bis er wieder hart ist, während er ihren Kopf mit seinen Händen führt und wieder und wieder so tief in sie stößt, dass sie kaum mehr Luft bekommt, bis er mit einem lauten Schrei in ihrem Mund erneut kommt. Als sie wieder eng umschlungen nebeneinander liegen, fragt er: „Warum?“ Er sieht sie an, sie blickt ihn an, senkt den Blick, Tränen in ihren wunderschönen Augen: „Wegen Sophia. Ich habe alles einfach nicht mehr ausgehalten. Ich wusste nicht mehr was richtig ist ... und dann ... ich hatte Panik ... Ich hatte Angst alles zu zerstören ... Ich hätte einfach mit dir reden sollen ... du und ich, wir finden immer einen Weg.“

Ich habe genau gehört, wie Sie verehrte Leserinnen und Leser, Ihren Atem angehalten haben, weil Sie nicht mehr darauf zu hoffen gewagt haben, dass die beiden noch zueinander finden. Wenn ich das so sagen darf, Sie wirken fast erleichtert! Sie haben nicht mehr an diese Liebe geglaubt, ich weiß ... – vielleicht vor sich hingemurmelt: „Es ist Unsinn! Es ist aussichtslos! Es ist unmöglich!“ Ich könnte jetzt überlegen lächeln und Ihnen zurufen: „Habe ich es nicht gesagt?“ Doch ich verzichte darauf, weil ich, was diese Liebe betrifft, immer ehrlich mit Ihnen sein will, damit Sie selbst den Glauben an die wahre Liebe nicht verlieren. Deswegen kann ich zu Ihrer Beruhigung sagen: Auch ich habe kaum gewagt zu atmen und damit Sie sehen, dass wir mit unserer Ungläubigkeit im Hinblick auf ein solches Glück und eine solch außergewöhnliche Liebe, die immer ihren Weg findet, nicht allein sind, lasse ich Sie einfach an den Gedanken von Erich Frieds Gedicht ‚Was es ist‘ teilhaben:

„Es ist Unsinn
sagt die Vernunft
Es ist was es ist
sagt die Liebe

Es ist Unglück
sagt die Berechnung
Es ist nichts als Schmerz
sagt die Angst
Es ist aussichtslos
sagt die Einsicht
Es ist was es ist
sagt die Liebe

Es ist lächerlich
sagt der Stolz
Es ist leichtsinnig
sagt die Vorsicht
Es ist unmöglich
sagt die Erfahrung
Es ist was es ist
sagt die Liebe“

‚Es ist was es ist sagt die Liebe' ... Sie und er sind Seelenverwandte und vielleicht erinnern Sie sich noch an den Anfang der Geschichte. Ich habe Ihnen eine Liebesgeschichte versprochen, wie sie die Welt zuvor noch nie gesehen hat. Ich halte mein Versprechen. Wir alle machen Fehler, vor allem auch in der Liebe! Sie hat einen Fehler gemacht, na und? Sie und er lieben sich auf eine Art und Weise, die einmalig ist, die für uns ‚Normalsterbliche' kaum nachvollziehbar ist. Genau deswegen fühlen wir so tief mit den beiden, weil sie unsere Sehnsucht erfüllen. Vielleicht erinnern Sie sich an den Wind, der an einem eiskalten Tag im Winter 1959 Vianne Rocher mit ihrer Tochter Anouk in das verschlafene Provinzstädtchen Lansquenet-sous-Tannes zwischen Toulouse und Bordeaux führt. Sie eröffnet dort während der Fastenzeit eine Chocolaterie und der bigotte Bürgermeister ist

entsetzt. Es ist eine Geschichte über Toleranz, Leidenschaft und Lebenslust mit einem Happy End für alle! Vielleicht setzen Sie und ich uns mit einer Tasse aus naturbelassenem Kakao mit einer Prise Chilipfeffer – dasselbe Getränk, das bei den alten Maya bei heiligen Zeremonien getrunken wurde – hin, lassen uns von diesem Geschmack verführen und glauben endlich daran, dass diese Liebe keine Grenzen kennt. Sie, liebe Leserinnen und Leser, und ich haben das Glück Zeugen dieser Liebe sein zu dürfen und seien Sie versichert, das Glück und die Erfüllung, die sie und er erleben, wird sich unendlich mal unendlich in das Gedächtnis der Menschheit einbrennen. Lassen Sie uns nicht mehr zweifeln, sondern uns lieber selbst auf die Suche nach einer solch einzigartigen Liebe machen ... Und ich bitte Sie inständig: Wenn Sie fündig geworden sind, lassen Sie es mich wissen! Denn ich sehne mich mit jeder Faser meines Seins, nach genau dieser tiefen, innigen und unsterblichen Liebe!

In der Nacht schreibt sie: „Aufgewacht, mein geliebtester Geliebter! Was machst du nur mit mir? Ich spüre dich noch immer in mir! Lass mich bitte nie wieder los!“ Er antwortet unmittelbar: „Aufgewacht, meine geliebte Prinzessin! Was machst du nur mit mir? Ich habe noch nie eine Frau beim Sex geschlagen! Lass mich bitte nie wieder los!“ „Jede Nähe mit dir ist einfach wunderschön. Ich liebe es, dich zu berühren und von dir berührt zu werden. Alles, was zwischen uns passiert, ist ganz selbstverständlich. Da bist du, da bin ich und da ist Anziehung zwischen uns, in allem ... Du musst mich nur berühren und ich bin sofort feucht ...“ „... ich liebe es in dir zu sein, deine Feuchte zu spüren und zu schmecken ...“ „... es erregt mich unendlich, wenn du mich festhältst, ich dir ausgeliefert bin, du mit mir machst, was du willst ...“ „... es erregt mich, dich festzuhalten, dich zu schlagen und dich zum Höhepunkt zu bringen ..." „... ich mag es von dir dominiert zu werden ..." „... und nur damit du es weißt: Meine ‚Robin-Hood-Worte' sind mit Bedacht gewählt. Sie sind kein Spiel! Sie sind die Wahrheit und spiegeln meine aufrichtige Liebe zu dir wider!" „Wenn du mich, nach allem was war, noch willst und ich dein Glück bin, bin ich da, für immer. Ich habe noch nie in meinem Leben so tief und so unendlich geliebt ... Mein Herz gehört dir." „Ja, ich will!"

In dieser Nacht liegen beide wach und es ist fast so, als ob seit ihrer Trennung kein Augenblick vergangen wäre. Sie sind sich so nah wie noch nie zuvor und teilen jeden Augenblick, erfüllt von ihrer Liebe, in der sie sich wieder und wieder im anderen geborgen finden: „Weißt du geliebte Prinzessin, ich bin so unendlich froh, dass wir uns gestern getroffen und uns geliebt haben. Du bist unendlich Glück und Liebe! Ich habe dich jeden Augenblick vermisst. Du gehörst so tief zu meinem Leben, wie noch nie ein Mensch zuvor. Du bedeutest mir alles. Du-ich ... wir gehören zusammen – für immer!" „Du bist so tief in meinem Herzen, wie noch nie jemand zuvor, außer Sophia! Ich habe immer deinen Duft in meiner Nase und deine Augen in meinem Herzen. Danke, dass es dich gibt und du mich in deine Arme genommen hast. Weißt du, gestern hat sehr geholfen. Es hat sich angefühlt wie ‚gerettet' werden." „Mein Herz, ich sehne mich danach, einfach mit dir in den Tag hineinzuträumen: Neben dir aufwachen, reden, lachen, zärtlich sein, ohne auf die Uhr schauen zu müssen und irgendwann wieder gemeinsam einschlafen und wieder aufwachen und reden und lachen und zärtlich sein ... Du bist mein Glück!" „Diese Träume mit offenen Augen sind so wertvoll ... – ich liebe es, wenn ich an den Tagen, an denen wir uns nicht sehen können, Zeit für mich finde und dann noch nicht direkt schlafen kann und an dich denken und die Momente unserer Tage noch einmal durchleben darf. Unendlich liebend gerne würde ich jeden Tag mit dir verbummeln ... Du bist präsent in allem, was ich denke, fühle, tue ... Du bist mein Glück!" „Mir hat deine Nähe so unendlich gefehlt, fühl dich überall geküsst!" „Lass uns in Ruhe noch einmal über alles reden und unsere Liebe mit unseren Leben in Einklang bringen, mit aller Zärtlichkeit und Achtsamkeit und Zeit!" „Wir haben Zeit, den Rest unserer Leben, weil wir Liebende sind für immer!" „Schlaf gut geliebtester Geliebter, nur bei dir fühle ich mich geborgen!" „Schlaf gut geliebte Prinzessin, nur bei dir fühle ich mich geborgen!"

November 2021

Die Nächte werden immer länger und an manchen Tagen gelingt es der Sonne nicht das Wolkennebelmeer zu durchdringen. Sie lieben sich in den November hinein fast täglich, während in der Welt ‚draußen' die Inzidenzen mühelos die Zahl 400 übersteigen und das Robert-Koch-Institut mehr als 75.000 Neuinfektionen täglich vermeldet. Fast beiläufig nimmt man in Deutschland zur Kenntnis, dass die durch Covid-19 verursachten Toten, die erschreckende Grenze von 100.000 überschreiten. Die Vergleiche zur ‚Spanischen Grippe', die von 1918 bis 1920 in Europa wütete, werden häufiger. All das geht beinahe an den Liebenden vorbei. Die beiden hören sehr wohl die Zahlen, doch ist ihre Sehnsucht nacheinander so stark, dass sie vor allem wahrnehmen, dass die ‚Vierte Welle' ihnen beiden neue Zeitfenster eröffnet. Das Gebäude ist wieder verwaist, Home-Office bestimmt das Leben fast aller und sie und er nutzen diese stade Zeit, so oft es ihre Leben erlauben. Ob eine Booster-Impfung kommen und wie oft sie notwendig sein wird und ob die neue, aus Südafrika stammende Variante des Virus ‚O-mikron', tödlicher sein wird, interessiert zu diesem Zeitpunkt noch niemanden. Die beiden spüren, wie es merklich kühler wird und doch denken sie nicht an den Winter. Es scheint fast so, als habe ihre Liebe eine völlig neue Dimension erreicht und so finden sie sich wieder und wieder ganz selbstverständlich und vollkommen selbstverloren in dem Raum, der ihre Welt bedeutet. Die Wände des Büros scheinen lichter in den Himmel zu wachsen und die Fläche dehnt sich fast plan und scheinbar grenzenlos über die Betonmauern des Gebäudes hinaus in die Unendlichkeit. Die beiden liegen nackt, ganz nah und eng umschlungen beieinander, während der stürmische Wind die Tropfen des Herbstregens hart gegen die Scheiben schlägt. Doch sie und er sind geborgen, umwoben von ihrer beider Zärtlichkeit und beide finden sich von Augenblick zu Augenblick in jedem Blick, in jedem Kuss, in jeder Berührung im anderen wieder ... unendlich nah, wie sie es nicht mehr für möglich gehalten haben. Alles an ihrer Liebe hat eine Tiefe gewonnen, die jeden Augenblick, den sie zuvor gemeinsam erlebt haben, übersteigt. Es geht gar nicht anders ... – sie lieben sich jedes einzelne Mal, wann immer sie sich treffen, und es ist jedes einzelne Mal wie die Erforschung eines neuen Kontinents.

Wer von Ihnen geglaubt hat, liebe Leserinnen und Leser, dass die Liebe, in all ihren Facetten, nicht noch tiefer sein könnte, der wird durch das Wiederfinden in der unendlichen Vertrautheit zwischen ihr und ihm eines Besseren belehrt. Der lichte Glanz dieser beiden Herzen, die sich nackt und völlig schutzlos einander wieder und wieder hingeben, in allem, was sie sind, die miteinander verschmelzen in einer Harmonie, die Sie und ich kaum für möglich gehalten haben, zeigt uns was in der Liebe alles ‚möglich' ist und was die Liebe dieser beiden trotz aller Hemmnisse und Zweifel so einzigartig macht. Es ist, als würde sich an einem kalten Novembertag der Himmel über Ihnen und mir öffnen und die Sonne uns wärmen ... – immer in der Hoffnung darauf, dass wir den Winter überstehen ...

In all diesen Momenten, die sie in absoluter Harmonie an ihrem ‚Gemeinsamort' verbringen, von Licht und Leidenschaft und Liebe durchflutet, fragt er nur ein einziges Mal nach den verlorenen Tagen des vergangenen

Sommers: „Als du zwei Wochen krank warst ...“ Sie sieht ihn einfach an, Tränen in ihren wunderschönen Augen: „Ja ...“ Er nimmt sie in seine Arme, mehr muss nicht gesagt werden. All ihre ‚gestohlenen Momente‘ danach sind angefüllt von unendlichem Glück. Wieder und wieder lässt er sich von ihrer Schönheit, ihrer Anmut, ihrer Sanftheit und Zärtlichkeit, mit der sie ihn liebt, überwältigen. Sie geben sich einander in jedem einzelnen Augenblick hin, lassen sich ganz fallen, sind unendlich geborgen in den Armen des anderen ... und reden stundenlang ... ganz nah aneinandergeschmiegt ... ihr Kopf immer an seiner Brust ... „Wenn zwischen uns alles gut ist, dann lacht der Himmel, egal wie sehr es ‚draußen‘ stürmt!“ „Ich wünsche mir, jeden Tag mit dir zu teilen! Ich möchte dich glücklich machen, geliebte Prinzessin, in allem!“ „So geht es mir auch, geliebtester Geliebter! Doch wir müssen auch über die Zukunft sprechen. Wie kann alles gut weitergehen, bis unsere Leben für immer vereint sein können?“ Sie sehen sich an – wie so oft ... schweigen lange – wie so oft ... suchen nach Worten ... Möglichkeiten ... Wegen ... und wissen beide, dass sie ohne den anderen nicht mehr sein können und sein wollen ... Irgendwann bricht sie das Schweigen. „Ich will dich nie mehr verletzen, geliebtester Geliebter!“, steht auf und läuft nackt, wie sie ist, zu ihrer Handtasche. Als sie sich umdreht, hält sie ein Blatt Papier in ihrer Hand: „In den Tagen, in denen ich dich allein gelassen habe, ist der Begriff ‚hermetisch‘ unendlich oft durch meine leeren Gedanken gegeistert. Das Gedicht von Paul Celan war in meinem Herzen ständig präsent, wie du ... jede einzelne Sekunde ... Ich habe um Worte gerungen, um unsere Liebe zu beschreiben … verloren ... vergessen ... verschlossen ... – immer nur auf der Suche nach dir, mit allem, was ich war und was ich bin ...“ Er sieht die

Tränen auf ihrem Gesicht. Seine Augen folgen ihren Lippen ... während sie liest:

„Zwei Kreisel ...
sich drehend ...
auf einem Teller aus Zirbenholz ...
filigran gefertigt ...
Handarbeit, Unikate ...
Die Kreiselbahnen kreuzen sich ...
In einem Moment der Berührung ...
ändert sich ihre Bahn ...
für immer.

Sie kreisen anders als ursprünglich vorgesehen ...
schicksalsverändernd ...
schicksalsergreifend ...
im Gleichklang ...
berühren sich immer wieder ...
magnetisch ...
kreisen umeinander ...
miteinander tanzend ...
sich ineinander verlierend ...
zu einem werdend ...
für immer.

Wissend ...
dass diese Berührung alles ...
was vorher war ...
nichtig werden lässt ...
Sinnloses Kreiseln taumelnd ...
vergessen ...
existieren ...
für immer.

Spüren die Energie, die entsteht ...
Kraft ...
Sehnsucht ...
Erfüllung.

Wissend, dass diese Berührung ihren Preis hat ...
verlangsamend ...
erschwerend ...
sterbend.

Ein Kreisel ...
filigran gefertigt ...
Handarbeit ...
ein Unikat ...
liegt auf einem Teller aus Zirbenholz ...
für immer."

Der Herbststurm ‚draußen' wird immer wilder und die Dunkelheit bricht ohne Verzögerung in ihre Welt ein. Sie schweigen wieder, einander ganz nah, sie hält ihn und doch dauert es unendlich lang, bis seine Tränen auf ihren Lippen getrocknet sind. „Deine Worte sind stark, voller Geheimnis, Dichte und Emotionalität. Das Ende ...?" „Es ist nicht das Ende. Vielleicht erhebt er sich erneut zum Tanz ... voller Liebe, Zärtlichkeit und Glück ..." Er küsst zärtlich ihre Augen, hält ihr Gesicht in seinen Händen: „Kein einzelnes Wort, das du und ich sagen, das du und ich schreiben, das du und ich leben ... ist ohne Nachklang in unseren Seelen! Kein Kuss, keine Zärtlichkeit, kein Lächeln, das nicht unsere Bahnen verändert und uns und unsere Leben berührt ... Ich weiß, dass deinemeineunsere Liebe ihren Weg findet!" „Das wird sie, sei sicher, geliebtester Geliebter! Und duich werden uns immer mehr erkennen und uns immer noch tiefer lieben!" Sie lieben sich zärtlichlang, während es bereits dämmert, ihre

Seelen verbunden für immer ... Hand in Hand. „Als du dich von mir getrennt hast, war ich verloren! Ich habe immer nur deine Augen vor mir gesehen. Mein Herz war gebrochen ... und ich dachte mein Versagen nicht verstehen zu können, was dich bewegt hat, habe alles zerstört ... Ich hatte keine Worte mehr, ich war so unendlich tief verletzt ... und es gab nichts mehr für mich ... denn ich glaubte dich für immer für mich verloren ...“ Er steht auf, holt aus seinem Rucksack ein völlig zerknittertes Blatt und streicht es glatt. Sie schmiegt sich an ihn, ihre Augen in seinen versunken: „Liest du mir vor?“ Er nickt, birgt sie in seinen Armen. Seine leise Stimme durchbricht den Augenblick, kurz bevor der Raum endgültig in Tränen und Dunkelheit zu versinken droht:

„Deine Augen!

Deine Augen – Spiegel deiner Seele!
Wenn deine Augen meine Augen umspielen ...
bleiben Zeit und Raum
stehen in jedem Augenblick ...
und es gibt nichts mehr, nur dich und mich!

Meine Augen – Spiegel meiner Seele!
Wenn meine Augen deine Augen umspielen ...
bleiben Liebe und Glück
verbunden in jedem Augenblick ...
und es gibt nichts mehr, nur mich und dich!

Unsere Augen – Spiegel unserer Seelen!
Wenn unsere Augen unsere Augen umspielen ...
bleiben Zärtlichkeit und Unendlichkeit
verewigt in jedem Augenblick
und es gibt nichts mehr, nur uns!

Und doch überschritt meine Unfähigkeit Grenzen ...
und Tränen verschleierten den Glanz deines Blicks ...
und meine Augen verloren dich.

Und doch überschritt meine Unfähigkeit Grenzen ...
und deine Augen versanken in der Tiefe des Nichts ...
und mein Herz suchte und fand deinen Herzschlag nicht.

Und doch überschritt meine Unfähigkeit Grenzen ...
und kein Licht hob mehr deine Augen zurück ...
und meine Augen und mein Herz verloren dich.

Meine Unfähigkeit ...
Tränen verschleiern die Augen ...
Meine Unfähigkeit ...
Pupillen versinken in der Fläche ...
Meine Unfähigkeit ...
Lächeln verschwindet im Nichts ...

Und dann:
Deine Augen heben sich ...
meine Augen wieder suchend dich ... –
dein Blick im Licht!

Und dann:
Mein Herzschlag findet dich ...
deine Augen wieder liebend mich ... –
mein Blick im Licht!

Und dann:
Unsere Seelen öffnen sich ...
unsere Herzen wieder vertrauend duich ... –
unsere Blicke im Licht!

Unsere Blicke ...
im Licht ...
beinahe gefallen ins Nichts!“

Sie sehen einander lange an. Ihre Tränen fließen ungebremst; sie verlieren sich wieder und wieder in den Augen des anderen: „Dein Gedicht ist wunderschön! Wie es dir wieder und wieder gelingt, alles, was zwischen uns war und ist, so zart, fast zerbrechlich und doch unendlich eindrücklich in Worte zu fassen ... Ich habe noch nie einen Mann wie dich getroffen. Ich bewundere dich und ich liebe dich ... unendlich mal unendlich!“

Die Nächte werden immer kühler und doch sind sie und er getragen von der Hoffnung auf den Frühling. Wann immer sie sich treffen, lieben sie sich, reden viel, sind einander unendlich nah. Sie planen Picknicks zu zweit in der freien Natur, Ausflüge mit Sophia und reden über den gemeinsamen Traum, irgendwo ganz nah an der Natur zu leben, vielleicht in einem kleinen Cottage am Meer, irgendwo in der Bretagne ... Wind im Haar, Salz auf der Haut, Sonne im Gesicht ... Die Kinder und Hunde tollen zusammen am Strand herum und sie lieben sich in den Dünen unter einem Sternenhimmel, dessen silbernes Mondlicht ihre Silhouetten umschmeichelt. In jeder Nacht liegen sie an verschiedenen Orten wach ... Ihre Herzen und Seelen beständig im Gespräch, fast wie die Gesänge der Wale in den Weiten der Meere ... für niemanden hörbar und doch über tausend Meilen hinweg miteinander verbunden, so dass sie sich immer wiederfinden. Ihre Liebe ist noch tiefer geworden. Jeder einzelne Augenblick, den die beiden geteilt haben, hat, wie die immer wiederkehrende Ebbe und Flut an einem einsamen Sandstrand, filigrane Muster in ihre Seelen eingezeichnet ... Spuren, die von ihren Begegnungen, Worten,

Küssen, Gedichten, Sehnsüchten und Träumen erzählen. Sie schreiben jede Nacht: „Aufgewacht! Ich fühle, dass wir uns so nah sind wie noch nie! Auch wenn wir jetzt noch in unseren Leben gefangen sind: Mein Herz gehört nur dir! Du bist der wunderbarste Mensch, den ich in meinem ganzen Leben kennenlernen durfte, geliebtester Geliebter. Ich will nur dich und das wird nie wieder anders sein!“ „Aufgewacht! Jede Träne ein Ozean ... jedes Wort ein Schiff ... jedes Lächeln ein Segel ... jeder Kuss ein Kompass ... auf der Reise in das Land von Zärtlichkeit und Harmonie ... auf der Reise in das Land von duich! Egal, wohin unsere Reise führen wird, ich möchte, dass du weißt, dass ich dich niemals verlieren möchte, geliebte Prinzessin. Ich will nur dich und das wird nie wieder anders sein!“

Die Zeit, in der sie und er getrennt waren und Worte ihren Weg nicht mehr gefunden haben, scheint keine Spuren in den Herzen der Liebenden hinterlassen zu haben, liebe Leserinnen und Leser! Es ist, so versichere ich Ihnen, auch für sie und ihn, und verzeihen Sie, wenn ich auch für Sie spreche, ich wage dies nur, weil Sie mich – und die beiden – so lange schon so treu begleiten, kaum fassbar, wie nah die beiden sich wieder sind. Ich könnte überlegen lächeln und sagen: Habe ich es Ihnen nicht prophezeit? Aber auch Sie, liebe Leserinnen und Leser, kennen mich nun schon zu gut und wissen, dass mir so etwas fernliegt. Ich schlage vor, dass wir einfach zusammen diese so ungezwungene, so natürliche, so absolute Nähe genießen und dem Erbeben unserer Herzen nachspüren, wann immer es uns vergönnt ist, dass wir dabei sein dürfen, wenn sie und er sich verabreden, wenn sie und er sich erblicken, wenn sie und er aufeinander zufliegen, wenn sie und er sich küssen und wenn sie und er sich wieder und wieder in ihrer grenzenlosen Liebe und Zärtlichkeit finden ... als würde bei jeder einzelnen Begegnung der Anbeginn des Universums neu erzählt werden.

Sie hat ihre neue Stelle nicht angetreten, ist wieder in die Firma zurückgekehrt, und ihr ‚Grünes Haus' hat auf nationaler Ebene einen Preis erhalten. Auch ihr berufliches Glück ist wieder vollkommen, als ihre Chefin ihnen ein neues gemeinsames Projekt zuteilt. Sie sehen sich fast jeden Tag in ihrem Büro, das wenn sie die Tür hinter sich schließen, schon fast nicht mehr zum Gebäude zu gehören scheint. Ihr ‚Gemeinsamort' ist erfüllt von Arbeit, Worten, Gedanken, Lachen, Lieben ... und für keinen Augenblick brechen ihre Berührungen ab, erst dann, wenn sie in ihre Autos steigen und in verschiedene Richtungen davonfahren. Sie genießen es nicht auf die Uhr schauen zu müssen, da ihre Arbeit ihr Zusammensein vor der Welt legitimiert und ihr Zerrissen-Sein scheint ein Ende zu haben, da sie sich ihrer Liebe mehr als jemals zuvor gewiss sind. Sie lieben sich fast jedes Mal, wenn sie zusammen sind und oft lesen sie einander Gedichte oder Texte vor, die ihre Herzen bewegt haben. Er schenkt ihr den erst kürzlich erschienenen Briefwechsel zwischen Albert Camus und der Schauspielerin Maria Casarès. Ihr Kopf an seiner Brust, liest sie den Titel ‚*Schreib ohne Furcht und viel*' und blättert, wie sie es fast immer macht, ans Ende des Buchs. Er schmunzelt, als sie sich plötzlich aufrichtet, das Buch noch auf der letzten Seite aufgeschlagen und ihn direkt ansieht: „Der Briefwechsel hat 1525 Seiten! Habe ich dir eigentlich erzählt, dass ich unseren gesamten Mailverkehr aufgehoben und ihn, als wir nicht zusammen waren, ausgedruckt habe? Er umfasste damals 1525 Druckseiten ... und das Schöne ist ... damit ist unsere Liebesgeschichte noch nicht zu Ende erzählt!"

Sie schmiegt sich an ihn. „Dabei schreiben du und ich uns noch nicht einmal ein ganzes Jahr ... und das Buch umfasst Briefe der beiden vom Frühjahr 1944 bis zum tragischen Unfalltod Camus' am 4. Januar 1960! So viele Momente haben mich beim Reinlesen an uns erinnert. Es ist so unglaublich, wie emotional und poetisch die beiden sich über Liebe, Alltag, Politik und Literatur austauschen – wie du und ich ..." Sie sieht ihn an, küsst ihn: „… und jede Nacht und jeden Tag kommen neue Seiten hinzu! Ich kann nie aufhören deine Mails zu lesen und deine Stimme zu hören. Du findest für alles so wunderbare Worte! Ich danke dir!" „So geht es mir auch, mein Herz! Deine Nähe und deine Worte begleiten und streicheln mich jeden Augenblick. Die Gedanken an dich sind immer da und in der Sekunde, in der wir auseinandergehen und ich in mein Auto steigen muss, sehne ich mich schon nach dem Moment, in dem wir weiterreden, weiterträumen, weiterküssen und unsere Liebe weitergelebt und weitererzählt wird."

An diesem Tag versinkt sie, nachdem sie Sophia zu ihren Eltern zum Übernachten gebracht hat, in die Briefe von Camus und Casarès. Erst in der Nacht taucht sie wieder auf und schreibt ihm ein Zitat der Schauspielerin: „Wachgelegen und gelesen: ‚*Wir sind uns begegnet, wir haben uns wiedererkannt, wir haben uns einander hingegeben, wir haben eine glühende Liebe aus reinem Kristall geschaffen, ist dir unser Glück bewusst, und das, was uns gegeben ist? Maria Casarès, 4. Juni 1950*' ..." Wie so oft antwortet er sofort: „Wachgelegen und gelesen: ‚*Gleich klar, gleich erfahren und fähig, alles zu verstehen, daher alles zu überwinden, stark genug um ohne Illusionen zu leben, und durch die Bande der Erde, der Intelligenz, des Herzens und des Leibes miteinander verbunden, kann uns nichts überraschen, nichts trennen, das weiß ich. Albert Camus, 23. Februar 1950' ...*" Als die beiden in dieser Nacht endlich in den Schlaf finden, spüren sie, wie geborgen und eng verschlungen sie in der Welt ihrer Liebe sind. Am nächsten Tag bringt sie den legendären Film ‚*Les enfants du paradis*' mit, in dem Maria Casarès in ihrer ersten Filmrolle die unglücklich verliebte Pantomimin Nathalie spielt. Sie und er sehen ohne ein einziges Wort, ihr Kopf immer an seiner Brust, das poetische und bildgewaltige Drei-Stunden-Epos. Sie sind gefangen von den melancholischen Schwarz-Weiß-Bildern und zerrissen vom Schluss, als die weibliche Hauptfigur Garance, deren Schönheit und Anziehung sich niemand verwehren kann, in einer Kutsche entschwindet und alles andere in den Wirren eines ausgelassenen Straßenkarnevals versinkt. Lange liegen die beiden noch nackt und eng aneinandergeschmiegt, Tränen in ihren Augen, beieinander. Die nächsten Tage der beiden sind bestimmt von den Eindrücken des Films und dem Briefwechsel zwischen Camus und Casarès. Wenn sie sich sehen, lesen sie sich gegenseitig Passagen vor; wenn sie nachts wach liegen, schicken sie Zitate hin und her und verlieren sich in der poetischen Sprache dieser Liebenden und die melancholischen Bilder des Films holen sie immer wieder ein. Während sich die Tage immer mehr im Novembernebel verlieren, schauen sie einzelne Szenen immer wieder an: „Maria Casarès ist so jung und wunderschön ... – wie du ... ich sehe immer dich ..." „... es ist so schrecklich, wie sie in der unglücklichen Ehe mit dem Theaterbesitzer Baptiste gefangen ist, ihn zusammen mit Garance in flagranti erwischt und ihn dann fragt: ‚*Antworte mir, Baptiste: Hast Du wirklich immer an sie gedacht, sogar in der Nacht?*'" Sie schweigen lange, bis sie ihn küsst und sagt: „Maria schreibt in einem ihrer Briefe an Camus, ‚*Ich will Dich!*' ... Ich will nur dich, geliebtester Geliebter ... – und daran wird sich nie etwas ändern!" „Der Regisseur Marcel Carné hat, als der Film 1955 zum besten französischen Film aller Zeiten geadelt wurde, auf die Frage, warum sich die Kamera so sparsam bewege, geantwortet: *‚Ich bevorzuge die Bewegung des Herzens.'* Du bist alles, was mein Herz bewegt, geliebte Prinzessin ... – und daran wird sie nie etwas ändern!"

Es gibt keinen Augenblick der Unsicherheit mehr zwischen ihnen, sie finden sich immer im anderen wieder. „Du weißt nicht, was es mir bedeutet, mit dir über Literatur und Filme, Gedichte und Theater zu reden, dir vorzulesen und von dir vorgelesen zu bekommen! All das habe ich in all den Jahren meiner Ehe so sehr vermisst. Du bereicherst mein Leben jeden Augenblick! Du bist Poesie!" „Das sind du und ich, geliebte Prinzessin, wir bereichern unsere Leben gegenseitig, jeden Augenblick!" Sie küssen sich und lieben sich. „Wusstest du eigentlich, dass die beiden sich fünfzehn Jahre lang überwiegend im Verborgenen geliebt haben?" „Dann hoffe ich nur, dass es bei uns weniger als fünfzehn Jahre im Verborgenen sind!" Sie lachen gemeinsam, blättern im Buch und stoßen auf den letzten Brief Camus', den er vier Tage vor seinem tödlichen Autounfall geschrieben hat. Sie sieht ihn an: „Bitte, lies ihn mir vor!" *„‚30. Dezember 1959. Gut. Letzter Brief. Nur um Dir zu sagen, dass ich am Dienstag komme, mit dem Auto, zusammen mit den Gallimards (sie kommen Freitag vorbei). Ich rufe dich an, sobald ich da bin, aber wir können uns vielleicht schon für Dienstag zum Abendessen verabreden. Sagen wir im Prinzip, um die Unwägbarkeiten der Reise zu berücksichtigen – ich bestätige Dir das Abendessen am Telefon. Ich schicke Dir schon eine ganze Ladung zärtlicher Wünsche, möge das Leben das ganze Jahr in Dir* *ıdeln und Dir das schöne Gesicht geben, das ich seit ˛ vielen Jahre liebe (aber ich liebe es auch besorgt und ın jeder Art). Ich stecke Deinen zusammengefalteten Regenmantel in den Umschlag und füge alle Sonnen des Herzens hinzu. Bis bald, meine Prächtige. Ich bin so froh bei der Aussicht, Dich wiederzusehen, dass ich beim Schreiben lache. Ich habe meine Arbeitsmappe geschlossen und arbeite nicht mehr (zu viel Familie und zu viele Freunde der Familie!). Ich habe also keinen Grund mehr, Deinem Lachen zu entsagen und unseren Abenden und meiner Heimat. Ich küsse dich, ich drücke Dich an mich bis Dienstag, wenn ich von vorn anfange. A.'"*

Es ist die letzte Seite des Briefwechsels, Seite 1525. Sie schlagen das Buch zu, küssen sich zärtlichlang und lieben sich noch einmal, bis sie und er irgendwann Hand in Hand die Stufen hinunter gehen müssen. In der Nacht schreibt sie: „Aufgewacht! Bitte verzeih mir, dass ich jemals an duich gezweifelt habe!" Er antwortet unmittelbar: „Aufgewacht! Es gibt nichts zu verzeihen. Wir sind Liebende für immer!" Sie verlieren sich wieder in Worten, in Träumereien und es fällt ihnen wie so oft in den Nächten schwer aufzuhören einander zu schreiben und in den Schlaf zu finden. „Wir sehen uns Dienstag! Ich freue mich so auf dich, geliebte Prinzessin!" „Es fühlt sich an wie auf Wolken zu gehen, zu tanzen. Ich strahle aus tiefstem Herzen, weil duich so einmaligwunderbar sind. Es ist nicht gelogen und bei weitem nicht übertrieben, wenn ich dir sage, dass ich mich jede einzelne Sekunde wohl bei dir fühle ... geborgen ... geliebt ... begehrt ... verstanden ... und ich sehne den Dienstag herbei, geliebtester Geliebter." „Es wird mir immer mehr bewusst, wie tief und einzigartig unsere Liebe ist. Ich zähle die Stunden bis Dienstag!" „Das Vermissen ist sehr groß! Ich weiß ehrlicherweise gerade nicht, wie ich es noch bis Dienstag aushalten soll. Ich bin unendlich glücklich, dass wir uns noch eine Chance gegeben haben und wir jeden Tag noch tiefer zueinander finden ...“ „... wir waren überwältigt, verstört, überrascht, gefangen, zerrissen, so wie du es beschrieben hast ... Wie hätten wir auch nur ahnen sollen, dass es eine solche Liebe überhaupt gibt?“

Am nächsten Morgen sehen die beiden sich nur online. Sie reden vor allem über ihr neues Projekt. Es ist einer der letzten Novembertage. Die Sonne scheint und sie verabschiedet sich früher als gewöhnlich, da sie den Mittag mit Sophia im Garten verbringen will. Abends schreibt sie:

„Die Sonne, die heute geschienen hat,
spiegelt mein Herzleben wider.
Wärme, Licht, unendliches Strahlen ... –
duich!

Ich laufe auf einer Wolke,
Hand in Hand mit dir.
Alles ist voll Sonne, Leichtigkeit und Glück ... –
duichichdu ... – wir!

Eine tiefere Liebe gibt es nicht
und diese Liebe ist einfach:
Geborgenheit und Licht ... –
ich bin unendlich verliebt in duichwir!“

Dezember 2021

Es ist bisher ein milder Winter, obwohl die meisten Nächte ungewöhnlich kalt sind. Das Jahr rast seinem Ende entgegen und ihre Zeit in diesen Wochen ist aufgrund des neuen Projektes sehr knapp. Trotz allem liegt eine Leichtigkeit in ihren ‚gestohlenen Momenten', die der Kälte zu trotzen scheint. Jeder einzelne Tag in diesem Dezember ist besonders für die beiden, da sie sich an jeden Augenblick vor einem Jahr erinnern, als sie sich immer nähergekommen sind und sich dann kurz vor Weihnachten für das neue Jahr verabredet haben. In Deutschland ist der Advent wieder sehr still, da die üblichen Weihnachtsmärkte und -feiern fehlen. Alle sind vorsichtig und halten sich an die Empfehlungen Kontakte weiter zu minimieren, da die aggressive Delta-Welle des Virus noch nicht gebrochen ist und die Omikron-Welle bereits droht. Weihnachten wird wohl wieder im kleinsten Kreis stattfinden und auch wenn sie und er wissen, dass sie auch in diesem Jahr an verschiedenen Orten sein werden, glauben die beiden daran, dass das Schicksal ihnen im neuen Jahr einen Weg zeigen wird. Jede Nacht sind sie sich nah und Worte fliegen zärtlichverwoben in der Dunkelheit hin und her: „Aufgewacht! Wind umtost das Haus, wir liegen eng umschlungen ... vertraut ... verliebt ... für immer ...! Fühl dich zärtlich im Schlaf geküsst, geliebte Prinzessin!" „Aufgewacht! Pure Freude, dass wir uns bald wieder sehen! Pure Freude, dass ich dich bald wieder riechen und spüren darf! Pure Freude, dass wir für unsere Liebe gekämpft haben! Pure Freude, dass wir eine solche Nähe erleben dürfen! Pure Freude, dass wir uns haben, auch wenn Raum und Zeit oft schmerzlich klein sind! Pure Liebe, die ich für dich empfinde! Ich freue mich so sehr, wenn unsere Bahnen sich wieder kreuzen und wir uns berühren ... – geliebtester Geliebter!“

Sie verabreden sich für den nächsten Tag. Sie ist schon da, als er endlich die Treppen hocheilt, zieht ihn in den Raum und sie fallen wie Ertrinkende übereinander her und lieben sich, wir nur sie es können. Als sie atemlos nebeneinander liegen, sagt sie: „Du bist der zärtlichste Mann, der mir je begegnet ist! Ich habe nur auf den Augenblick hingelebt, indem du und ich wieder in Liebe vereint sind! Mein Herz ist deinem immer am nächsten.“ Seine Hand liegt auf ihrer nackten Hüfte und streichelt sie. Er neckt sie: „Wofür stehen denn die drei Punkte in deiner Aufgewacht-Mail dieses Mal?“ „Die drei Punkte stehen für die liebevoll zärtliche Sehnsucht auf den Moment hin, wenn du und ich uns sehen und wir uns in den Armen liegen und uns lieben! Nicht nur dir fällt es schwer die gestohlenen Momente zu akzeptieren.“ Sie nehmen das Spiel der Liebe unendlich zärtlich wieder auf, lassen sich alle Zeit und als sie zum Höhepunkt kommt, ist er von ihrer Schönheit und Sinnlichkeit so tief berührt, dass er weinen muss. Sie küsst seine Tränen weg und lange liegen sie wieder einfach ganz nah beieinander. In ihrem Herzschlag finden sie und er sich und spüren, wie sehr der eine den anderen braucht: „Ich danke dir, geliebtester Geliebter, dass du mein Leben respektierst, dass du mich zu nichts drängst ... Und ich will, dass du weißt, wie schwer es mir fällt nicht mit dir durchzubrennen und einfach am Meer zu leben ...“ Er sieht sie lange an, ihre Blicke ohne Anfang und Ende ineinander verloren. „Ich kann mir nicht mehr vorstellen, ohne dich zu sein! Jedes deiner Worte, jede deiner Berührungen, jeder deiner Blicke, jeder deiner Küsse hallen in mir nach. Ich will einfach, dass du weißt, dass ich immer für dich da bin!“ Es ist längst dunkel als es ihnen beinahe gelingt, sich voneinander loszureißen. Kurz bevor sie über die Schwelle treten, hält er sie noch einmal zurück: „Ich habe noch ein Geschenk für dich!“ „Aber wir sehen uns doch noch vor Weihnachten!“ „Ich wollte einfach sicher gehen, dass du es schon hast.“ Er zieht ein in Leder gebundenes Buch, geprägt mit filigranen Mustern aus seinem Rucksack und legt es zärtlich in ihre Hände, die von seinen Händen umfangen sind. Als sie die erste Seite aufschlägt, sieht sie ein Ginkgo-Blatt und ein Gedicht in seiner wunderschönen Handschrift:

„Ginkgo Biloba

Dieses Baums Blatt, der von Osten
Meinem Garten anvertraut,
Gibt geheimen Sinn zu kosten,
Wie's den Wissenden erbaut.

Ist es ein lebendig Wesen,
Das sich in sich selbst getrennt?
Sind es zwei, die sich erlesen,
Daß man sie als eines kennt?

Solche Frage zu erwidern,
Fand ich wohl den rechten Sinn.
Fühlst du nicht an meinen Liedern,
Daß ich eins und doppelt bin?

Johann Wolfgang von Goethe
AD 1815
– gewidmet Marian von Willemer

Fühlst du nicht an meinen Texten,
dass ich eins und doppelt bin?

Dein geliebtester Geliebter
AD 2021
– gewidmet der geliebtesten Prinzessin“

„Das Ginkgo-Blatt ist aus meinem Garten, ich habe es selbst gepresst ...“ Sie legt ihre Hand an seine Wange und küsst ihn zärtlich: „Ich danke dir, geliebtester Geliebter! Und die leeren Seiten?“ „Für alles, was du noch schreiben wirst, da all deine Worte wundervoll sind ... – einfach ‚Raum‘, weil unsere Liebesgeschichte die 1525 Seiten von Camus und Casarès locker übertrifft! Bitte schreibe weiter Gedichte mit allem, was du bist!“ Sie küsst ihn wieder und er sieht, wie sie verstohlen eine Träne aus ihren Augen wischt. „Goethe war über 60 Jahre alt, als er das Gedicht für seine 31-jährige Geliebte geschrieben hat!“ „Gut, dass du noch nicht so steinalt bist!“ Sie lachen beide und ihre Liebe spiegelt sich in ihren Augen wider. „Ich wünsche mir, dass unsere Liebe und unsere Worte, wie bei Camus und Casarès bis zu unserem Tod währt ...“ „... irgendwann würde dann aber ein Brief unbeantwortet bleiben ...“ „... niemals, denn unsere Worte und unsere Liebe werden immer weitergehen!“ Sie schließen die Tür wieder hinter sich und lieben sich an diesem Tag noch einmal und ...

... obwohl Sie und ich, liebe Leserinnen und Leser, wissen, dass sie und er immer noch in Raum und Zeit gefangen sind, stellt sich doch das Gefühl ein, als wäre das, was wir gerade andächtig betrachten, ein Kuss der einzig wahren Liebe, der den beiden die Welt zu Füßen legt ... als wäre das, was vor ihnen liegt, ein Schritt der einzig

wahren Freiheit, die für die beiden zum Greifen nah ist ... Ich weiß nicht, wie es Ihnen geht ... ich sehe die beiden, wie sie alt geworden, Hand in Hand unter einem riesigen Kastanienbaum auf einer Bank sitzen, sich tief anblicken, wir nur sie es können, sich zärtlich küssen, wie nur sie es können und wissen, dass das Schicksal alles so gefügt hat, wie es gut ist. Wie gerne wären wir am Ende des Films angekommen, wie gerne würden wir uns, während der Abspann des Films läuft, seufzend in die roten Sessel des Kinos zurücklehnen, uns ansehen und mit Tränen in den Augen sagen können: ‚Und wenn sie nicht gestorben sind, dann lieben sie noch heute!‘ Sie können gerne behaupten, ich sei ein unverbesserlicher Romantiker ... – ja, dazu stehe ich und während wir atemlos zusehen, wie sie und er sich einander ganz hingeben, wie der Akt sich in die Unendlichkeit dehnt, wie sich ihr Körper ihm entgegenwölbt, wie er ihre Arme festhält, wie er sie überall küsst, wie er sie zart streichelt, wie er in sie eindringt, wie sie gemeinsam zum Höhepunkt kommen ... schrecken wir auf ... – es klopft an die Tür ...

... sie schrecken auf ... – es klopft an die Tür! „Wir sind mitten in einem Meeting! Kommen sie später wieder!“ Sie lachen, nackt und schutzlos ... sie sehen sich an und flüstern: „Ich liebe dich so sehr, dass ich platzen könnte vor Glück! Alles macht Sinn, seit es dich in meinem Leben gibt, geliebtester Geliebter!“ „Das machst du, geliebte Prinzessin! Du machst mich glücklich ... überglücklich ... glückliebend ... duglücklich ... glücklichich!“ „Es ist unendlich schön, wenn du so unendlich glücklich bist!“ „Glückselig, weil du mich liebst und ich alles an dir liebe!“ „Alles an dir und mit dir ist erglückend!“ „Definition Duden ‚erglückend‘: Hyperlativ des Superlativs des Wortes ‚glücklich‘. Drückt die unendliche Tiefe der Gefühle zweier Liebenden im Kontext ihrer liebevollzärtlichen, befriedigenderglückenden sexuellen und sonstigen Vereinigung aus und setzt sich aus den beiden Worten ‚erfüllend' und ‚beglückend' zusammen. Der Neologismus beschreibt einen Zustand absoluter Harmonie und vollkommenen Eins-Seins zweier Liebenden mit sich und dem gesamten Universum!" „Wir stoßen an die Grenzen der Sprache. Worte reichen nicht aus, um unsere Liebe zu beschreiben!" Sie haben das Klopfen und ihre Angst von irgendjemandem überrascht zu werden längst wieder vergessen, und als sie das Gebäude verlassen, sind sie allein. Die Nacht ist sternenklar und kalt, als sie sich auf dem Parkplatz küssen. Sie telefonieren noch wie immer. Am späten Abend meldet sie sich kurz bei ihm. Er kann wie so oft nicht schlafen, denkt nur an sie:

„Aufgewacht ...

Mondlicht!
Ein Schein nur
gespendet in dunkelster Nacht
erhellt, was schon immer klar war,
nur durch Wolken verhangen:
Die Liebe in unseren Herzen.

Mondlicht!
Ein Schein nur
durchbricht die dunkelste Nacht,
wir sind nicht länger Verletzende,
wir sind nun endlich das, was das Universum
für uns ausgesucht hat:
Liebende.

Mondlicht!

Ein Schein nur
erleuchtet die dunkelste Nacht:
Gewissheit!
Unsere Herzen atmen im Takt,
werden eins ... –
in alle Ewigkeit.“

Er liegt noch lange wach, doch die Zeit scheint verloren, denn es fühlt sich an, als würde seine Mail sie nicht finden. Sie antwortet ihm in dieser Nacht nicht mehr. Ungewöhnlich früh klingelt am nächsten Morgen sein Smartphone. Es ist sie. Ihre Stimme klingt zerschlagen, Welten entfernt: „Er hatte einen Autounfall ... Seit gestern Abend hatte ich keinen Augenblick mehr für mich ...“ „Ich bin so froh, dich zu hören! Wie geht es ihm?“ „Die Ärzte sagen, er wird wieder! Aber es braucht Zeit!“ „Und Sophia?“ „Sie weiß es noch nicht, da sie bei den Großeltern übernachtet hat! Ich hole sie jetzt ab und gehe dann mit ihr ins Krankenhaus ...“ Sie meldet sich im Laufe des Tages nicht mehr. Draußen ist alles nasskalt und grau. Er kann sich auf nichts konzentrieren, sieht ständig auf sein Smartphone und wartet. Spät am Abend schreibt sie, als Sophia endlich eingeschlafen ist: „Liege wach. Mein Kind in meinen Armen geborgen. Sie war so tapfer als sie ihren Vater im Krankenhaus gesehen hat und hat erst im Auto auf dem Weg nach Hause bitterlich geweint und gefragt, ob alles wieder gut wird ...“ „Was kann ich tun, geliebte Prinzessin? Würde dich so gerne einfach in meine Arme nehmen.“ „Ich weiß, dass du immer da bist! Ich melde mich, sobald ich kann ...“ Er fährt ins Büro, weil er es zuhause nicht aushält, geht die Treppen hoch, schließt die Tür auf und steht lange vor der Glasfront. Wie viel Zeit vergeht, weiß er nicht. Das Smartphone in seinen Händen haltend, sieht er, dass einzelne Schneeflocken in die Tiefe fallen. Seine Mails laufen ins Leere. Spät abends meldet sie sich kurz, sagt, dass sie jeden Augenblick an ihn denke, sie aber zwischen Krankenhaus und Kind kaum Zeit zum Schreiben finden würde. Die nächsten Tage hört er nur wenig von ihr. Meist meldet sie sich nachts, wenn sie zuhause ist und Sophia schläft. Er entlastet sie bei der Arbeit, damit sie Zeit für ihre Familie hat. Sie fehlt in jedem Augenblick und es ist das erste Mal seit Monaten, dass die Leben der beiden sich nicht unendlich nah verschränken. Er schreibt ihr täglich mehrmals, versucht sie auch telefonisch zu erreichen und weiß doch, dass sie keine Zeit hat.

Es sind nur noch wenige Tage bis Weihnachten, als sie in einer Nacht schreibt: „Wach an seinem Bett ... geliebtester Geliebter. Er ist endlich wieder zuhause und es fällt mir schwer ihn so schwach zu sehen ... Sei sicher, ich sehne mich genau so sehr nach dir, wie ich jeden Augenblick spüre, wie du dich nach mir sehnst. Es ist schlimm, heute ... das Vermissen ...“ „Geliebte Prinzessin, fühl dich liebevoll in meinen Armen geborgen! Du musst nur sagen, was ich tun kann und wie du Zeit hast ... Ich bin da, immer!“ Wie in so vielen Nächten zuvor träumt er sich zu ihr, einfach nur um bei ihr zu sein, sie zu halten ... Doch wieder liegt er allein in der Dunkelheit, kann nur an sie denken ... und die schlaflosen Sekunden dehnen sich zu Stunden ... Und immer wenn er kurz eingenickt sein muss, schreckt er hoch. Ein Bild vor Augen ... er selbst ... vor Schmerz gekrümmt auf dem transparenten Boden des Büros liegend ... Es fühlt sich kalt an ... – draußen tobt ein Schneesturm ... Die Fläche löst sich auf ... und er fällt ... Als er wieder Luft bekommt, hält er es nicht mehr aus. Er steht auf, geht ruhelos in seinem Arbeitszimmer auf und ab. Er kann nur an sie denken, will sie endlich wieder sehen und doch weiß er, dass er nicht zu ihr kann. Es ist früh am Morgen, als es ihm endlich gelingt sich zu setzen und ihr zu schreiben. Sein Blick schweift immer wieder ab ... Er sieht eine weiße Schneelandschaft, die sich vor seinem Fenster über Nacht ausgebreitet haben muss, so dass alle Konturen verschwimmen:

„Aufgewacht ...

Unglückselige Nacht!
Du verhassteste Zeit des Tages –
schreist mir allabendlich dein Schweigen entgegen ...
bis in die frühen Morgenstunden.

Unglückselige Nacht!
Du einsamste Zeit des Tages –
nimmst mir die wärmenden Worte der Geliebten weg ...
bis in die frühen Morgenstunden.

Unglückselige Nacht!
Du grausamste Zeit des Tages –
verbietest beharrlich wonach ich mich so sehne:
Blicke, Küsse, Berührungen ...
bis in die frühen Morgenstunden.

Unglückselige Nacht!
Du grenzenloseste Zeit des Tages –
in dir scheint möglich, was die Realität uns verwehrt:
Ein gemeinsames Leben ...
bis in die frühen Morgenstunden.

Unglückselige Nacht!

Du erhellendste Zeit des Tages –
machst mir durch schmerzlichstes Vermissen bewusst:
Mein Herz wohnt für immer bei dir ...
bis in die frühen Morgenstunden."

Als er wieder aufblickt, nachdem er das Gedicht an sie versendet hat, ist der Schneesturm so dicht geworden, dass er durch das Fenster kaum mehr etwas sieht. Er weiß nicht mehr, wie es ihr geht, was sie tut, was sie denkt. Die Sehnsucht nach ihr zerreißt ihn: „Geliebte Prinzessin! Ich muss dich sehen! Du fehlst meinem Herzen!" Sie reagiert fast unmittelbar: „Verzeih, ich schaffe es gerade nicht! Es bleibt keine Zeit für mich! Ich liebe dich!" „Ich wollte dich nicht bedrängen. Doch was wäre, wenn morgen einer von uns nicht mehr aufwachen würde ...?" „... wenn einer von uns morgen nicht mehr aufwachen würde, so bliebe unsere Liebe auf ewig ein Geheimnis und doch die Realität ..." „... und doch wäre sie nur Erinnerung ..." „Nein! Unsere Leben haben sich berührt und damit unsere Bahnen für immer verändert. Wir werden nie wieder dieselben sein, egal was mit uns passiert!" Warum der Gedanke an den Tod in seinen Kopf eingebrochen ist, weiß er nicht ... Er weiß nur, dass sie jeden Augenblick fehlt.

Obwohl er täglich zumindest abends etwas von ihr hört, hat er das Gefühl, dass seine Worte sie nicht erreichen. „Geliebte Prinzessin! Es ist jetzt bald ein Jahr her, dass wir uns zum ersten Mal geküsst haben und ich hatte noch nie in meinem Leben den Wunsch, einem Menschen über so lange Zeit so nahe zu sein wie dir und daran wird sich nie etwas ändern." „Ich habe deine Liebe nicht verdient und doch kann ich ohne sie nicht leben! Du siehst mich so unendlich liebevoll an, wenn wir uns küssen und lieben, dass ich allein bei dem Gedanken daran weinen muss." „Du und ich gehören zusammen, mein Herz, für immer! Nichts kann uns trennen. Wir sind verbunden durch das Schicksal; das Universum liebt uns." „Du hast Recht und ich wünsche mir nichts sehnlicher, als sagen zu können, wenn einer von uns irgendwann einmal gehen muss: Wir haben nie einen Menschen so tief gekannt wie du mich und ich dich."

Die Tage und Nächte verschwimmen ohne sie und sie findet keine Zeit mehr für ein Treffen vor den Weihnachtstagen. Sie schreibt, dass sie die nächsten Tage kaum zum Mailen kommen wird, da sie ständig mit der Familie zusammen sei. Am Morgen des 24.12. ruft sie kurz an: „Vergiss das nie, ich liebe dich!" „Es fällt mir schwer dich morgen und die nächsten Tage, bis wir uns wiedersehen, woanders zu wissen ..." „Es ist egal, wo wir sind. Mein Herz gehört dir, für immer! Was ist dein schönster Gedanke heute gewesen?" „Du! Und deiner, geliebte Prinzessin?" Die Leitung ist plötzlich tot.

Es wird ungewöhnlich warm zwischen den Jahren und der Schnee bleibt nicht liegen. Die beiden sind wieder hunderte Kilometer voneinander entfernt, da er mit seiner Familie nach Italien gefahren ist. Nur in den Nächten findet sie Zeit und es stellt sich die alte Vertrautheit und Nähe ein, die er in den letzten Wochen so vermisst hat. Sie liegen wieder zusammen wach: „Ich vermisse dich so sehr, geliebtester Geliebter!" „Ich sehne mich so sehr nach dir, geliebte Prinzessin!" „Du bestimmst mein Denken und Fühlen jeden Augenblick!" „Die Zeit scheint sich ins Unendliche zu dehnen, du fehlst so sehr!" „Jede Sekunde verliert ihre Bedeutung, jeder Tag sein Gesicht ... Du bist in allem, was ich tue!" „Es ist schier unerträglich, mich nicht bei dir melden zu können, weil all meine Gedanken nur bei dir sind." „Ich sehne mich so sehr nach dir und bin so froh, dass du mein Sehnen teilst!“ „Dass wir uns geliebt haben, ist schon wieder viel zu lange her ...!“ „Wir würden uns jeden Tag zärtlichlang lieben ...“ „… und das werden wir wieder!“ „Wollen wir zusammen abhauen und am Meer leben?“ „Da träume ich mich hin, bis es Realität werden kann!“ „Ich freue mich darauf mit dir durchs Leben zu tanzen ...“ „… mein Herz tanzt! Du bist die Welt für mich ...“ „… und du und ich werden jeden Winkel unserer Welt lebendliebend gestalten ...!“

Auch in der letzten Nacht des Jahres schreiben sie heimlich; sie liegen weit nach Mitternacht noch lange wach. Es ist ihr zweites Silvester und obwohl sie wissen, dass sie zusammengehören, sind sie doch getrennt. Wann immer sie kurz einschlafen und dann wieder aufwachen, finden die beiden sich in der Geborgenheit ihrer Herzen wieder: „Sehnsucht ist, was du auslöst, geliebte Prinzessin ... Sehnsucht nach deinen Augen ... deinem Mund ... deinen Händen ... deinen Lippen ... deinen Küssen ... deiner Haut ... deinem Duft ... deiner Nähe ... deinen Berührungen ... deiner Zärtlichkeit ... Sehnsucht ist, was du auslöst ... der Wunsch immer bei dir zu sein ... Sehnsucht ist, was du auslöst und was nur du stillen kannst ...“ „Du hast ein Haus in meiner Seele gebaut, geliebtester Geliebter! Du hast meine Seele berührt ... Du schaust mir ganz tief ins Herz ... Du tanzt mit meiner Seele ... Du bist meine Sehnsucht ... Du bist mein Verlangen ... Du hast ein Haus in meiner Seele gebaut!“ Sie schickt ihm einen Link zu ‚Nothing else matters‘. Sie liegen in ihren Betten und wissen, dass sie beide den Song hören. Als er danach schreibt „Die Zeit beginnt nur dann wieder zu schreiten, wenn unsere Blicke ineinander versinken ... Die Zeit beginnt nur dann wieder zu schreiten, wenn unsere Herzen ineinander verwoben … Nur wenn deine Augen meine Augen umspielen ... Nur wenn meine Augen deine

Augen umspielen, nur dann beginnt die Zeit wieder zu schreiten, denn nur dann gibt es nur noch duich!“, glaubt er für einen kurzen Augenblick ihre Tränen auf seiner Haut zu spüren.

Sie schreiben in diesen ersten Stunden des neuen Jahres nicht über ihren Mann oder Sophia, nicht über seine Frau oder seine Kinder. Sie sind jeden Augenblick ganz eins, spüren sich unendlich nah, fühlen die Gewissheit, dass es nur noch wenige Tage sind, bis sie auf ihren Stern zurückkehren können. „Am 7. Januar sehen wir uns und lieben uns, wie nur wir es können, geliebte Prinzessin!“ Es dauert einige Zeit, bis sie antwortet: „Ja ... und wir werden sehen, ob das Paradies von hinten irgendwo wieder offen ist ...“

Der restliche Tag des 1. Januars bleibt ohne ein Wort von ihr. Die Corona-Situation in Deutschland hat sich aufgrund der massiven Zunahme von Neuinfektionen, verursacht durch die Omikron-Variante des Virus, weiter verschärft. Er ist unruhig, drängt auf die Heimfahrt aus Italien, sagt, wer weiß, ob sie die Grenzen wieder dicht machen oder erneut Quarantane für alle Reiserückkehrer einführen. Er kann nur an den Augenblick denken, wenn sie um die Ecke kommt und ihm entgegenfliegt. Es wird dann genau ein Jahr vergangen sein, dass sie sich zum ersten Mal geküsst haben. Die Erinnerung an diesen ersten Kuss lässt ihn erzittern. Als er endlich wieder zuhause ist, versucht er sie anzurufen, sie drückt ihn weg. „Ist alles gut bei dir, geliebte Prinzessin? Ich bin wieder da!" „Verzeih, es sind immer noch so viele Arzttermine. Ich liebe dich!" Er schreibt ihr mehrmals am Tag; sie meldet sich nur wenig und wenn, entschuldigt sie sich, dass sie keine Zeit hat und sagt, wie sehr sie sich auf ihn freue.

Am 6. Januar, die bundesweite 7-Tage-Inzidenz liegt wieder durchgehend über dem Wert von 300, ist er den ganzen Tag nervös, sehnt den nächsten Tag und die Begegnung mit ihr herbei und schreibt ihr fast stündlich. In der Nacht liegt er lange wach: „Ich habe einen Artikel über den ‚Gelbling' gelesen, von dem es weltweit nur noch 750 Exemplare gibt ... Der Gedanke wie die Paare des Gelblings sich trotz ihrer geringen Zahl und so riesigen Entfernungen immer wieder finden können, hat mich zu Tränen gerührt. Ein Gedicht von Hermann Hesse wird zitiert:

,**BLAUER SCHMETTERLING**

Flügelt ein kleiner blauer
Falter vom Wind geweht,
Ein perlmutterner Schauer,
Glitzert, flimmert, vergeht.
So mit Augenblicksblinken,
So im Vorüberwehn
Sah ich das Glück mir winken,
Glitzern, flimmern, vergehn.'"

Sie antwortet fast unmittelbar: „Geliebtester Geliebter! Du bist Glück! Vergiss das nie. Deine geliebte Prinzessin für immer! Schlaf gut!" Er antwortet: „Du bist mein Glück ... Ich winke dir lächelnd zu ... glitzernd ... flimmernd ... ohne je zu vergehn! Du bist mein Glück ... Ich winke dir lächelnd zu ..., weil wir morgen uns küssen und sehn!" Sie antwortet in dieser Nacht nicht mehr und als der neue Tag anbricht, hält er die Unruhe nicht mehr aus ... Er hört nichts von ihr ... schreibt ihr ... macht sich Sorgen ... will sie anrufen ... die Zeit vergeht nicht ... Sie ist alles, woran er denken kann ... Wieder und wieder sieht er auf die Taschenuhr, die sie ihm geschenkt hat, als sie das erste Mal länger als eine Woche voneinander getrennt waren ... Viel zu früh fährt er los zu ihrem ‚Gemeinsamort' ...

Epilog

… der Raum ist kalt und als ich eintrete, lasse ich die Tür weit offen. Ich warte nur auf den Augenblick, wenn sie die Treppen hochkommt, mir mit ihren strahlenden Augen lächelnd entgegeneilt, mich in ihre Arme schließt und mich unendlich liebevoll küsst, wie nur sie es kann … Ich höre meinen Herzschlag und es fühlt sich an, als wäre alles wie beim ersten Mal, als wäre inzwischen kein Jahr vergangen … Wir haben diesen Raum nie verlassen. Wir waren nie zusammen im Kino. Wir haben nie gemeinsam ein Restaurant besucht. Wir waren nie in der Öffentlichkeit zusammen sichtbar. Wir haben nie eine ganze Nacht miteinander verbracht und doch gibt es keine Liebe wie unsere. Die Fensterfronten lassen kaum Licht herein; es scheint, als läge ein Schleier über allem und erst als einige Zeit vergangen ist und ich immer noch auf sie warte, sehe ich, dass ein anderes Bild an der Wand hängt. Irgendjemand muss den Kandinsky entfernt haben. Das neue Bild wirkt fast grau in grau und ich glaube eine Landschaft zu erkennen, die menschenleer ist. Auch als ich nähertrete, bleiben die Konturen unscharf. Vielleicht täusche ich mich auch … Ich wende mich ab, bereite die ‚bettestat' vor, stelle den Rosé und die Gläser daneben, schüttle die Kissen auf … Ich bin unruhig, gehe von einem Rand des Raums zum anderen … Für einen kurzen Moment glaube ich ihren Duft wahrzunehmen … Als ich in die Tür trete, meine ich Schritte zu hören … Ich haste den Flur entlang … stehe an der obersten Stufe und blicke auf den Parkplatz, auf dem wir uns so oft zum Abschied geküsst haben … Das Treppenhaus ist kalt und zieht sich unendlich in die Tiefe … Ich habe Angst in diesen Abgrund zu stürzen … drehe mich um … Es gelingt mir,

während die scharfen Kanten des Zierbetons die Haut an meinen Händen aufreißen und ich die Wärme meines Blutes spüre, irgendwie mich Millimeter für Millimeter an den Wänden des Flurs entlang in Richtung Büro zu bewegen ... Panisch wage ich einen Blick über meine Schultern in Richtung Treppenhaus ... Ich sehe, wie sich die Wände aufzulösen scheinen ... alles seine feste Form verliert ... Hinter mir ist nichts mehr ... Atemlos rette ich mich in den Raum ... ich bin allein ...

Die Tür steht weit offen und ich warte darauf, dass sie kommt ...Es scheint, als würde sich auch der Raum um mich herum langsam auflösen ... alles verliert sich im Nichts ... Keine Wände mehr, die meinen Blick begrenzen, keine Decke mehr, die meinen Kopf beschützt, kein Boden mehr, der meine Füße bewahrt ...

Die Tür steht weit offen und ich warte darauf, dass sie kommt ... dass sie mir mit ihren fröhlichen Schritten, wie nur sie es kann, die Treppen, die nicht mehr vorhanden sind, entgegeneilt ... dass sie mir mit ihren strahlenden Augen, wie nur sie es kann, den Flur, der nicht mehr vorhanden ist, entgegenfliegt ... dass sie mich in ihren liebenden Armen, wie nur sie es kann, in der offenen Tür, die nicht mehr vorhanden ist, birgt ... und wir uns küssen ... und lieben ... und lieben ... und küssen ... unendlich mal unendlich ... zärtlichlang ... für immer ... wie nur wir es können ...

Die Tür steht weit offen und ich warte darauf, dass sie kommt ... – ich höre Schritte ...

Quellenangabe

europabuch

INHALT